"在新疆"丛书

· 第一辑 ·

—小说七星—

刘亮程　主编

返青

李　琸　著

新疆人民出版社

（新疆少数民族出版基地）

新疆人民卫生出版社

图书在版编目（CIP）数据

返青 / 李琸著 . -- 乌鲁木齐：新疆人民出版社
（新疆少数民族出版基地）：新疆人民卫生出版社，
2024. 12. --（"在新疆"丛书 / 刘亮程主编）.
ISBN 978-7-228-21413-6

Ⅰ. I247.5

中国国家版本馆CIP数据核字第2024HT8832号

返 青
FANQING

出 版 人	李翠玲	策　划	李翠玲　可　木
出版统筹	陶小红	责任编辑	陶小红
装帧设计	王　洋	责任技术编辑	杨　爽
责任校对	刘泽成	封面绘画	孙黎明

出版发行　新疆人民出版社（新疆少数民族出版基地）
　　　　　新疆人民卫生出版社

地　　址　乌鲁木齐市解放南路348号

邮　　编　830001

电　　话　0991-2825887（总编室）　0991-2837939（营销发行部）

制　　作　天畅图文设计工作室

印　　刷　北京富诚彩色印刷有限公司

开　　本　880mm×1230mm　1/32

印　　张　8.875

字　　数　200千字

版　　次　2024年12月第1版

印　　次　2025年1月第1次印刷

定　　价　56.00元

序

　　新疆是我们博大的故乡。它的博大不仅体现在山川、河流、沙漠、戈壁、绿洲，还体现在生活在这里的五十六个民族以及多元一体的文化形态。

　　新疆，是多民族共居的美好家园。生活在这里的各族儿女密切交往、相互依存、休戚与共。在中华文明怀抱中孕育的新疆各民族文化包容互鉴，共同成为多元一体中华文化的一部分。

　　在新疆，普普通通的一场雪，会落在不同的语言里。每个阳光明媚的早晨，"太阳"这个词会在这些语言里发光。人们用许多种语言在述说我们共同生活的地方。这正是新疆的丰富与博大。

　　每个人都有自己的家乡。家乡可以是一个很大的地方，也可以是我们心里默念的一个小小的地名。有时候家乡可能就是我们小时候生活的一个地方，当我们越来越远地离开家乡的时候，这个地方就变成了一个地名。但是，往往是那些细小的家乡之物，承载了我们对家乡所有的思念，比如家乡的一种非常简易的餐食。我每次到外地超过三天就会怀念拌面。

当人们热爱自己家乡的时候，想念自己家乡的时候，文学是我们表达以及读懂家乡的途径。我认为文学是不分民族的，作家面对的是在这块土地上共同生活的不同民族，当我们用文学来呈现这块土地上各民族人民共同的生活的时候，我们面对的是人的心灵。

那些远处的生活是看不见的，只有文学能呈现这块大地深处的脉搏，只有文学在叙述这块土地上人们共有的情感。每个人生活中的悲欢离合、快乐忧伤，一起汇聚出这块土地上人们共同的命运和共同的情感。

各民族共同生活，大家的情感交融在一起，这可能就是新疆文学最大的魅力。新疆文学给我们提供了一个多民族和睦生活的样板。用不同的语言表述一件事，用同一种语言描述不同的生活，这就是新疆文学作品的精华所在。

新疆的自然风光、传说故事、地域风情等先天具有文学气质的素材，容易孕育出各民族的众多写作者，也引起了无数读者的阅读关注，使当代新疆文学成为具有独特地域内涵和文化内涵的审美对象。

各族作家们用全部身心去发现和感受新疆日常生活的温度与深度，坚守家园热爱和文学梦想，以其独具特色的文化风貌与美学意蕴，记录和呈现各族人民的生活、梦想与奋斗。

此次推出"在新疆"丛书，是铸牢中华民族共同体意识的一次文学出版实践，通过各民族作家的文字，把新疆这块土地上各族人民共同的生活呈现给新疆的读者，呈现给全国的读者，用文学观照人心，用文学观照生活。希望读者多看新疆作家的书，因为从他们的文学作品中，可以读到熟悉的土地，熟悉的山川、河流，读到发生在身边的故事，或者发生在不远处的历史中的故事。除此之外，借此机会，我们还向读者推介已经在新疆文学界乃至全国文学界成绩斐然、广有影响的各族中青年作家，他们如天上点点繁星，照亮文学的星空。

我们想把新疆最好的文学献给读者，把优秀的作家介绍给读者，希望读者喜欢。

2024 年 11 月

目　录

妈妈水钱

"青青，俺来给恁要妈妈水钱了。"

当土坷垃一样干涩的喊声从窗外飘来，我正在客厅里，往茶几上挥发殆尽的酒杯里添加新酒。

这个酒杯是我主创的有关蜃城的旅游文创作品，销量不错，也让我有了支付现在这套两居室房子首付的资金，结束了自己在各出租房颠沛的命运，流离的悲伤消散了不少。居所位于蜃城蜃河以南的新城区，打开窗户，即见茫茫戈壁。透过酒，可以在杯中看到磕头机。吹一口气，磕头机的驴头在酒的涟漪里扯着驴脖子上扬下俯。

酒漫出酒杯，磕头机的驴头也爬了出来。

我停住，定睛一看，家里一切如故。客厅对面卫生间漏水的水龙头还在嗒嗒嗒地滴水，遮住天光的灰色亚麻窗帘纹丝不动，窗外空调的风机发出嗡嗡声——此刻，整个楼房都被晒透了，空调没日没夜地开着。

这一声喊，仿佛梦境般令我眩晕、窒息。我确实一直在梦里逃亡，梦里的路掩藏在无边漆黑的夜里，掩藏在鬼哭狼嚎的风里，掩藏在严冬漫天漫地的大雪里，我艰难地跋涉着。

在这场梦里，麦子返青后拔节哧哧作响的麦地，淹人的玉米长廊，晶莹月光下蠕动着的身躯，沤损在墙根的柴草，半夜的突然狗吠，扎着红毛朵的羊角辫……他们在背后追赶着我，我不敢停留，不敢回头。

从华北平原逃到西北荒漠，我终于在这个西北戈壁油城蜃城停了下来。在这座小城，当年有的人为了生存来到这里，有的人为了信仰，有的人为了寻亲，有的人为了逃避亲人的戕害……在这里掘荒一样开发着石油和自己的命运，我把这些统统写进了《蜃城轶事》。

在人们窸窸窣窣的脚步声中，我仿佛看到，磕头机扬，蜃城被抬起，磕头机俯，蜃城落下。就像这些人的命运，令人心疼。所以，在《蜃城轶事》的封面，我写下："蜃城，是一座磕头机托起的城。"这句话，被刻在蜃城友谊大桥上。因为我作为一个作家的名气止于蜃城，这句话并没有署上我的名字。至于蜃城被磕头机重重地摔下来的时候，那里有着那些逃亡的命运里悯天般的疼痛，包括我的。

而我呢，则是为了逃离华北平原湿漉漉的绿色来到这里。透过杨树白晃晃的阳光，车辙噙满水布满蜿蜒曲折的小路，和那些如同迷雾般，此生仿佛始终探究不出来的究竟。这些看起来很轻的事物，却沉重地压覆在我的心上。梦里越想挣扎，四肢却越动弹不得。几千公里的路，我一路想把自己所有的往事全都抛下。直到置身这里，我愈加发现，蜃城的戈壁越是荒凉，越是没有一个人知道我小魔道的身份。那些究竟，也就不会有人惦记。

虽然如此，我试图隐瞒地上所有通向自己的道路，可是梦里的路是相通的，那些梦顺着彼此提供的通道纷纷都赶来了。我做着那些天上悬着一村子人头的梦，我不知道他们的名字，不知道他们的腿脚都甩到哪里去了；我做着那些葛藤爬满地的梦，它们伸出有力的触角，抓住我的脚踝；我在戈壁的黑夜里跑啊跑，背后黑怪的巨大影子追不上我，我也跑不出它的影子；我做着那些蘑菇倏地冒出地面的梦，叶片被它顶得很高很高；我那些年不小心吃下的野草籽，纷纷在我的手指脚趾间破土而出……那或许是我父亲一遍遍做过的梦，没有一丝风，不见一缕阳光。老魔道的路和小魔道的路，也是相通的。

"青青，俺来给恁要妈妈水钱了。"第二声喊传来，依旧拖尘带土，我的视野也混浊起来。

最先顺着梦里的路赶来的，是我的母亲李七七，我相信她是循着这些梦找到我的。因为我在蜃城做了一个虚假的简历，从出生到我来到这里。籍贯从华北改成了西南，未读过书变成了高中毕业——虽然我没有读过书，可是自认知识储备不亚于高中生。和他人聊天，我尽量把地上的事往天上说，把沟里的坎谈到大海里去，还有我的孤儿身份，讲得绘声绘色。在蜃城，我成功地修改了我的过去。可是我一个人的时候，沮丧和焦虑却在心底无限蔓延。

我告诉他们，我的父母消失于一场千年不遇的黑龙卷风。那一场龙卷风，村子里的牛羊马全都被卷走了。房子里的粮缸是水泥缸，缸体植有钢筋，没有五六个力壮的男人是挪不动的。村子里的大人们把孩子们全都藏进粮缸了，并盖上水泥盖。风过后，我们从先前留下的洞口爬出来。村子里的大人都不见了。越是玄幻，他们听得越是津津有味，并且深信不疑。这一切，都是为了让过去的人找不到我，现在的人也寻不到我的过去。谁能从一场风里找到我的父母和我的过去呢？我讲完这些的时候，心里暗自得意。

离开姬洼村后，我从来没有联系过她，更没有想过她会来找我。"恁"在姬洼村是个尊称，"妈妈"是乳房的意思，妈妈水钱也就是奶水钱。说得雅一点儿，是养育之恩的报答。

我打了一个哆嗦，中午暂时休憩的夏蝉突然被惊，叠叫起来，世界像风旋子一样在板凳子上飞快旋转，发出均匀急促的嗡嗡声。我立刻从沙发上起身来到阳台，无气力却重重踢翻了蓝色垃圾桶，碎纸片像水一样扑涌出来，那是最近被退掉的稿子——目前让我沽名钓誉的舞台，只有蜃城的地方报纸，《蜃城日报》和《蜃城油田》，还有一本《蜃城轶事》。我不知道我以后的文学之路在哪里，烦躁的情绪经常袭来。

我从窗台抻出脖颈，只见她脸上汗水直流，形成一道道黑色泥垢，身上穿着藏青色对襟大褂，吊在干瘦的腿上的蓝色裤子齐踝稍短，脚上是绣着红花绿叶的方口鞋，条绒布料，鞋襻子绕过黢黑脚背，身旁有一辆自行车和一个塑料大包。我突然意识到，在这个大西北的戈壁小城，是无任何蝉踪可寻的。这曾经负载了丰富生命的海洋，现在是那么荒凉，一度寸草不生。巴掌高成簇的猪毛菜、矮矬成堆的红柳和凹陷处的芦苇，今朝生明朝死，一边绿一边枯。

她仰起头，梗着脖子对着窗户用力挥手，又大声重复了一遍：

"青青，俺来给恁要妈妈水钱了。"

她的语气一句比一句欢脱，脸上的褶子似雨后车辙，我似乎看到她横藏在脖纹间的条条泥垢随着她密集的笑容瞬间断裂开。她一手扶着自行车，一手用力向上挥舞，眼睛里流露出孩童一样的期待和乞求，又像鱼儿离了水，有点儿打挺的意味。

邻居们纷纷探出脑袋，讨论着，这是谁家的老人啊？在对着哪扇窗户喊？她这简直不是在要妈妈水钱啊，而是在向全世界证明我姬青青还有个亲娘活着呀！此刻，任何的声响，都变成一个个巴掌甩在我的脸上，火辣辣的。是啊，我还有个亲娘活着呢！我向蜃城撒下的谎，因她的到来即将被揭穿。在我脑海里渐渐支离破碎的记忆里，她年轻时的影像总是在碎片里闪烁。随着她的到来、她的喊，猛地一震，有几片记忆碎片神奇地拼接在一起，渐渐愈合，拼凑出她此时此刻的样子——已步入老年的李七七。

是的，我还有个亲娘活着，我不由得后退一步。分别十四年，我已无法预料她接下来的行径会怎样。大西北的阳光像是烂熟了一样，正不管不顾地撒着欢儿沸涌人间，蒸腾着我的五脏六腑。

我匆匆来到二楼，从楼梯的夹缝里看她。

二八大杠凤凰牌自行车，黑漆脱落后锈迹多了，但它前瓦松散后活动的声音我还认得。车子前后装模作样的灯已经损落，辐条也不见了几根，还有几根一头脱落后又附在其他的辐条上面，辐条也生锈了，车胎瘪了，磨损严重。

只见她一手抓住自行车的斜梁，一手抓住楼梯扶手，她在犹豫应该先迈哪只脚。一只脚在一个台阶上停了一下，等另一只脚和它一起站稳，终于，上了几个台阶后，才摸清里面的门道。我猜她在想这并不像她曾经一次次小心翼翼攀爬过的梯子，为了稳，一只脚要等另外一只脚。一步三叹，好像每一步都有着拿不定主意的意味。还好，我住在三楼，给了她足够的时间学会爬楼梯。我蹑手蹑脚地上楼，她的注意力全在爬楼梯上，并没有发现我。她终于到了二楼，喘着粗气，稍作休息。仰起来的脸吓了我一跳，灰白稀疏的头发，眼睛里的黄似乎向全身漫开，无声地抗议着什么。

我打了一个激灵，匆匆折回家里，自问在怕什么。一饮而尽一杯刚刚添加的白酒，喉咙立刻灼热起来。我不酗酒，只是喜欢整个房子里充满粮食腐香的酒精味道，空气仿佛都喝醉了，摇摇晃晃。我摊开手掌，就能感觉到它的重量——这是我平日里独居爱玩的把戏。过去我养了一只田园猫，当发现每每在外面阔谈过我的过去，回家后渐露虐猫倾向，我把猫送给了在井上工作的一个文友。

"喂，请问，您是？"

"俺是？俺可是听说恁有一片戈壁呢！所以恁可就得养着娘啊……"她的声音在我脑海里绵延了好一阵子，我才识别出来她是谁。后面她又说了什么，我没有听清楚，耳朵里嗡嗡的，心里空落落的。说实话，如果没有这通电话，当她出现在视野里的时候，我也不一定就能认出来。这段对话发生在一个月前。

接下来我没有说话，她自顾自地说姬蓝缨嫁人了，自己也帮她把孩子拉扯得可以撒手了，吃饭、尿尿、拉屁屁，都离得了人了，也算了却一桩心愿。七亩大地也被痴呆儿姬文凯要走租出去，地都不让种了，在姬洼村还有个什么盼头和活头呢？语气越说越下沉，越说越令人窒息。

在这种令人窒息的语气里突然又透漏出一丝光亮："青青，等俺死了，你一定要把娘埋进那七亩大地啊！和你爹在一起，让俺们俩在阴间也有个暖可以取。"

随后，我们俩陷入长久的沉默。过了一会儿，她挂掉了电话。她是怎么拿到了我的电话，又是怎么找到我的？这个问题我思考了一个月，直到她到来。

"俺可是听说恁有一片戈壁呢！恁可就得养着娘啊！七亩大地，娘能拉扯大你们，你的一片戈壁养活一个娘没啥问题。哈哈……"带着确定后的惊喜，她又折返楼下一趟后，终于站到了门口，把塑料大包扔进门内。

她就是这样，闯进了我的生活。

我仔细一看，塑料大包是用化肥袋子拼接缝制的，白色和黄色相间，上面的字迹已磨损。用来缝合的针脚稀疏有致，像一行散文诗。一张一毛钱纸币随着她毫无节制的笑声掉到了地上。她匆匆抬头看我一眼，满眼的黄浊随着捡拾动作起伏，她把一毛钱塞进一把零钱里面。

"一毛钱也是钱啊，难日子来了，也能挡一会儿事。俺可是站着来的，晚上大家都睡着了，俺就铺开塑料包，钻到座位底下，天晃明趁着他们还在熟睡，俺就把包收拾好。站票应该比坐票便宜得多吧？俺可是排了三次队才买到站票的。"她眉毛上挑，不由得笑起来，"哈哈……笑岔气了，笑岔气了。"她用力捂住肚子，这样的笑让眼睛里的黄浊都快溢了出来。

我想告诉她"站票和坐票一个价格"。可我没有说话，身子霸占住门口。她看到我的动作后，眼神略带惊恐，妥协地后退了小半步。但在犹豫之后，还是坚定地迎了上来。

"俺可是听说恁有一片戈壁呢！那可就得养着娘啊。娘好不容易才把你拉扯那么大的，不是么？"虽是反问，可是她的表情已确认了我对她的收留。

"不养爹娘，你就是跑到西天边，都没有说得过去的理。俺现在老了，不指望你指望谁啊！再说，俺在汽车上都看到了，那戈壁都看不到头，种起庄稼来肯定没边没沿的。你不会缺娘这一口粮食。"她冲开我撑在门框上的手臂后，把自行车也搬了进来，语气强硬。

"俺就不信，还有不养娘的道理说得过去。"她看都不看我，径直走到窗前，猛地拉开窗帘。"阳光那么好，可是浪费不得。你嫂子说，阳光里有一种线，叫紫外线，可以消毒，她小孩的衣服放到阳光里使劲晒。俺眯起眼睛，确实在阳光里看到了好几种线，确实有紫色的，你嫂子估计也就这一点没撒谎。"她折回来坐在地上，拆开黑色胶皮包，把搪瓷缸子、塑料水杯、黑色发卡、白色塑料袋，一股脑从包里倒出来，又一件件收拾起来。黑色胶皮包的拉锁不见了，她用线临时缝上。那两排拉链，像是狗牙，狰狞地向我叫唤，我不由得战栗——这或许也是我父亲曾经看到的和听到的。我使劲晃脑袋，想把狗叫声从自己的脑袋里甩出去。只能任由她用这些细碎的动作，缓解我们之间的尴尬。她抬起头，晃晃手里的线拐，像是用这些小物件对我房子空间的占有，宣告给她养老这件事我是躲不过去的。

"俺看到你写的《我有一片戈壁》，你瞒不过俺的。俺知道你现在也算是识文断字，在这里也有个不错的营生了，还挂着个作家的衔。这不养娘的事情说出去，你的面子也挂不住的，在这里日后的路也说不过去。"她在威胁我，语气愈加强硬，说完站起来，走到门口，伸出头朝走廊里看看，确定没人后把门关上。

"俺不想给你添麻烦。再说，你有一片戈壁呢！怎么着，给俺半分一亩的地，种啥得啥，俺都能养活自己。不过，你的房子得匀出来一点儿，俺不求大，把俺的身子搁下就行，哪怕床底下，都过得去。"她停下来，张望我的两间卧室，语气和眼神都在告诉我：你看，我给你留余地了。

我被她威胁住了。

我确实写过一篇《我有一片戈壁》。

就在前年秋天，我漫步在郊外戈壁油区，在猪毛菜和骆驼刺之间穿梭。猪毛菜在白露之后开出了绚烂的花，红的，黄的，紫的，粉的。骆驼刺钻进我的鞋子和裤脚，我不得不脱下鞋一一摘除。戈壁滩上除了我没有别人，就连巡井工都不知道去哪里了。遗落在井场的管钳一把接一把，丢掉的染着黑色油污的白色手套一只连着一只，磕头机哐当哐当、吭叽吭叽地上扬下俯。我偶尔听到从红柳丛里传出咳嗽声，看过去，却不见一人。硕大的野鼠探出脑袋来瞅我，眼睛滴溜溜的，毫不怯人——这确实是我一个人的戈壁滩，像是做了一场梦一样，当时就那么随意写了一篇小散文发表在当地的报纸上。没想到招来一个活生生、气昂昂、土里土气，并且威胁亲生女儿的娘，令我哭笑不得。

她是依着怎样的契机拿到这份报纸的？又是怎样看到那一方豆腐块文字的？这是一份地方性报纸呀！当地人都不怎么看，束之即将拆除的电话亭货架上，和饮料、香烟摆放在一起。日子久了，就会有些老人要去，用来包蔬菜放进冰箱，吸潮、保鲜。

她到来后的第二天，我终于禁不住开口问她："你是怎么找到我的？难道你也做那些梦了？"我说的是我和我父亲都做过的梦。

"做了哪些梦？白天想多了，晚上才会做那些稀奇古怪的梦。是你想多了。"

"不，梦是我们灵魂的另一个居所。我父……"

"青青……"她打断我的话。我想告诉她，我父亲也一定做过那些梦。她打开窗帘，嘴里念叨着："老天爷爷，多多下下紫外线，消消毒，消心毒，消肝毒，消脑毒，消世界上的一切毒。"

她继续解释说是自己路过村里的报刊室的时候，"姬青青"三个字一跃就来到了她的眼前，甚至感到这三个字一把就能揪出来，于是央求报刊室里的人读这篇文章给她听。"她说她有一片戈壁呢。"管理员用嘲笑的语气对她说，并且给她解释，戈壁上一片荒凉，并无用处，以炫耀自己的地理知识。

"你的一片戈壁会很大吧？比七亩大地还要大？七亩大地干起活儿来，都是没边没沿的。等你戈壁上的麦子返青的时候，肯定一眼望不到个头，一眼望不到个头。"她眼神空洞地沉浸在对我的一片戈壁的憧憬之中。"一路上，俺看到那大片大片的地荒着，就像俺的身子荒着。"她连着"啧啧啧"地叹气，奔赴我仿佛就是为了奔赴这片戈壁、奔赴没边没沿的活儿一样。她停了一会儿，转而用沉重的语气说："人闲着，劲没地方使，身子可不就荒了吗？"

"没边没沿的是活儿，家里没老力干，不是地。"我用反驳的语气低沉地道出这一真相，也惊讶自己随着她用了"老力"这个词语。这个从姬洼村的土地上生出的词语，我脱口而出，现在却那么陌生。老力，老大的力气了。想起男人女人之间的玩笑，"只有累死的牛，没有耕坏的地"，我们俩的这一段对话好像这个玩笑的另外一种说法。田地是女人，力气是男人，我看她枯瘦的身体，也确实是没有老力耕的地。

她好像没有听到我的话，继续絮叨。打报纸上的电话，一再强调，自己是姬青青的亲娘。编辑很纳闷，姬青青不是孤儿吗？聊天问起她的父母，她总是这么说，仿佛她从石头缝里蹦出来的一样。但是，有人和明星、当官的、有钱的认亲，没有一个人和名不见经传的只发表过几十篇小文章和出了一本书的小城作者认亲吧！在她的一再要求下，编辑就把我的电话和地址给了她，还顺带着絮叨了一句：这来了一个亲娘，像是从坟土里爬出来的一样。在和我的那通电话之后，她再没有联系过我。她出现在我视野里的时候，我确实也感觉到空气瞬间混浊了不少，连连打了好几个喷嚏。

在日后的相处中，我们有意躲着彼此，尽量避免正面相对，各做各的事。她把我的房间收拾得井井有条，把散落在各处的书收回书架。因为她不识字，没有把书放在它们应该待的地方，我书架的每一个格子都标有作家的名字。我则在房子里苦思冥想，希望写出让自己崭露头角的小说作品，期许作家的身份在国内文坛得以确认，用文友孙卜平的话说是"走出蜃城九公里"。我们就这样，有一搭没一搭地说着话，彼此都怕碰到对方的禁忌，小心翼翼，又像是面对面玩捉迷藏游戏，不想让对方看到自己的真身。

"风旋子为何物？"

"络线子用的。"

"棉车子呢？"

"纺线子的。"

在后来的梦里，在我和她的一问一答中，这些旧什物的名字和用途扑腾腾地往我的脑子里扑，风旋子呼呼地转动发出声响，她在洋油灯旁转动棉车子的样子影影绰绰。生命至此，仿佛分层了一样，只要我侧身一入，即见另外一片光景。我仿佛置身在老槐树胡同子里，因为高门大户姬文军家和老魔道家的存在，繁荣和颓败并存，老槐树胡同子成为整个姬洼村背景一样的存在。狗吠、鸡鸣、骂架声，沤损发黑的柴火堆，顺着墙根走的芦花鸡，老槐树星星点点的叶子，绕来绕去的电线，阴沟里流出的洗衣粉味……仿佛把一条胡同子的心思全部裸露出来。在夹杂的诸多意象中，好像又藏着巨大不可宣的秘密。

她的到来，竟然是逼着我站在镜前开始端详眼角皱纹，思考鬓角涌现出来的四根白发，是什么时候开始长的。它们长足十厘米，可是要费不短的一段时间呢，自己却没有察觉。全身上下没有一点儿年轻的地方，乳房像是放久的西红柿一样耷拉着，脖子上出现层层颈纹——衰老如老妪，没有这个年龄本该拥有的鲜活和饱满。呵，我这身体的土地，一样没有男人耕耘。每个对象都对我的过去刨根问底，谈过三个男朋友后，我对男人彻底失去了信心。

关键是身体竟然都不是自己的！有一次坐公交车，我把左腿往廊里一撇，腿好像就此从身上甩了出去一样。不仅仅是左腿，身体的许多部位，指甲盖、耳朵、牙齿等，它们虽然还在我身上，但是我却感到它们正断断续续地从我身体上脱离。这些丢掉的器官，我不知道是不是自己的，或者是村子里那些人的，在梦里全赶来了。无数的耳朵铮铮地贴在空气里，听风声，听雨声，听人家的吵闹声，长长的声音，仿佛几万人在合唱。在这座小城里梦奔，我和一个跛脚的人无异，和一个盲人差不多。虽然逃到蜃城摆脱了一些事，可是我也开始变得残缺不堪。

"你怎么能老和外人说自己是个孤儿呢？"有一天，她放下手里的针线活儿说。她正在缝我的枕头，枕头棉絮外露，我居然都没有发现是什么时候破的，我突然怀疑是我发病的时候撕开的。"青青呀，咱们娘俩有十几年没有拉呱了吧？来，咱们像翻腾地一样，一垄一垄地过，用手把杂草拔了、锄头将土松了，庄稼就长起来了，紫外线再消消脑毒心毒，神经就捋顺了。娘先给你说说自己过去的一些事。给你说，娘的名字还是有些来头的呵！"她舒了一口气，笑着看着我。

她的提议非常突兀，那时，我正面目狰狞地撕碎刚刚打印出来的书稿。"一个不承认自己来路的人，文字又怎么能找到去处呢？"这是我的心理医生跟我说过的一句话。她的话顺畅无比，像一杯发酵充足的米酒，下肚后通体舒坦，好像她酝酿了很久，就等着开口和我说。关键是我竟然默默地接受了她的提议。她的话匣子打开了，语速很慢。她边说，我边书写，难免掺入文学色彩。

传说农历七月七日，在葫芦瓜架下能听到牛郎织女说悄悄话。姑娘们在自家院子墙根的葫芦瓜架下蹲着，一蹲就是大半个晚上。

男人女人在一起会说些什么话？会发出爹拉车上沿时一样沉闷的"嘿哟"和娘纺棉花时纺车发出的"嗯啊"声吗？谁家不是孩多房少，孩子睡套间，爹娘睡堂屋。用一块门帘隔着，下半夜那声音扑涟涟地往全身扑，把自己都扑涌到了天边那里去，野草丛里去，玉米地里去，麦秸垛凹里去，起起伏伏的风里去，淋淋洒洒的雨里去。风一吹，大地翻一个个儿，庄稼长了一大截，房屋浮了一层虚土，村子又老了一层。

"就叫七七吧，望她得花好月圆的一生。"村子里唯一的老先生推了推老花镜，直勾勾地把我的外祖母刘氏的眼神往砚台那里逼。

"单数会不会不吉利呀？人死烧纸分头七、二七和三七，赶集都不定在单数的日子，更何况是一个活生生的人呢？"她把双手揣进了袖筒里，明明三伏天刚刚过去。

"两个单就成双了啊！"老先生推了推眼镜腿。一根眼镜腿断了，他用一根绳子代替，绕过后脑勺拴到残存的镜腿上。绳子是麻材质，被一层薄而实的脑油包裹。

"哦。"刘氏笑了，"还是你们有文化的人，说出来的话有味道。"

十五的月亮十六圆，两人那时谁都没有怀疑过，七月七这一天，月亮到底是不是圆的。到七七为止，刘氏已经接连生了八个孩子，四小子五个月就出天花死了。如果他还活着，就该在儿子中排行老四。可是在幼年时候死了的孩子是不作数的，和一头牛一匹马死了没什么区别，那些年死的人那么多。不作数，遇到过不去的坎，她总是这么劝自己。孩子死的时候，她正在邻门家里寒暄着借鞋样子。或许孩子睡一觉烧就退了。谁知刚赶回家孩子就咽气了，小被子里的热乎气还有呢。这孩子把自己的娘还没认全乎呢，只要见了妈妈，不管是谁的，嘴就往上面蹭。她是小脚，说话和自己走路的步调一样扭扭捏捏。鞋样子也没退，她知道自己接下来还会有一个孩子，肚子到底得填到个什么时候，自己也不知道。心想，除非自己的肚子破个大洞，或者孩子自己还没成形就从裤裆里轱辘掉了出来。所以，她在后来发现当真怀上七七的时候，就觉得是件稀松平常的事情了。也不知道花好月圆到底是个什么东西，嫁个老实巴交只知道在地里埋头干活的人，生一些孩子，拉扯大，无灾无恙的，也就应该是那圆满的一生了吧。她的日子都是在生孩子和带孩子无知无觉中过去的，晚上寻摸点儿空，就赶紧去补个觉，嫁过来的十几年时间里没有睡过一个全乎觉。

我的外祖父李家幸逢人就说，家里再穷，一个换一个，他的四个闺女也能给自己的四个儿子换来媳妇，不愁娶，更不会折本。这一说法，让小蛮村男多女少的人家顿时觉得吃了大亏。李家幸也只是嘴上这么一说，并没有拿任何一个女儿去换儿媳妇。

李七七在十八岁那年，就定下邻村福根这门好亲事。福根脑子灵光好使，十里八村都是出了名的。看个新式木件，回头不用图纸就能做一个差不离的来。说媒的人一个劲夸，以后不做个教书先生也得当个公社会计。可是李七七过了二十岁，人家还是没有要来娶人的意思。李七七二十二岁这一年，人家也没明说要散，就是说要去外地读大学。"大学"这个词对于小蛮村而言，多么陌生啊，陌生得遥远，陌生得令人眼睛生雾。

"是读大学呢，还不知道几年几载回来，婚事要不咱们再等一等？"媒人出大门前回头说，其实她话里有话。男方说散，送过的节礼和彩礼就收不回来。女方说散，收过的节礼和彩礼要一分不差地还给人家男方。

"等，等，还等？女人不给人家去生孩子，简直就是白活。"媒人前脚刚出门，后脚三个嫂子的唾沫星子齐齐地可以把地砸出一个坑。

迸溅到七七脸上的时候，七七心想，不就是今年中秋，没有送节礼的那一两斤猪肉么？"送节礼喽，送节礼喽！"坐在马车上，吆喝一整条大街，这哪里是送节礼？分明就是送街礼嘛。七七躲在房子里，不出门也不吱声。毕竟那个男人，四年也就见了六七次，搭的话也是"嗯嗯啊啊"从来不成句子。没有牵过手的肌肤之触，更没有定情信物可言，结了就可有，人家去读大学就可无。这些唾沫星子里，好像都是别人的事，她照旧坐在偏房门口纳鞋底子，比着鞋样子裁剪鞋帮子，确实听不下去了，就在给嫂子的鞋帮边剪一个豁口，想着下雨天往鞋壳里多进点儿水。可是在鞋底子和鞋帮子合二为一的时候，她又像没事人一样，把豁口缝得天衣无缝。

"你说说，为啥那一两年动不动就急红了眼，惹了老先生？"这一边，李家幸的四儿子在堂屋门口看着三个嫂子捶胸顿足。

当年他们用高粱秫秸编成椅子让村里的老先生坐，不坐用鞭子抽，坐塌了也用鞭子抽。他们每日盯着老先生，右脚迈的步子不能比左脚大，头只能往左转。如果老先生不小心往右转，就是犯了右倾错误，狠狠的耳刮子就挨上了。明明右转进胡同子离家更近，他们霸占住胡同子口两头，监视着让他绕一大圈左转进胡同子，这时候，他们又犯了难，左转进胡同子，右转才能进家门，右转进胡同子，左转就能进家门。于是，他们让老先生左转进胡同子，在家门口原地再左转后，进家门。在"左右"问题上，他们可谓用尽其事，你偏向右了，就是不革命，就是反革命。

他们翻过木篱矮墙，言辞凿凿，身手迅捷，将老先生家吊在房梁上的一排作为来年种子的玉米棒子都抢去了。抢去干吗了？抠下来打爆米花去了。

李家幸把烟灰磕到门槛上训斥："那你们也不能做那些糟蹋人的事情啊！"

四儿子抄着手，继续辩称："不知道为啥，老先生嘴里吐出来的东西就是绊脚，我撒不开欢，浑身上下像被棒子叶划过，刺挠得很。"摆脱掉这刺挠的后果却是，翻身后的老先生的儿子回到公社会计的位置，怎么会让你离开土坷垃地，顺顺当当去当兵！

那个年代，所有的思想传到山高皇帝远的村子，都要慢上一大截子，常常在距离之远的慢腾腾里蜿蜒出另外一种门道，在村子里滞留、发酵、升腾。小蛮村依旧盛行不积极当兵就是坏分子的说法。他们终于翻身做了主人，可是不甘心接受坏分子这顶帽子。

"爹，你得想想办法，现在年龄还能改小两三岁。再过几年，年龄这一关都过不去了。"他近乎哀求地说，"我本来就长得急。"

李家幸到公社找到了担着一官半职的我的父亲姬世荣的姑父，他们两个人沾亲带故，从小称兄道弟，系一根裤腰带，吃一个带灰的烤红薯。姬世荣的姑父边喝茶水边说起，姬世荣在面粉厂上班，有个不错的差事，就是因为魔道病到现在还没娶上媳妇呢。他托李家幸去打听打听，小蛮村有没有或残或家贫的未嫁女，聘礼绝对是十里八村里顶好的。不济，就是散过茬的。再不济，丧夫带孩子的也行。只要能为老姬家添上一丁就可以了。老两口就独生了一个儿子。老姬家不会亏待。在"散过茬"三个字上加重了语气。

李家幸拍桌子："俺家里还有一个黄花大闺女没出嫁呢！"

"怎么，你舍得？你家七七可是个顶好的女子呢！媒人都排到胡同子口了吧？"

"有啥不舍得的。都散了一茬了。再找，能找个多好的？你们这侄子还是个吃铁饭碗的，七七嫁过去肯定不愁吃穿。"李家幸猛猛地抽了一根烟，眼神躲躲闪闪，说，"俺家四小子当兵盖的那一个章？"

"这有啥？你不提七七，这么多年交情，俺能活络活络的，肯定就活络活络了。咱们家四小子，虎生虎气的，就是当兵的那一块料，不让谁去，也得让他去。你放心，我马上去找小孙会计，帮你解活这事。"

回到家，李家幸对姬世荣是老魔道这件事情绝口不提，直说这是一门好亲事，在公社的面粉厂上班，那可是一个铁饭碗啊。他鼻翼随着语气翕动，想起了七七刚出生时在村人面前的那一番言论居然成真，不同的是用四闺女给四儿子换一个前程，算起来，比换媳妇更值当。你想，有了前程，还怕没有媳妇找上门吗？

"三十一岁了咋还没娶媳妇？"七七禁不住问了一句。

"人家有本事呗，有本事人的心思咱们这些庄稼户咋能猜得出来。你到了人家家里，千万不要说自己是散了头茬的！"他若有所思地强调闺女是散了头茬，也是在安慰自己闺女也是少缺的，少嫁少，缺扣缺，不亏。他在门口抽着烟，想着儿子的伟大前程，又咧嘴笑开了。

七七误以为父亲因为自己的婚事满足，百孝顺为先，她深谙这个道理。"要是真的吃铁饭碗，还不得硌牙呀？"七七转过脸又问娘。

"娘听说，这吃的不是饭碗，是饭碗里的饭，那铁饭碗不像瓷碗呀，怎么砸都砸不烂！"刘氏纳鞋底子的针停在头发里，"孩子他爹，这门亲事，你要好好打听打听。那么好的条件，找到咱，别有什么幺蛾子，害了闺女一辈子。"

"嗯，就是。"李家幸心虚地将烟杆往门槛上磕了磕，躲避着孩子娘的目光，"咱们在姬洼村不是没有沾亲带故的亲戚，我明天就找人去打听打听。"

这些对话，让七七松了一口气，像是种庄稼，终于接上了上一茬。说到底，她还是在意的。

第三天，姬世荣就上门提亲了。

一个人的童年缺少父亲，是非常不幸的。

通往野兔出没的路势必曲折，没有人在秋末的排水沟里挖来泥鳅，填补我们缺油的肚肠。而我只能通过一遍遍想象，去勾画那个给了我生命又远离了我的人，即使他患有精神疾病。我就是这样，过早地进入了思考和孤单。李七七似乎不愿意提起他，所有牵扯到他的话题都是禁忌。从她垂下的眼睛、躲闪的话语里，我可以看到：父亲是刺入她皮肤很久的一根刺。她强忍住疼痛，任岁月流逝，让这根刺越来越往肌内啃，生疮生疣。她却没有勇敢地拔出来。

他那天的出现，是我勾画父亲轮廓的起源，我问得比较多，时而盯着书桌上的绿色斑驳的军用水壶，那是父亲留给我的唯一纪念。隔着近乎四十年的岁月，我的父亲姬世荣的英气至今都能让我感受得到。我不由得挺直了腰背。我父亲的到来，不仅仅走进了我的生命里，也在冥冥中生出一股力量，推拥了我一下，让我来到这里迎接他。那是我未曾见过而又令我自豪的场景。

他向我走来了。也向李七七走来了。

小蛮村和李七七一样因1977年的高考被撤下的另外一个闺女，随随便便就嫁了庄稼汉。眼前的姬世荣，穿了一身时兴的确良军装，板板正正，没有一点儿皱。直挺的鼻，飞扬的眉，双目炯炯有神，面庞棱角分明，一副铮铮硬汉子的形象。满满一黑皮包糖果，分散给来看热闹的人。惹来大家的一阵惊呼，不愧是当过兵的！

李七七在叙述的时候，也仿着自己娘的语调，在房子里转圈圈。刘氏在围观的村人里转悠，发着喜糖，俺七七这，俺七七那，俺七七东，俺七七西。村里人顿明，原来李家幸的四闺女有个那么吉利的名字，而大家小四小四叫到现在。他们酸溜溜地说，难怪摊上那么好的一门亲事，俺们的闺女可比不得，没有那么吉利的名字。

李家幸当天就实数退还了七七上一门亲事的彩礼和节礼。半年后，七七就出嫁了。火灼是一种面食，大拇指指甲盖大小的面坯用手掌按过后，再用顶针镶上花纹，在铁锅里灼熟。在七七顶着红盖头出堂屋门的时候，火灼雨从屋顶纷纷扬扬散落下来，人们一阵哄抢，到达手中依旧保留着火的温热和焦灼。可是还是有不和谐的事情发生了。

"俺结婚的时候，也没见你们家给俺拿出来一个棉花穗子。"出门时，六床被子被三个嫂子一人两床抱走了——所以七七是光着腚出嫁的。她盖着红盖头，听着母亲和嫂子们的争吵，慌了。

幸亏婆婆人好，给前去迎亲的人一人一包红糖，并嘱咐对拉来的嫁妆是个空箱子只字不提。只对外人说小蛮村的人不愧是在大运河尾巴上吃鱼嚼肉养活的，出手都大方，棉线子啊，被子啊，棉袄棉裤的，一箱子满满当当、实实在在。听了这些话，李七七直感叹自己摊上了一个知道给自己和娘家顾面子的好婆婆，要不然以后在姬洼村怎么迈得开脚。在村子里，闲话虽然无形，却是最能绊脚的。

李七七说她自己记得清楚，她就是跟随着老槐树胡同子里的一缕阳光进婆家门的，土屋崭新的麦黄色，在痴呆儿四羔子"新媳妇新又新，一个妈妈顶八斤"的唱腔里愈加闪烁。

成亲的第三天回娘家，婆婆把近门子家的老人和小孩的鞋样子都拿到了，问要不要把针线和布也给她备下。七七能说什么呢？难道娘家这点儿东西都不给吗？自己可是光着腚出嫁的，婆婆家可在成媒不到半年的时间里，把两年里该拿的彩礼和节礼都拿了，拿得三个嫂子脸上直冒油星子，好像把散了头茬后少吃的油水全都给补了回来。七七满口答应婆婆，不用，她一定会在世荣去娘家接她的时候把鞋子给做好，送给爷爷奶奶、大爷大娘、侄子侄女们过年穿。七七心里知道，新媳妇进门，做活儿可是大家较劲的方式，做不到，可是以后在这近门子里混不下的，小气的罪名可能要担一辈子，别人日后给你小鞋穿。回到娘家，幸亏娘把自己嫁妆底子都拿出来给她用。把鞋子送到每家每户，十几双呢，大拇指都被针锥磨得生茧子了，她的脸上堆满了笑，又值冬天，迎面看她，她的笑在脸上生成的红晕，在堆满雪的胡同子里可是像花一样在绽放。

李七七突然拉住了我的手，眼睛的浊黄凝出泪光。她现在的年纪，和当年的婆婆差不多。"你说你呀，都一年多了，肚子里的孩子都有了，还是摸不着个家门，让人家给送了回来。这要是传出去，还不被左邻右舍笑掉大牙？"李七七学着我奶奶的语气说话，浊黄里的泪光随着声调的起伏渐渐消失了。她说，以为的好命，不过是自己孬命的开端。她从来没有想到过，自己的婚姻，是用来还爹娘妈妈水钱的。而所有的不甘，此刻又都从她口中娓娓道来。

那一天晚上，婆婆穿着又肥又大扎腿的黑色吊裆棉裤和蓝粗布棉袄，在锅沿边磨来磨去，顺手拿起有个豁口的破木瓢子，纹子都裂到瓢子底了，转身从身后的水缸里舀了半瓢水，挨锅半腰一圈全倒了进去，炊帚扫，几滴棒子糊糊迸溅到了袖子上。

她死活不穿改良后的棉裤，说那样的裤子不隔风，所以她的裆依旧吊在两腿间。走出去，人家都跟她开玩笑，世荣娘，怎的裆都快掉下来了呢。她也不理，耷拉下眼皮，低头用余光瞅瞅那人，挪挪身子，小脚一阵捣，嘴里含着笑，风一样地跑掉了。

其实呢，这裤裆里吊着两个大口袋。吃大锅饭的时候，她在伙房里负责烧锅。趁没人就把山芋啊野菜窝窝呀什么的往裤裆里塞，往家里带，关上屋门，往儿子嘴巴里填。这让自己的儿子即使在犯饥荒的时候也没落下个子，足足长到了一米八，同龄孩子都是矮矬的。所以到现在，吊裆裤都是个念想，不舍得脱下来。

她心想，你们知道个啥？这才叫隔风呢！隔的是饿风。

这老槐树胡同子里的小子们，一看到胡同子里没人，就齐刷刷地站成一排，边撒尿，边比谁尿得远，说着从爹那里学来的自己也理解得朦胧的笑话。他们也不定个点，胡同子里，说不定哪一片就有尿冰呢！来年就能抱上大孙子，也许也会找个角落旮旯就撒尿。"呵呵……"婆婆想到这儿就乐得合不拢嘴，这一笑，引得整个厨屋昏黄的灯光都跟着摇晃了一下。

"咋啦，娘？恁这是笑个啥啊？快给俺说说，今天碰到了个啥好玩的？"这"呵呵"一声，不由得让七七发了一下冷，把脚直接放进了锅底灰膛里，确定自己的棉裤没有蹭到锅门脸黑灰的时候，才抬起头来看婆婆。

"没啥。"婆婆王氏顿了一下，湿手往围裙上一擦，突然想到了什么，仰头望向房顶黑乎乎的秫秸，说，"俺只是想起来，今天小五十把你送回家来的时候，说这孩子你们可得看好喽，可别再迷路了，这么俊，让人家给拾回家当媳妇，恁家可不得吃亏死了。四岔子路口，一个去村东，一个去村北，一个去村西，还有一个走两步就到咱们老槐树胡同子里了。你说你呀，咋就是记不住呢？"那时候的李七七就是长得俊，垂至腰际的大粗辫子，圆盘脸还未退去婴儿肥，皓目之上的眉毛细长有形，丹唇之间吐出来的字眼让公婆舒舒坦坦。

"娘，为啥大家都叫他小五十？俺看着他也不老啊！顶多也就四十岁哩。"七七不把话往自己身上引。

"他？三十五也没有啊。小五十，不是说他有五十了，是说他娘，生他的时候都快五十岁了。"

"五十还能生啊？"七七睁大了眼睛，针停在发鬓里。

"那可不是，所以才有了'小五十'这么个外号，还有给人家偏眼子看的那档子意思：你说都五十了，那老两口子还有心思暖土炕。可要不是这个小五十，这老两口现在都不知道在哪里拾荒呢。几个儿子闺女是都有出息了，去了县城也没把自己的亲爹亲娘给带在身边，享享清福啥的。前几年划成分，他们巴不得全世界的人都知道自己有一对贫下中农的爹娘呢。回村子里，大老远就把爹娘给喊起来了。风声过了，现在还不是这小五十给他们老两口养老送终么?"

"孩子还是生多点儿好，这个不行那个中。生多了，还有个碰头呢。"七七故意把话说到婆婆的心坎里，不动声色地盯着锅底灰。明日有一家人出丧，这灰在那家老人病重的消息传来的时候，七七就开始存了。谁知道才存了三天，人就没了。这灰够不够厚厚地撒院墙一遭的，七七心里犯着嘀咕。

婆媳俩拉呱或深或浅呼出的气息，让洋油灯火焰摆来摆去。屋梁上的黄色烟油落下一滴，落在刚刚洗好的白瓷碗里。婆婆王氏把刷锅第二遍的泔水摸黑泼到了院子里，不一会儿就冷清成了一层薄冰。她倒吸了一口冷气，太阳穴一紧，冰冷的刺痛就像针锥似的往鼻腔里扎。

"人家谁家的羊在腊月里生? 定是在那死老头子打盹的时候，和哪只野羊偷欢了。本来还指望它和张富家的羊交配出一窝好羊羔呢。现在只能生出一窝羊杂种。"她自言自语。

一阵北风穿梭过胡同子，和老槐树的碰撞声都听得清亮。

"吱呀……"

"嗯……"

门响声像两个人的对话。

在七七的耳朵里，婆婆王氏有三个嗓子。一个是用来和众人说话的，温温糯糯，和刚出锅的黏米糕一样，每一句后面都带着热乎气儿，体己得很; 再一个是用来和家人说话的，每一个字都是广播音，掷地有声，千嘱万咐；最后一个是用来和姬世荣说话的，温柔似水，而且边说边拂姬世荣的眉头，两个人单独在一起的时候才用，被李七七多次瞧见过。

"那时候俺想啊，三十多岁的人了，还是个娘儿娃呢。令人哭笑不得的事还是发生了，俺和羊在同一天生下了孩子。俺生下一个女儿，羊生下两只公崽一只母羔。虽然你奶奶嘴里没说啥，摆满月酒的时候喜气洋洋，忙里忙外。可是看她一直羡慕地往公羊崽裆里瞧，俺心里咋会不明白，婆婆虽然没有另眼相待，还是介怀俺给她生了一个孙女。俺何尝不知在村子里，有个接代的男娃，可以让腰背挺得多直。当时俺心里盘算着，日子还要过，孩子还要继续生。从来没有生过疑心，她瞒了俺那么大的事情。"她把缝好的枕头放到我的床头，"她倒是也给俺交家底。可是有的底呢？姬世荣是老魔道这件事，她就是不交。一日夫妻百日恩，她早早说了，俺也不会做对不起他们家的事。"

公公姬大兵在家里排行老三，两个哥哥每家都有三个儿子，只有姬大兵一人独生了一个儿子姬世荣。所以婆婆天天用第二个嗓子碎叨给七七听：牛能吃得动麦糠，人也消化得动话糠，谁家锅底没有灰，谁家房子不上梁？老两口总有一天不在了，世荣以后连帮衬着过日子的兄弟姐妹都没有，还是要依靠着看人家的脸色过日子。

常常吃着吃着饭，她就开始和老伴盘算，村子里，胡同子里，近门子里，对谁家还没有做到周全，做的油炸丸子送了没，随往遗漏了没，少了一家，指不定日后哪个日子里就有绊有坎了。七七听到这些不反驳，转身喂孩子。一代人有一代人的活法，她说高不高说低不低的心气儿不允许自己这样没有一点儿硬气地过日子。天天看别人的眼色过日子，自己的日子还有什么过头呢？

"她是没说，但是老槐树胡同子里的老娘儿们嘴巴可不闲着。"她把我床上的床单抻平，"话里话外，给我提着醒。"

时间过得就像车轱辘啊，生完大女儿的第二个寒冬很快就来了。只有在大中午，还能挪出个凳子出来坐坐。李七七记得清楚，有一天早晨，看到竹篮里有一只冻得哆哆嗦嗦的幼鼠，浑身肉色，或许是淘气想出来看看外面的景色，谁料自己找不到回家的路了。七七怕它被猫给叼走，就用木板子盖在了竹篮子上，准备忙完这一天的针线活儿，找找老鼠窝，给母鼠送回去。

"谁编的呀？"不知道是谁开了一个头儿。

"七七的男人世荣呗！"姬桂兰使劲跺了几下脚，不忘搓搓手背，哈一口热气在上面，"七七啊，要是世荣有什么不对的地方，你可是要多担待着，让着点儿。"

"这个俺懂呢，一家人过日子，哪里有不出差错的时候啊！"

那一天，胡同子里的阳光那么短，好像被拦腰截断了一样。筐子底"七七"二字，是她男人用红色插花线编到里面去的，村子里大多数男人把精力放在了喝酒、打牌、胡吹、干仗上。她拿出针线和鞋底子后，就把鞋筐子顺手放在了凳子后面。不爱显摆，自己的日子，好孬，两口子关起门来自己知道就行了。好了，人家顶多几句恭维你的话，偷拽你几把麦秸泄泄酸气。孬了，指不定在背后说你个啥呢，非得把你那些丢人现眼的事数叨一番不可。

一眼看过去，胡同子都是弯弯曲曲的，七七心想，这可不能再逃了，一不小心撞墙上可咋办？胡同子呀，你咋那么多事呢？这些话你不传不就行了吗？你还嫌人家家里不够乱是吧？有一件事情她一辈子也忘不了。一家的儿媳妇桂枝说，俺死了，她老人家也死不了呀！她嘴里的"她"是她的婆婆，这是在秋末挖沟清理淤泥的时候，人家问她婆婆摔了腰，现在咋样了，她心里还寻思着家里的蒲篮被谁借走了，就那么没头没脑地回答了这么一句话。这话传到了她婆婆的耳朵里，她婆婆一手扶着腰一手拿着火棍子，从家里一直打到村头。桂枝被打得头破血流，满地打滚，在地上爬着求救，也不敢还手。那些参事的老娘儿们只说，俺大娘，桂枝还年轻不懂事，恁别打了，恁别打了……其实桂枝前面还有一句话：俺是个病秧子。可是这些老娘儿们在传话的时候，偏偏把这句话给弄丢了。桂枝在家里，越想这事越觉得窝囊，当天晚上就上吊死了。发丧那天，桂枝的小子和闺女哭得一塌糊涂，惊天动地。

七七看不下去，连着三夜赶了三双棉鞋，要给孩子们在夜里送去过冬，婆婆阻拦她不让她多管闲事，要是被那些多事的老娘儿们知道了，还不认为你和她们作对？七七惊诧地看着婆婆，仿佛看到了另外一个婆婆，不是那个老好人婆婆，这个婆婆是模糊的，是遥远的，是陌生的，是神秘的，是不可测的。婆命难违，也就只好收手了。

七七问男人："要是俺也那么不明不白地死了，你心疼不？"

男人说："别胡说，不吉利，咱们把日子好好过下去，哪里来的不明不白呢？"

"七七，你家世荣对你好不？"不知道是谁的话把她的困头给惊了，把她从桂枝的孩子们的哭声中拉回来，男人嘴里的不明不白也渐渐模糊，余音在胡同子的阳光里打着旋儿。

"也就那样。"

"那样是哪样啊？"王大凤追着不放。

"也就那样呀！"七七有点儿不耐烦了，不说好，也不说坏，看她们怎么传话。

"身子都被男人沾过了，老二也快生了，还有啥好臊的啊。好就是好，不好就是不好，还有什么不能说的吗？还能生出来个什么门道似的。"王大凤边说着话，边一手托着孩子，一手扒腾出衣服来，露出肥硕的妈妈喂孩子。她撇着嘴看了一眼七七，好像在说，你看，这才应该是咱们老槐树胡同子媳妇的做派。

"咳咳咳……"

一阵急促咳嗽的声音传来。王大凤赶紧拉好衣服，起身打了个招呼，一个七七叫不上名字的大爷大老远就给这些晚辈打招呼了。昨天姬文军自家侄子过来，也不吭声，遮蔽不得，王大凤被他扯烂了棉袄，棉絮子露了出来，嬉笑转而骂骂咧咧："你个狗娘养的。"这不是骂自己的嫂子么？七七听到的时候，便在心里论资排辈。

谁让人家的男人有本事呢！卖洋油卖针线的挪房来了，经过她家都要多吼几嗓子，生怕王大凤错过了对他发恼，洋油还都是要白送的，要不然还在这姬洼村做不做生意了。小本买卖，一端一个准。

七七心想，这么冷的天，她也不怕把自己的妈妈水给冻了。七七心里不禁为自己的突发奇想一阵暗笑。鞋底子纳了一圈半的时候，自家大门底下的阳光也没有了，七七没有像她们那样挪挪凳子到别人家大门底下的阳光里去，而是收拾起鞋筐子准备回家了。别人家的阳光她也不去沾，沾其他的她或许还能还得上，这阳光没斤没两的，怎么还啊？

留下一胡同子的家长里短、流言蜚语继续发酵，阳光在每个人的脸膛上跑来跑去，捉迷藏。泄漏在胡同子的阳光和屋檐上干枯的狗尾巴草纠缠不清，老磨嘎吱嘎吱地发出刺耳的声音，年成不好，不是老人在碾那几把瘪瘪巴巴的谷子，就是那些调皮的孩子在推干磨玩。姬洼村的老磨在一个废弃了的老屋里，抬头就能看到下泄的天光。

这世界上，挪挪身子，能挪到哪里去呢？七七走进家门的时候想。

过完年，空气随着春天的到来、白雪的融化渐渐潮润起来，走在弯弯曲曲的胡同子里，听老磨转起来声音都是黏黏糊糊的，像在吐唾沫。这平常日子里，胡同子随着七七的视野越来越弯曲了。新婚的喜庆劲，渐渐化作水波不惊的平常日子。"日子是要过下去的。"七七看着弯弯曲曲的胡同子常常说。

"恁们听到没，兰花家的门昨个晚上响了，她男人傍黑和她干完仗，就到张楼自己兄弟班子家里喝酒去了，那熊玩意儿，一碰酒就不离口，非醉得不省人事不可，肯定没有回来。大晚上的，大门怎么就响了？"

"进黄鼠狼了呗，还能有个啥？"

七七听到她们的闲言碎语，走到大门口就停住脚步，寻思着大家会不会从自己的推门声中寻摸到自己家的秘密。姬洼村的老娘儿们在黑夜里躺下翻来覆去左右睡不着的时候，就根据谁家的院门响了，来判断哪个男人不在家的女人在偷野汉子，隔几条胡同子，她们都能听到。黄鼠狼喜欢在有明亮月亮的晚上作怪，月光有时候惊了人的困头——黄鼠狼就无辜地成了野汉子的代称。上个月明，一夜里黄鼠狼就拉走了三只老母鸡，七七赶在这个月黑结束前赶快给鸡圈上了网。

这天晚上，婆婆挡住了洋油灯灯光的时候，七七顺即朝火炉挪了挪凳子。已经挪不动了，这个动作完全是在无意识中做的。"胡同子都是被扭曲了的。"七七还是嘀咕出了这句话，"扭曲"这个词被不由得加重语气，同时身子也跟着哆嗦了一下，打了一个激灵，那么久了，好像终于把自己最想说的话给抖搂了出来。瞅了一眼婆婆，还好，她并没有注意到自己的话，视线重新落到鞋底子上，快收尾了。不能赶在月明地里做鞋，败家娘儿们也是做不得的，不能浪费洋油啊，婆婆刷完锅，七七也就不做活儿了，顺带把盛刷锅的头遍泔水盆子往灶宦爷爷那里挪了挪，省得绊倒了婆婆。二遍泔水直接倒到粪坑里去，头遍泔水里还有饭渣子，要用来给猪羊食用。

嫁到姬洼村转眼过了三年，第三年生二闺女，和第一次生孩子不同，三个嫂子带来了红皮鸡蛋和红糖。牛皮纸包的红糖，被红色插花线五花大绑，牛皮纸就裹了三层，褶皱处虚张声势地占着地方。红皮鸡蛋呢，一个顶一个小，一看就知道是从鸡蛋筐子里挑拣对比了很久才拿定主意的。婆婆和她们从东屋拉到西屋，从村西头拉到村东头，从这个村子拉到那个村子，终于找到了牵扯头——婆婆的姑姑和大嫂子的娘家在一个庄。

"俺心里跟明镜似的，这些都是车轱辘话，轧过去就没啥了，要不是婆家一家人把日子过得差不离，不定嫂子咋对俺呢！见到鸡蛋皮也是不错的了。"李七七手里的线越来越短，她又开始缝一个被单。

年轻夫妻俩的这间小屋子相较于老两口堆满杂物的房间整洁多了，是堂屋的套间，一大一小两个衣柜，柜子旁放了一张精致的小桌，小桌上放着军用水壶，那是姬世荣军旅生涯的凭证。小衣柜里按季节叠放着孩子们的衣服，多处被王氏插了花线，红红绿绿的彩鱼彩花，当然也少不了莲蓬——多子。大衣柜里则整整齐齐摆满了七七出嫁时婆婆备下的棉被，棉被下面是姬世荣当兵时候穿过的军装。七七随着季节收拾棉被的时候，看到军装总是屏住呼吸，眼睛快快从军装上转移过去。男人没有当她的面穿过，自己虽然嫁了一个当过兵的，可那军装背后的岁月离自己很遥远。当七七问起的时候，他也含糊其词。七七不傻，也就不追着问了，那里一定有不可探究的秘密，或许说了对谁都不好。

看得见的是，怕墙上落土，姬世荣从面粉厂拿来过期的报纸糊在周遭。七七没有读过书，看看墙上泛黄的报纸，就让他教给自己。可是一个字今天学了明天忘，男人也就没有耐心了，只有在晚上想要她的时候，拿出一两个字做诱饵。没出嫁就认识了"上"和"下"，所以当学"卡"这个字的时候，七七笑得直不起身子来。上不去，下不来，不就是"卡"住了吗。

七七说出这些话的时候，一下子就愣住了，呸呸，自己这是想的啥？

"胡同子是弯弯曲曲的。"我不由得和李七七说。

那种弯曲，在我的幼年记忆里，仿佛可以被一阵风、一串脚步声、一束光加剧。我心悸地梦奔在戈壁小城，精神时常游离和恍惚，仿佛我已经成了那一条条弯弯曲曲的胡同子，喝一口浓烈的西北风便安置一生。我使劲地往大风里藏，往浓黑的夜里躲，却更加无依无靠。

"是啊，胡同子是弯曲的。和俺的命一样。那时候，那么多人给俺提着醒，可是俺就是没有往姬世荣身上想。还一个劲怪别人多事。"

当李七七说起妈妈水钱的时候，在我听来是在暗示我，也是在给我提一个醒。她可以用婚姻来还自己爹娘的妈妈水钱，我用什么还她十六年的妈妈水钱呢？她的儿子姬文凯已经娶媳妇，她的七亩大地已经无须耕耘……她唯一反复絮叨的，是让我在她死后把她埋进那七亩大地。

小魔道,老魔道

我虽然没有见过我的父亲姬世荣,可是从老槐树胡同子里的人嘴巴里说出来的老魔道,说话是有声音的,走路的姿势是有形状的,呼出的气息带着牛圈的味道,眼神里透着浓雾一般的空洞和湿润。

他们的话,像往"老魔道"三个字空壳里填东西,越填越饱满,越填越清晰。以至于,在被唤为"小魔道"的那些年,我知道了如何举手投足,如何去看,如何开口说话。甚至我用树枝在院子里写下的字,都像犯了魔道病,时而坚硬张牙舞爪,时而飘逸如一缕清风。我相信,那是我的父亲曾经写下的。

夜晚,我在家里再也待不住了的时候,暗夜出门,探寻到可以看到星月的小路,路灯遥遥可见。我看到,蜃城的楼房,在黑夜里乱窜着。青年莽撞地往天上冲,壮年有点儿试探性地望着星月,而老年人,则趴在地上,粗重地呼吸。它们彼此错着身子,谁都不挡住吹向别人的夜风。它们拉扯着闲话,怒骂着彼此。

这时,我脑子里闪现的是在姬洼村穿巷跑街的商贩挪房。

我稍微一侧身，就站在了老槐树胡同子里、我家的房顶上——我知道，这是我的父亲遗传给我的。即使我逃亡至蜃城，我也逃不掉他遗传给我的基因和命运。

"洗衣粉，洋火，泥子。"吆喝声和着地板车的轮子与车轴摩擦发出的咯吱咯吱声，经常在我跑出来的时候，已在不远处的胡同子里回响。我急匆匆爬上房顶，手里紧紧握着一把一分、两分、五分的硬币，这是被李七七顺手扔在灶台上的，被烘了那么久，闻起来都有种干燥燥的香。寻他的踪迹，完成她交给的任务——买一封洋火。

"洗衣粉，洋火，泥子。"我站在房顶，更加清晰地观看到的是姬洼村的全貌，遮遮掩掩中的红砖红瓦或水泥房顶，家家都比我们家的地基高。地基高，多囤粮，因此姬洼村的房子是起起伏伏的，后来盖的一定要比早盖的高上一个屋檐，就意味着，看起来，你的日子就压下了别人家的一个屋檐。

一封洋火有八盒，封纸是蓝色的，带着淡淡的紫。这颜色很多次成为我梦里天空的颜色。每次我都买半封，这样子就又有了一种期待——挪房的出现。使用完三盒多洋火的时候，挪房就会出现，不早不晚，他好像总是掐着时间来的。村子里，有借葱的，有借引柴的，有借酱油醋的，就是没有人借洋火。在姬洼村，让我期待的事情并不多。找到挪房，把脑袋支在他的地板车的车帮上。很多人围过来买东西，他埋着头谁也不看，只管拿货找零钱。挪房，挪房，他一直幻想把自己家的房子走到哪里就挪到哪里去，卖东西的时候嘴里总是絮絮叨叨，为此还找错过钱，一天的辛苦全白搭，才有了这么个外号。他真实的名字，他家在哪里，姬洼村没有人知道，也没有人关心。他们关心的是俺们买你一封洋火，你到底是要搭一盒还是两盒？两三个老娘儿们，叽叽喳喳，不让挪房搭上几盒洋火是不会放他走的。

那时的我还真以为他有挪房的本领，期待他一出现就一显神能，把我们家的趴趴屋也挪到天上去。天上的路比地上的路要宽敞多了，可以随意走动，从这朵云彩上跳到那朵云彩上，不必再受姬堂堂之辈的欺辱。这种幻想，让我的心都快要飞起来了。

有一次在胡同子里，姬堂堂用板凳子的两根腿卡住了我的脖子，把我逼到墙体那里，说："说，你是小魔道。"我嘴里念着的就是："挪房，挪房……"这样一个好几个星期才搭一次话的人，说出名字来居然可以放飞我的思想，这真是一件神奇的事情！甚至在此后的很多年里，我以为只要念他的名字，我就不会犯魔道病，天地就颠一个个儿，我就会住到天上去。

"买啥？"他头也不抬。

"半封洋火。"我死死盯着他。我喜欢不抬头看对方的人，这样子有可能他就不知道眼前的这个女孩是谁家的闺女了，我脸上带着一种鬼气，姬堂堂说，这是我的老魔道爹带给我的。

这蒿草一样的生命。

关于我这蒿草一样生命的出生，老槐树胡同子里的人传的也许一点儿都不掺假。当我牵着羊，抱着柴火，走过弯弯曲曲的胡同子的时候，总会有那么一两句话飘过来，深入每一个细节。这些细节在我的耳朵眼里渐成篇章，架构起我的出生史，他们在长达十几年的时间里一直乐此不疲。我抬起头，电线上的小小虫叽叽喳喳插几句嘴，那些话被穿胡同子的风吹到我耳边，越来越野，和着挪房那吱吱呀呀的地板车的叫唤声。

"老槐树爷爷哦，老槐树爷爷，就让俺那老娘儿们再生个小子吧，要真的是个小子，俺就啥都认了，啥都忍了。"

老魔道提了一坛子酒，从早晨到中午都在跪着求告老槐树爷爷，不停地磕响头。常年在外，风吹来，雨打去，逢麦秸草垛就睡，灰白头发沤得像陈年压垛的麦秸一样，风一吹，断了好几根。母鸡顺着墙根走，扑棱着翅膀。姬洼村的时光像老磨一样转来转去，大家还没从冬天的哈欠里缓过神来，手揣进了棉袖筒里，眯缝着双眼，有的在看天，有的在看地，有的在看弯弯曲曲胡同子里的空荡，有的或许什么都没有看。

一枚落叶在尽头的光源那里，忽悠一下，掉了一个头折返回来，落在老魔道的脚下，打着旋儿。他一生气，踩了那枚落叶三脚。王大凤抱着儿子姬堂堂走到老魔道的跟前，在他的眼皮底下，让儿子撒出一条洋洋洒洒的弧线。她得意地笑了，知道此刻老魔道正在用自己的余光窥视着，像贼一样的目光。王大凤的笑声在喉咙里面突突地往外冒。姬堂堂是"堂"字辈的，两个"堂"做名字，在姬文军和王大凤的心里，就把其他"堂"字辈的人都给压下了。

这时候，商贩挪房推着杂货车进入了老槐树胡同子里，上面摞着一个个纸箱子，里面装着洋火、洗衣粉、臭泥子、螺丝糖、针线、顶针和针锥。

"呦，队长夫人又在给恁家四小子把尿呢，恁的命可真好，都四个儿子，尿都把不过来了吧！"

"哎呦，原来是挪房来了啊。还真是把不过来了，这个哭完喊娘，那个跟着爹屁股后面追着要小小虫。真巧，俺家的洋火今中午刚刚用完，给我来一封。"

"来，这是新到的一批，在火柴厂还没来得及散热就到俺手里了。一点儿潮气都没有，洋火头个个大着呢，恁看，一擦就着，火头子噗噗的。"挪房弯腰哈背，奉上一簇火苗给王大凤看。

"没有瞎苞就好，俺家的柴火晒得一点就着。可不巧，俺把零钱落在另外一件衣服里了。"王大凤将火苗吹灭，浑身上下地摸钱。

"俺又不是不来了，下一次一起算上就是了。"挪房虽然这样说，心里已经把这块把钱权当给扔了，都不知道积压了多少个下一次了。

姬文军的大儿子铁头在挪房还在其他胡同子的时候，就从院子里跑到大门口向外张望，手里拿着一双新鞋，想换几块螺丝糖吃。每家每户的地板车发出的声音不一样，商贩挪房的地板车的声音在铁头的耳朵里熟悉极了，挪房的地板车一响，铁头就眼睛睁得贼大，心突突地往外跳，每走一步，都觉得是娘在喊着全村的老少爷们抓自己。见娘抱着弟弟在老魔道跟前和挪房闲扯迟迟不离开，心里犯了难，急得直跺脚，两手扒在门前。等挪房经过他的时候，他一下决心，把新鞋揣进衣服，跟着挪房贴着墙根走出了胡同子。

"熊羔子，从来都不知道尿个干净，剩那一滴给谁喝啊。"她把儿子一颠，一滴尿进到了老魔道的脸上。做完这一系列的动作后，她的嘴巴子翘向他，非要拽搂出几句话不可。

"俺说老魔道啊，恁家老娘儿们这胎肯定又是一个小子吧。第三胎是儿子嘛，风水轮流转，恁家现在是顺风顺水喽，多子多财哦。"

一阵穿胡同子风吹过，掀起的尘土迷了王大凤的眼。

"得回家了，俺家那头老母猪，一夜的劳动，把猪圈都给拱出了一个大坑。可不得了哩。"

如果是胡同子里的其他人听了，肯定会说，不是老母猪把圈给拱了，是恁家那头老公猪吧！王大凤也会不恼，回应说俺家的母猪和公猪都厉害着呢！大家心里暗笑，王大凤真是没脸没腚得从村东头到村西头了。

老魔道瞥了她一眼，什么也没有说，起身灰沓沓地走了，扬起一串串脚印留在空气里，不一会儿就被风给吹走了。

铁头嘴里嚼着、手里攥着螺丝糖也回来了，脸上露出了得意的笑——谁知道新鞋跑哪里去了，说不定被狗叼走了，被猫衔走了呢！每次他都是这么跟娘说的。反正糖最后都到自己肚子里去了，什么证据也不留，娘怎么会发现自己长胖的一圈肉是吃糖吃得还是吃馍吃得。姬洼村谁家发丧，都会请姬文军去主事，铁头可是跟着混吃了不少的肉头子。挪房用三块螺丝糖换一双新鞋，简直就是白得，顺道拿到集上卖给家里没有娘儿们的光棍汉子一个好价钱。这双鞋就这样流落到其他村子里去了，挪房是不敢穿到姬洼村来的。铁头有时也会担心，娘在其他村子里看到这双鞋踩下的印子会不会感到熟悉。他娘做的鞋和她的身材一样，愣头愣脑的，穿那双新鞋踩出来的印子也定是愣头愣脑的。

老魔道家李七七要生小子的消息就这样像蝙蝠一样在姬洼村的屋檐子下扑啦啦一溜子飞开了，老磨依旧在姬洼村一个黑咕隆咚的地方，轰隆轰隆地转着。老磨都转一个冬了，村里人耳朵眼都生茧了。老瓦碴奶奶在自家大门前打了一个哈欠，用食指抠了抠耳朵眼。当听说老魔道家的要给老魔道再生一个小子的时候，她觉得姬洼村的时光突然被拉长了，拉动了，才意识到时光又倒了一个个儿。看到挪房的时候，才想起去年穿破了的鞋还在床底下安分地待着，心想着等会儿回家把破鞋收拾出来，挪房再来的时候换点儿实用的东西。虽然这样想，可是她的腔都没有挪一下。

而出了老槐树胡同子的挪房的心里着急，你说你们姬洼村的人哦，不就是几只破鞋么，用得着这样子稀稀拉拉地来换吗，懒得腔眼子都生蛆了吧。他有时候会想到，自己在姬洼村设一个摊，喇叭上一喊，给他们一炷香的时间，他们肯定急急忙忙地过来。但是转念又一想，要是设个摊子，走动不了，每次不到每家每户的门前去点个卯也不好，自己毕竟不是这个村子里的人，摊子占上一片小地方也不好，外村的母狗可以占，外村的人可占不得，在哪个寡妇门口多停一会儿，都可能沾自己一身的闲话。姬洼村的人他认不全乎，但是他认得全村寡妇们的门，经过的时候都是心惊胆战的，只有在村和村之间的田野上，他的心才是放在肚子里的，拉起地板车来都是欢快的。

他们推算着，距老魔道上次回家，算来应该也只有八个月吧，七活八不活，就算是个儿子，生下来还不知道咋样呢。

他们也笑，老魔道只管生儿子，不管养儿子，他媳妇给他生了一个儿子都绊不住他的脚，真的是老魔道才做得出来的事情哦。要不是昨天傍晚，李七七爬梯子去取晒在房顶的萝卜干，从梯子上滑了下来，也不会不足月就早产了。萝卜一打春就生芽了，里面全糠了，李七七切成萝卜片，拿到房顶上去，准备晒成萝卜干吃，结果爬梯子踩空了。

在八个月前，他们在夜里听到了老魔道为了生儿子发出的啸声，那真的是只有老魔道才能发出来的动静啊。姬世荣结扎了，那个玩意儿被麻绳扎上了，人瘦成了那个样子，还能爬到李七七的身上去。她们用自己的生活经验来定义结扎是个什么概念。

"谁让他争那一个模范来当。"

"当时还挂着'一对夫妻一对孩，再也不要第三胎'呢。"

"这不，第五胎都不是要有了么？"

大家终于因为东扯西拉从冬懒里缓过来。

"破，破，破。"姬红缨呆呆地站在院子里，两只手来回搂着衣角，墙角的弟弟妹妹哭个不停，她嘴里吐出来一个刚刚明白了含义的字眼：破。

破，就是破。破棉絮在冬天堵着破墙体裂开的大口子；破席子边龇牙咧嘴，人下床的时候一不小心，腿上就被划开一个血道子；破的灶台上，碗碗瓦瓦里落满了灰，油罐子里是炼了好几遍的猪油渣儿；破板凳子坐上去扭来扭去……风破破地从墙缝里挤进来，但它是自由的，从另一个墙缝里又钻了出去。

可惜，她的命不是风，逃不掉的。

"破，破，破。"想让这"破"从嘴里说出去后再也回不来。姬红缨觉得自己的娘都是破的，生了那么多孩子，她的身子肯定已经是四处漏风了。

出门要饭的老疙瘩爷爷提着要饭的破麻袋子走在姬洼村的大街上，干粮没有要到几块，袋子倒是很大，都拖地了。他一个穷光棍汉子，地也不种了，抬脚去要饭，住破庙，喝雨水，日子过得比在姬洼村可滋润多了。他家的那几个侄子，天天惦记着他什么时候死。死了，宅子肯定就是他们的了。别看他们现在好得快穿一条裤子了，到时候，还不得争得头破血流。

李七七的汗水浸湿了裤子裰子，身上搭着一条棉被子，身下掺有杂草的沙土被血洇红了，两条纤细的腿弯曲立在床沿上。生孩子从来没有像这一次那么累人，那四个孩子像身体里的尿一样，从阴门里顺了出来。这次是从早晨到傍晚，感觉是那三闺女来找自己了。

"三闺女哦，三闺女哦，俺的三闺女哦。"

村子里管事的找人随便一埋，她不知哪个是自己的孩子，当时悲伤的期限也就短了很多，可现在所有的痛一下子全都扑了回来。

那个连名字都没来得及起的三闺女哦，在出生不到四个月的时候就被埋进了村北老堤的野槐树林里，那里蒿蒿棵丛生，槐树墩子一撮一撮，夏天蚊子硕大，走过去，不知道是槐树针在刺自己，还是蚊子在叮自己。野坟头子到处都是，不知哪个是自己的孩子。路过野槐树林子的时候，悲伤就少了很多，可现在所有的痛一下子全都扑了回来。

"俺的三闺女哦，身子有多大，埋进去拱出来的土就有多少。肉血很快喂了槐树、野草、野鼠，或许血腥味还引来蚊子呃了几口。哎哟，俺的三闺女哦，俺的三闺女哦，你的命咋就那么苦呢，娘带你到这世上走了一遭，一天的福都没享。俺的三闺女哦，俺还没来得及起名字的三闺女哦……要不是娘下地回来晚了，你也不会在沙土窝里挥腾死。你尿了，手肯定还在玩稀泥呢，把泥全都塞进了自己的嘴里鼻子里，就这样活生生把自己给憋死了。三闺女哦，俺苦命的三闺女哦，俺还没来得及起名字的三闺女哦，你就是这样喂了野树棵棵子。"七七心底在呐喊。

"小子，小子……"女人的痛苦加强了老魔道对这胎又是一个大胖小子的肯定，他趴在窗户上，深沉地呼喊着。这时候，一棵不知哪个年岁的蒿草落在了猪圈上，随之，又一个生命飘零到这个苦难重重的家里来。

李七七盯着屋梁，发现一根椽子都快要掉下来了，虚土从裂缝里漏了下来，落在了屋当门。要不是生这孩子，或许日后被掉下来的椽子给砸死，自己闭眼的时候都不知道自己咋死的，屋顶半年多没上泥了。

"命苦的人，走到蜜州都不甜啊！"绝望，战栗，随着疼痛的加剧，这种情绪也被她无限地放大。

我就是在这一天听着老疙瘩爷爷推开院子木门的吱呀声冲出李七七的阴门的。

那时候，天完全黑了下来，接生婆已不问保大还是保小，颤巍巍地沾染过全村老娘儿们鲜血的双手束手不动，或是饿了，或是累了，抑或是她认为老魔道家的给不起她一包红糖，总之不得不让人怀疑这一次她没有尽力。老魔道听到这一声响亮，冲进了房子，血口子正对着他。

"你敢，你敢，你给俺受的罪还少吗？你动她半根汗毛试试，俺马上死给你看。"

老魔道看了看落入沙土里的婴儿，她还和媳妇一根脐带连着，他撞开门，跑了出去，沿着姬洼村一条条胡同子，脚不沾地地跑着。风灌得他脖颈子疼，尘埃划开了他的脸，听到了自己神经"嘣"的一声全断裂了。跑到村东的窑坑边，一个猛子扎了进去，他心里的怒火才被春水的冰凉给按下去。

"不管怎么样，这个孩子俺都得认，不管有啥，俺都得忍。"脑子里全是那个孩子两条腿间空空的当地，是个不带把儿的丫头片子啊！

姬洼村的人，每个人都看到了或听到了一个细小的片段，后来大家饶有兴趣地串联在一起，成了我的出生史。

我，姬青青，一个丫头片子！我的父亲是老魔道，我生来就是一个小魔道。

"她可是生生要走了咱们一亩四分地呢！"

"可不是！超生的孩子嘛。"

打我自小在胡同子里穿梭，就感到背后有仇恨袭来，仿佛蒿草一样的生命，谁都能踩上一脚，再吐上一口痰。

这蒿草一样的生命，这蒿草一样的生命。我在姬洼村的胡同子里穿梭，随着我自己呢喃，胡同子愈加弯曲了。

"还是老魔道亲生的孩子，指不定等她长大了，犯了魔道病，嫁都嫁不出去，就要在姬洼村赖上一辈子，那一亩四分地还不得死死攥在她的手里。"

"是呀，魔道病就算杀了人，公家拿他们也没有办法，谁让他们有魔道病呢！"

"犯起病来再人事不懂，咱们子辈的人可就苦了。"

说这些话的人是谁？我从来不敢抬头看。这些话像寒冬腊月里屋檐上的冰锥直直地投射向我的心脏，躲肯定是躲不过去的。

"你管她们呢，嘴长在别人的脸上，你的眼只盯着自己走的路就是了。"李七七经常这么说我。她和我的奶奶王氏不一样，她不会巴着别人的脸色过日子，她赌着志气抬着头在这个村子里生活。

"眼睛可以躲得过去，耳朵躲得过去吗？村子里超生的又不是俺一个人，他们凭什么这么欺负咱们家。还不是因为那个，俺的魔道爹……"

"青青，娘不允许你这么说你爹！时间长了，你的耳朵都生茧子了。生了茧，话也就没好孬了。"

我至今都想不清楚，那一亩四分地摊到他们每个人的手里，能有几根麦穗啊？还不够他们地板车上遗落下来的，也就够他们抓一把喂鸡的。既然躲不过去，我也就不躲了。任这些话在自己的耳朵眼里，任这些话在自己的心里，任这些话在自己的梦里愈演愈烈。我的耳朵眼里没有长出茧子来，反而是越来越灵敏，探触着关于自己亲生父亲的一切。

有一次姬堂堂把我逼到墙角里，他说他掏出老魔道的那个东西看过，没有看到麻线绳子。他说看到他爹阉羊的时候就是那么做的，就给羊裆里系一根麻线绳子。"你爹的麻线肯定都箍到肉里去了，可是还是生出了你，看来阉羊的方法不适合阉人。要么就是你爹的那个玩意儿也魔道了，根本阉不住，要不然怎么会生出你这个小魔道呢？"

——这一点我不信，姬世荣有魔道病，你敢这么招惹他？我恶狠狠地看着他，手却被他按在墙上，没有任何反击之力。

一亩四分地，按当时的产量意味着每年可以生产出四百多斤小麦，四百多斤玉米。姬文军和姬文凯一样，都是"文"字辈的，应该叫姬世荣叔叔，可是他从来没有叫过。李七七说戏文里讲"没有规矩，不成方圆"。

方圆，方圆，我嘴里念起"栓宝，栓宝"，他就有一张方圆的脸。谁让姬世荣是个老魔道呢！谁愿意认个老魔道当叔叔？他们不守规矩，所以长得尖嘴猴腮。姬文凯说自己都不愿意认他当爹，他在外面直接说自己没爹。

"没爹，那你咋生出来的？"好事之人问。

"从骡子裆里掉下来的呗。"姬文凯的回答干净利索，也直接撇清了自己和老魔道家的关系。

谁也没有想到，姬文军这个尖嘴猴腮的村主任就是在我出生的当晚，带着二斤红糖来看老魔道家的了。姬文军小时候爱下水摸鱼，耳朵眼里进了脏东西，得了中耳炎。一年到头耳朵里塞着棉花，棉花被药浸黑，让人总感觉他的耳朵是用来擤鼻涕的，看到就想离远点儿。可是谁让人家是村主任姬文军呢？大家不得不停下来和他说话。

"你这是去哪里啊？"

"老魔道家的怪可怜的，生前一个孩子把家里的东西罚得也差不多了，只剩车轱辘没有摘了，估计现在连斤红糖都买不起了。她受罪没关系，她再不快点儿把身子养好出工去干活，没有工分挣，分不分给她麦子？不分，让人家外村人怎么说？姬洼村连五个孤儿寡母都养不活么？咱们走出去一点儿面子也没有是不是？"

他这么一说，大家都觉得他是在为全村子的人着想，不分麦子说不过去，可是没出力气还得分麦子，怎么可能？这些年，大家深恶痛绝的就是那些天天耍赖不下地干活的人，生个病在家养一天还要给你半天的工分。想到这里，大家又想起了老魔道的那个死了找不到尸身埋了一口空棺材的娘来，想起她来，就觉得老魔道家的李七七又值得上要这一包红糖了。

姬文军把红糖放在了方桌上，没有看老魔道家的一眼、说一句话，就把姬世荣叫到了窗户底下。那天的月亮很明，堂屋里没有点洋油灯，老魔道家的身边躺着刚刚出生的小闺女。她看着明晃晃的月亮，知道这辈子不可能再怀上了，身边的闺女好像把自己全身的肉血都吸食干净了，整个肚子空荡荡的，似空空的山谷，就像严冬被雪覆盖的大地，冰凉凉的，四处漏风。

"你读过书，当过兵，见识多，给村里拿个主意呗，是不是也学学别的县里，老疙瘩回来说人家现在都把地分到社员手里去了。"姬文军话里还有一个意思，反正你是老魔道，上面追究起来的时候，完全可以把责任推到你身上去，那样子，上面也责罚不了你什么啊！谁让你是老魔道呢？老魔道怎么做都是犯不到法的。

老魔道果然有见识，不负所望，一口就回复了，当然得把地给分了，分了，地地道道是自己家的了，大家才会拿出实力气来干活。

"好兄弟，果然没错，俺就知道自己问对人了。"

被拍了肩膀的姬世荣感到莫大的肯定。就是在这一年，老魔道没有顾得上生下来的孩子，而是甄别完是闺女还是小子后就立刻去南边找姬姓的老疙瘩，在那一晚，成了生产大队的副队长，和姬文军在姬洼村开始了一场偷偷摸摸的改革。每家派出一个人，到大队的打麦场里，家里有几口人就挑几根高粱秫秸，上面标着地块。

就是在小魔道我姬青青出生的那个春天，姬洼村的麦田被重新补了苗，很快就变得郁郁葱葱了。在华北平原上，春麦根本谈不上产量，可是，这绿色让人把过去的艰难一下子全都给忘了，像扎一个猛子一样进入水里，也扎了一个猛子进了土地里，大地重新恢复了生机。到了当年秋天好孬地整齐划一重新分，不管老弱病残孤寡，完全是按人口分的。

姬文军说，姬世荣是老魔道，不在数，再说他长年不在家，不像人家那些病瘫子，他也吃不着家里的粮食，给他算半个多人头吧。在以后的很多年里，姬洼村的人一直谈起这件事情，他们好像在这半个人头上做了多么大的让步似的。李七七也没有继续去争什么，半个多人头，就半个多人头吧，总比半个人头都没有要好得多吧。而她靠着她最小的闺女我，也多分得了一亩四分地，家里加起来一共七亩多的大地呢，村民之间置换，她让出多的地，凑整数凑到一个方方块块的七亩地。

生产大队很快成了公社里的示范大队，这功劳自然和老魔道沾不上边，他是老魔道嘛，老魔道懂什么？还不是只让你打个头阵，能人是人家姬文军。姬文军家门口张灯结彩，他成了公社里的模范，发了一米多的红色横幅——"千秋功业，万民拥戴"。这八个大字，后来被姬文军金光闪闪地镶在了大门门楣上。这时候，家庭联产承包责任制已经轰轰烈烈地在整个县展开。老魔道默默地从看热闹的人群里走开，这次再没有人问他去哪里，大家都在为手里实实在在的地狂欢，去找到地边子，埋下石头，种下柳树，与邻边子地做好记号，以后谁也不能冒犯到了谁。

许三回对这些地不感兴趣，他的眼睛只盯着羊的裆。他心里盘算着，地归私，羊也可以公开私家放开大养了，他这些年耽误下的生意就可以补回来了。

听老一辈子的人说姬洼村的老根在南边，姬世荣从书本上看到大雁一到秋天就往南飞，所以他说现在逆着大雁走保准出不了错。李七七抱着女儿，在后面跟着自己的丈夫，春风灌进了女儿绒细却浓黑的头发里，她在褟褓里吮吸着手指。这时，一阵风卷地而来，翻起了新翻腾过的田地上的尘土。

这次李七七没有呼喊丈夫的名字，而是默然地接受了命运的安排，反正自己有七亩大地呢。

丈夫的影子渐渐消失了。

"青青，青青……"李七七的呼喊在整个麦野回荡，这就是我名字的由来。

说起这一天，李七七深情地对我说，自己好像在姬洼村走了很久很久。在这一天，一回头，全村的地都绿了，不管咋的，都要拉扯大四个孩子。才感觉到自己在姬洼村有了着落，麦子把根扎了下去，那七亩大地散发着温暖而神奇的颜色。有一次，她深深呼了一口气，用扳镬子从地南头丈量到了地北头。从停下来的角度，可以看到自己家的烟囱，并不突出，被晚霞浸泡过后，泛出锈红色。

"嫁鸡随鸡，嫁狗随狗，嫁个差不离的狗，给你叼块骨头，嫁个扎箍鸡，你就认命吧！"李七七学着我外祖母刘氏的声音说，"所以，青青啊，你不要对自己的命运思三想四的。"

麦香供奉老天爷爷的仪式，操办得更加热烈。

"麦麦麦……"

每年姬洼村宣布麦收那一天的一大早，我都会被浑天浑地的麦香给叫醒。

此刻姬文军正率一众老力在村东头，迎着红日。一长条桌子上摆有煮熟的猪肉头子、白面窝窝和油炸鱼，鱼龇牙咧嘴的无声的哀号让这次供飨显得更加富有麦收时节的干燥。姬文凯因为姬堂堂的原因，也被允许站在最边上，跟着从村东到村西，一跪三磕头。供奉老天爷爷祈求丰收的这几天千万不要降雨捂黑了麦子，否则交公粮的时候就要被折掉不少，在傍黑的时候再刮点儿小风，好把当天压的麦子给扬出去，这个时节地里的活儿都是一个脚后跟接着一个脚后跟的。偶尔会有一两只青蛙从路边草丛里冲到路中央，愣一会儿神，又跳回草丛里。

"麦麦麦……"

我躺在床上，麦香供奉老天爷爷的仪式我是看不到的，这都是我从姬蓝缨骂骂叨叨的话里想象出来的。她不如姬文凯，他跟了一个说一不二的主子姬堂堂，她作为小魔道连围观的资格都没有。我在凉席子上翻了一个身，把手搭过去，摸来摸去，一点儿余温也没有。想找李七七，她已经下地干活了。往屋子里看过去，烂盆盆断缸子挨墙一字摆开，足足有十几只老鼠在沤烂了又用砖头块垫起来的柜子下面钻来钻去，那里堆满了农药瓶、烂鞋底子、麻线绳子、镰刀……姬蓝缨曾经试图把这些东西全够出来，她嚷嚷："人家小雯家每个地方都是清清爽爽的，不知道为什么咱们家到处都让人束手束脚。还不是因为咱娘嫁了一个老魔道，要是嫁个好人家，俺也不会托生到这个破家里来！"

"傻子，要是不嫁给姬世荣，哪里会有我们？"姬文凯一语点破。

我听到的姬洼村的第一声推门声从来都是李七七的，她在天蒙蒙亮就一个人先下地干活了。我曾经问她，你咋不多睡一会儿？她说，活儿太多了，睡也睡不踏实，梦里的庄稼一阵风就长歪了长斜了，人可得盯紧实。在地里实在困了累了，就在畦埂子上睡一会儿。在麦收和秋收后唱大戏的深夜，她回来带来槐花一样的腥香和清脆的笑声，只有在这个时候，她是欢快的。其他的日子里，她的眼睛仿佛是长在地里的。

"嗨，你们干啥哩？"听到我的声音，它们全都竖起了耳朵，一会儿齐刷刷地闹腾开了。怎么会有那么多的老鼠呢？李七七回来，我把看到的疑问告诉了她。

"土屋，它们随处可以钻个洞，进屋里来。"

"可是咱家没麦子了啊！娘，你去看看，咱家粮缸里，都快要见底了，它们跳下去就跳不出来了。娘，啥时候麦子能收回来啊？俺一看到粮缸里那么空，心里就慌得很。"

"傻青青，咱们家里是没有粮食，可是它们可以跑到别人家去偷粮食，然后再到咱们家来睡觉，生老鼠崽子呀！"她提着一把镰、扛着一把长把儿铲子就出门了，芦花鸡顺着她的脚也出去了。"青青，你把鸡撵回家去。娘去问问谁家的牛闲着，看看下午能不能帮咱们家把场给轧出来，要不麦子割了都没地方放……"她的声音渐渐消失，我知道她在出胡同子口的时候嘴里还在念着谁家的牛会闲着，思忖着他家的牛能不能借得出来。她常常忘记我在她身边跟着，嘴里念叨的全是地里的事情。

"别给你娘惹事，她走的时候就不带上你了！"我一出门撵鸡，路过的王大凤就开始给我灌耳音。

"熊鸡。"我边撵鸡边嘴里嘟囔，我不敢骂她，只能骂鸡。姬文凯也一再告诫过我，我们一家人都要像供奉老天爷爷一样，供奉姬文军一家人，要不我们一家人以后连一顿热乎饭也别想吃到。姬文凯也是这么做的，姬堂堂高声喊一句"小魔道"，姬文凯就像姬堂堂家的狗一样跑过去，弓腰哈背，不是奉上一块糖就是献上一个鸡蛋。我们家买不起糖，所以他一定是从春山代销店趁买东西的人多的时候偷的。

我不供奉王大凤，我是根本不想理她。这种人，你越是理她，她越是上劲，你说一句话，不知道她有多少句话等着你呢！虽然我没有搭理王大凤，可是她的话还是让我的心一紧。娘要是走了，以后我只能一个人和这些老鼠在一起。老鼠饿了可以跑到人家家里去，那我呢？跑哪里去才有馍馍吃，有糊糊喝？

娘是什么？

对，一个饭碗。虽然饭碗里一年到头见不得几块肉，她把蘑菇做进去，然后告诉我们，吃吧，这个和肉的嚼头是一样的，甚至比肉还紧硬。我们就那么坚信，下过雨后，挎着竹篮子去树林子里找肉。"肉肉肉……"拿着棍子，我们几个小魔道几乎是匍匐在潮湿的地面上，翻腾着可能藏匿在草里落叶里的蘑菇。蘑菇是真的好吃，蒸玉米面馍馍的时候，把它和老酱、葱花炖在一起，在院子里闻到香味就开始咽口水了。在隐隐约约的睡梦和找蘑菇的匍匐中，我越来越坚定这一想法：如果李七七离开，我的世界将会无所凭依。

这蒿草一样的生命。

这蒿草一样的生命。

一想到自己这蒿草一样的生命，撵鸡回到家，我就急得在院子里转圈圈。为此，梦做得越来越有章法起来。起初是一觉醒来不见了李七七，后来是梦到在吃饭的时候，她拿着火棍子借故出去再也没有回来。我出去看到遗落在院子里的火棍子就问："恁看到俺娘了没有？"火棍子不说话，嗖地变成了蛇，对我龇牙咧嘴。蛇有牙齿吗？梦到最后，她直接把同行的我从车上抱了下来，骑车扬长而去，任我在车后哭喊："娘啊，娘啊，青青听话，再也不气恁了。恁别走，恁别走，恁别走……"梦里是哭喊不出来的，全憋到了醒后的心思里。醒来瞅瞅缸里的粮食还在不，柜子里的衣服和布还在不。活寡妇李七七怎么会守得住这个破家呢？她会走的，趁着自己年轻再去找个好人家，再给人家生个一儿半女的，以后还有个倚靠头——这是胡同子里的人断断续续告诉我的。

我站在门口，用一个小刀片在门框上刻画自己的个子，后退几步去看，多么矮啊，她是根本没有办法依靠我的啊！那时候的我不知道"走"就是改嫁的意思。但是知道娘要是走了，我就没被子盖了，没有馍馍吃了，连糊糊都喝不上了。

这一点，我比谁都清楚。

即使有一百个不愿意出门的理由，为了让李七七感到有盼头，正晌午我还是从家里出了门，低着头，巴不得把头全都埋进前胸的衣襟里。

"姬世荣是老魔道，李七七是老魔道家的，姬青青是小魔道……"

是福不用躲，是祸躲不过，不用抬头，我就知道前面等待自己的是什么，我的下颌重重抵住了锁骨，眼泪早已经在多少次的羞辱中流干了。李七七利用麦收前的空当把二姐的裤子掖了一个边，说到明年再把边给放下来一样穿。我的褂子已经很短了，最上面的扣子不能扣，否则就勒脖子。我不明白，为什么她总是在穿上苛待我。

"你们都麻利点儿，离她远着点儿，小心被传染了魔道病。传染到了魔道病可是看不好的，跟你们一辈子，那是你们自己活该……"在他们这些孩子眼里，魔道病不仅会遗传，也会传染。这是大人告诉他们的。"传染不传染的，还是离得远一点儿好……再说，魔道杀了人不用偿命，她犯了病，咱们还不都得白死……"

"预备……开始……"

"一、二、三、四……"

姬堂堂拉着长音一喊，所有的人接到口令后把身子往两边猛地一闪，三四秒时间就给我让出一个专道，每一个动作都是那么整齐有力。而姬文凯，这个时候，我真想砸他个稀巴烂，他居然也在队列里。我低头路过他们的时候，安静的气氛有点儿恐怖，蚂蚁挪食的声音都可以听到。他们呼出来的气扑哧扑哧地拍打在我的脸上。满嘴的大蒜味，捣的蒜，炒的蒜，腌的蒜，烧的蒜。蒜在姬洼村人眼里是去百病的，把胃给烧了，就呵哧呵哧地说，烧心了，烧心了，好了好了，全都好了。我快快走过去，不到一会儿的工夫，又是一片嗡嗡声从背后传来。

"姬世荣是老魔道，姬青青是小魔道，李七七是老魔道家的，他们一家人都是魔道。哈哈哈……"

拍着手，打着节拍，抑扬顿挫，就像练快板一样熟练有节奏。姬堂堂的声音里透露出为自己训练有序的部队而感到的骄傲和自豪。他一笑，国字脸就成了一个圆饼。还没走远，我的屁股又被他们用小砖块给袭中了。我能反抗吗？不是没有反抗过，但他们一次又一次把我按倒在地上，往我脸上吐唾沫，逼着我承认自己是小魔道。直到李七七扛着锄头出现在胡同子口，才把他们驱赶开。这也是李七七不让我上育红班的借口。不上，她都照看不过来。要是上，那么多孩子在学校里欺负我咋办？她说自己就是能把眼睛带到学校去，也不能把腿带到学校去啊！

终于走出了老槐树胡同子，又走过几条胡同子，就出了村庄，放眼望去，前方翻滚着一望无际的金色麦浪，每家地头上都种着一些杨树，风吹过，哗啦啦地作响。"麦麦麦……"麦香充盈我整个胸腔，这是个丰收的节气，麦芒在阳光下闪着金色的刀光剑影，此刻是田地里的胜利者。曾经和它们争夺养分的咪咪蒿终于奄拉下来，早在麦子成熟之前就已经偃旗息鼓——这是它们的聪明，和麦子一起过冬，一起返青，却比麦子成熟早。当镰刀霍霍的时候，它们的枯棵被割倒，种子却被镰刀震落在田地里，等待着秋末和麦子一起发芽。而间种的棉花苗，绒细的身子，就等着麦子它们被割倒，有一个出头之日。

一手拎着一桶绿豆水，一手拎着一个大化肥袋子，我低头走在乡间小路的同时，也在寻找从别人家车上掉下来的麦穗。像我一样捡麦穗的老人有很多，有的还拿着竹筢子一下子就搂了过去，不一会儿就一大抱一大抱地往塑料大包里装。

"他大娘，你这样，麦穗可搂不多，全是麦秸秆子。"有人提醒。

"麦秸秆子怕啥？带回家里，扔到鸡圈里，把麦粒挠干净，剩下的还可以烧锅呢！"一脸得意扬扬的表情。

我终于遇到一大把麦穗，加速步伐，将绿豆水往地上一放，指甲盖一掐，麦穗头就掉进了化肥袋子里面，我故意留出来长长一大截子麦秆子，这样子很快就装满了。

"娘，俺把绿豆水给恁送来了。"我走到她跟前，她没有说话，接过绿豆水就咕噜咕噜地喝了下去。因为捡麦子不断地蹲下站起，我眼前都黑晃晃的。

"哇，青青，你咋那么厉害，捡了那么一大袋子麦穗。"李七七说。我心虚地踮着脚点点头，意思是，我可以做你的依靠头了。

她有小肠火，一想尿尿来不及解开裤腰带就湿了裤子。

从老瓦碴奶奶那里听说绿豆可以去火，她就一大桶一大桶地喝着绿豆水。说这话的时候，我还在担心会有一两个土块从麦地里飞驰而来，好像他们已经在那里等了很久，给我身心致命的一击，换来他们的哈哈一笑。

"你是不知道，早上刚到地头的时候，娘就撑不住了，尿哗哗啦啦就下来了，刚好有人拉地板车过来，娘立刻坐在了草窝里。别人问娘干啥呢，露水那么大，还蹲草窝里。娘站起来，拍拍湿漉漉的屁股说，怪不得呢，刚刚滑了一跤，原来都是露水惹的祸啊。"

"哈哈……小肠火来了就尿尿，那大肠火来了，岂不哧啦哧啦往裤裆里拉屎？"我笑得腰都直不起来。

"小妹……"顺着声音望过去，大姐正在烈日的团团白光里。学校放麦假了，她方口鞋还没有来得及回家换，就赶来割麦子了。"今年的麦子收成真好。"她走过来抱着我，腿上的毛孔沾染了麦灰。"怎么又生了那么多虮子，你头上哪里来的这么多虱子啊。回去姐姐用篦子好好给你篦篦。"姐姐放下镰刀，拨着我的头发说。姐姐真的很好看，乌黑的头发编成两条辫子，垂在肩上，两个酒窝笑出了她的善良。她的手也巧，李七七做鞋边子剩下的布条子经她的手系在辫梢，就像盛开的两朵小红花。她是我在这个家感到最温暖的所在，和李七七的两个妈妈之间一样美好。

"俺不喜欢用洗衣粉洗头发，水跑进眼里就疼得很。"我说，"姐姐你回家把鞋子给换了吧，换双旧的，要不然一下午就磨烂了。"

"麦子比鞋重要，姐姐又不爱好，穿烂鞋子也没事，漏风了脚还凉快呢。"

地上的蚂蚁忙忙碌碌，我用树枝在它们周围画一个圆圈，看它们是如何艰难地翻山越岭，吐一口唾沫，它们就身陷泥泞。

"咱家的地像是铺了一层厚厚的金子。"我显摆自己刚跟姐姐学会的比喻这一修辞手法。她放学一回家，只要家里没有活儿干，就拿着旧书本教我识字读书。为了让她教我读书，我早早就把牛喂了，把柴火背回家，将鸡赶回鸡圈，覆上网，防止半夜被黄鼠狼叼走。

"傻妹妹，你见过金子没?"姐姐问我。

"你的书上就这么说的，说熟了的麦子像金子，像金子一样珍贵，可以果腹，带给咱们力量。"我理直气壮，说完就闹着要和她们一起割麦子。大地被太阳炙烤，发出烟焦味。耳朵眼在不断升高的气压的压迫下，堵囊囊的很不舒服。

"姐姐，我也来割麦子吧。"

"麦子可不好割，你看看我的腿，你还要学吗?你还是去地头上玩吧。要是困了，就拿个塑料袋子，铺在地上睡觉。"姐姐说着拽起自己的裤腿，上面有好几道被镰割伤、被麦芒划过的血道子。虽然家穷，可是不得不提到一点，李七七和姐姐在干农活这方面，很少让我受累。

"俺要学，俺要学，俺不能光让娘和姐姐受这个罪啊。"我假装哭起来。

"来，你用这个，一棵一棵地割，行了吧?"姐姐把她削铅笔的小刀递给我。

我破涕为笑，可怎么能跟上她们俩呢，她们的动作是那么一致，镰一拉，割倒一大垄。我偷偷地跑到姐姐前面用小刀一棵棵割，装作若无其事的样子，好像自己和她们一样快。

"青青真厉害，比娘和姐姐都快。"听到姐姐的话，我干活就更带劲了，麦秸在我们割的时候噼里啪啦地响。

"漏天不？"

"不漏！！"

"嘭！"

"快补！补得不能漏缝！！"

"哇呜！"

割到地头上的时候，太阳已经落到了西边姬宏大家的麦地里。姬小雯正通过碗底的窟窿看天。听姬蓝缨说，她找胶泥和捏哇呜的本事最好，摔哇呜的力度也是最大的，揪同伴的胶泥补在自己碗底的时候得意极了。姬小雯又吐了一口唾沫，用手抹匀，让泥巴变软，不漏一丝缝。麦假，是家里有老力的孩子们的节日，聚在一起摔哇呜就是他们的节日庆典。姬蓝缨不放过任何向正常孩子学习的机会，此刻她正在和姬小雯学习摔哇呜。姬文凯此刻也一定跟在姬堂堂屁股后捉小小虫。我侧目看看他们，立刻低下头来，小魔道没有资格享受这种无忧无虑的呼喊带来的无忌快乐。前几天，村子里有人家发丧唱对台子戏，我走了过去，在人群里踩姬堂堂他们的影子，尤其是他们的头，稀巴烂，稀巴烂，用脚尖把地都抠出来一个坑。

呵，这暴力的想象啊，什么时候才能实现？

姬蓝缨和姬文凯好争抢，我和姐姐对他们从一再忍让变成了爱搭不理。别人都用"小魔道"称呼我们，可是我们并不像一个集体。在这个家里，每个人都各行其道，都怀揣着自己的心思。姐姐想获得安稳幸福的生活，姬蓝缨想出人头地，姬文凯一心巴望着娶个媳妇，而我，充满了迷茫。

一辈子有多长呢？一些人即使同时出生，并排走到坟坑沿，他们一生的长度看起来也都是不一样的。有的人娶了媳妇，有的人连女人手都没有碰过，有的人爹娘给盖起了红砖房，有的人每天把全身的力气用一遍还是住在土屋里……我那么小，就开始思考这样的事情了。而李七七，她眼里总是闪烁着我看不透的茫然、喜悦和无望，她的心思我也看不懂。麦收和秋收后，那些槐花腥香和铃铛一样的笑声被她像牛一样干活的劲头渐渐点着，突然又被什么一下子扑灭，周而复始。我也不再费尽心思去想她是否要走、什么时候要走，走的时候是否把我带上。

"麦麦麦……"那个夜晚，我张开嘴巴，让月光照进来。四肢酸痛，姐姐割到哪里，我就躺到哪里的麦捆上。

"圆圆的月亮像盘子一样挂在天空。"

"俺也会比喻，娘的妈妈就像两个白鸽子一样挂在娘身上。"

姐姐哈哈笑了起来："这话你可不能跟人家说，人家会说你贫。"

"贫"在姬洼村是傻里面带点儿愣的意思。我辩称，等到露水下来的时候，圆圆的月亮不就是像个银盘子一样挂在天上吗？这个时候，李七七的两个妈妈就是像白鸽一样，在她的薄衫里晃荡过来，晃荡过去，可不就是白鸽吗？都快飞走了。

一想到要飞走了，我的心里就一紧，娘可千万不能飞走啊，她飞走了，粮缸里的粮食粒也飞走了。

我不知道是什么时候睡着的，身上被蚊子叮了好几个大包，居然一点儿没有察觉。醒来，发现李七七和姐姐的外套全部都盖在了我的身上。我躺在麦秸堆上，脸在翻身的时候被麦芒划伤了，因沾染了露水而生疼。天还未亮，暗昏昏的，不远处，姐姐和李七七已经开始装地板车了。我跑过去，姐姐不让我抱麦棵，说忒刺挠了，就让我把落下的麦子棵拾起来，拾成堆，她停会儿过来抱。我突然发现邻边子地遗落了一捆麦子，四周没人，我赶紧把它抱了过来。

"哎哟，俺俩来晚了，你们把麦子都割完了啊，真是对不住啊。"

姬蓝缨和姬文凯是在我们收割完麦子后同时出现在地头上的，掐着腰，和每一次农忙的时候表现一样。

"麦麦麦……"姬文凯还对自己前一日早晨参加麦香供奉老天爷爷的仪式回味无穷。

小魔道们的团结，除了雨后寻找落叶下冒着肉香的蘑菇，就是从犁鏊里寻找真正的肉——活脱脱的豆虫了。这种细长无骨的虫子，在姬洼村只在豆棵和金银花上生长，随着秋凉来袭，幼虫长成老虫，体长浑圆，纷纷蛰伏入土蛰睡，等待冬天的来临。

"这里有一只，这里还有一只。"姬文凯的脚深深陷入犁
壑里，整张脸几乎都埋了进去。犁过的地，像涨潮的海水，
一浪接着一浪，翻涌着追逐我们，我们的笑也在彼此的脸上
翻涌着。团结归团结，可是在豆虫的归属上，还是产生了
分歧。

姬蓝缨用力把姬文凯拉到一边，说是自己先看到的。姬
文凯也不示弱，一屁股蹲在了没有犁过的豆扎上，说这一片
豆地，我先占下了，等会儿犁过来，你们谁也不许捡豆虫。
他忍着屁股痛，骂起姬蓝缨。他们的争吵，让天空打了一个
结，白云蜷缩起来。我并没有加入他们的战争，赶紧跟上李
七七和姐姐，和姐姐递着眼色，把他们落在后面，前面多着
呢，何必在乎这一两只！李七七掌着犁，姐姐牵着牛，小声
给我说眼睛贼着点儿，要把这一年落下的蛋白质全部给补
回来。

"娘啊娘，啥时候弄完，俺好跟着姬堂堂去捉鱼呢！"到
了中午，姬文凯头几乎垂到了腰，求着李七七。

"捉鱼，捉鱼，也没见你把一片鱼鳞带回家来。"姬蓝缨
愤愤不平，从他那里抢来的豆虫并没有让她满意。

"俺还不是为了求告姬堂堂以后罩着咱们家的生活。现在
姬洼村是他爹的天下。而咱们一家人逃脱不了老魔道的魔咒，
俺是这个家唯一的男子汉，俺不奉着他，咱们家以后哪里还
会有好日子过？"他的语气里透着得意，仿佛他为老魔道家做
了一件功德无量的事。

李七七终于忍受不了他们的争吵，说一年到头我们让她素净不了几天。她大声呵斥，我们全都安静了下来。姐姐为了安慰李七七，说自己读完初中，拿上毕业证就回来帮她下地干活，自己拥有了毕业证也算是有学历的人了，回家种地，也看得懂农业知识的书本。她是她们学校读书最好的人，还有兴旺，都被大家说是以后要上大学的人。姬蓝缨咬着嘴唇发誓，自己不仅要读完初中，还要考上大学，把这个家从自己的世界里择出去。她狠狠地把草从筢爪上摘下来，扔进水沟里。我擤一把鼻涕，摔在她身后。

三天后，李七七提着半袋子的豆虫出现在我们眼前。"冬天你们不是没有零嘴吃么？看，娘想了个好法子，娘免费给人家的地里捡豆虫治虫害，在憨二家的豆地里捡了好多。"她狡黠地笑了，嘱托我们这个法子不能外传，也让人家看看我们家的人在冬天也是可以揽腺的。

那年秋天，她将豆虫用土埋进用来腌咸菜的大瓷缸里。整个冬天，只要我们馋了，她就把豆虫扒腾出来，炉子上烤了给我们吃，吃一次连着几天满嘴留香。

有一个心思，也被深深吃进了我们的肚子里。

作为第七辈子人中的一个，老魔道姬世荣是不能入姬姓家谱的，曾显赫一时的大姓人家怎么会允许有健康污点的人存在呢？姬世荣不是老绝户，超生了一个儿子姬文凯，但是在家谱上他这一支还是从他这里断了，他们说魔道病是会遗传的。于是全村村民召开代表会议，所有人都趾高气扬，义愤填膺。

"俺们怎么可以让犯了魔道病的人进家谱呢？"

"对啊，以后还得了啊？魔道病一代传一代，这在外村人眼里还不就成了一个大笑话。"

于是他们决定把姬世荣和他的后代从姬姓的家谱里剔除。这件事情，李七七还是在过年的时候才知道的。每年过年，姬姓管事的就会在上午挨家敛过年给祖坟放炮仗的份子钱，是以家里的男丁数目来划分数额的。可是这一年等到了下午，也没有人到家里来敛钱，她就生了疑，在家坐不住就跑去问。

"姬世荣已不在家谱上了，以后你们家也就不用拿份子钱了。"姬文军说，"这也是为了减轻你们家的负担。"

"你们胡说，俺们家还有人，没了老魔道还有姬文凯，为什么就不能拿份子钱了？"李七七反驳道。

姬文军抬起埋在报纸里的头，很生气，把收来的份子钱的账单狠狠地摔在了桌子上，桌子颤了三颤，院子里的狗都叫了起来。

"别给你好果子你不吃，没把你那七亩大地给收回来，是看你们孤儿寡母可怜，现在不要你们份子钱，你还不识足了？"

说别的，威胁不到李七七，一说要收回七亩大地，她就犯了怵，把手揣进棉袖筒里，低着头用膝盖顶开门回家了。

轻轻翻开家谱，枝枝蔓蔓，就可以看到，有那么一支，到了我的爷爷姬大兵这里，这个树枝就断了，断得那么干净利索，一点儿茬子都没有，旁边人家的枝条都已经溢了出来，没有儿子的都过继一个来把家谱续下去。随带着的是老魔道家的，也不能以李氏的身份进入姬姓家谱，只是登个记，留个姓，有一个活过的凭证。

"嫁出去的闺女泼出去的水"，李七七这盆水泼到了姬洼村，没能入家谱浸到姬洼村的土地里去，这在娘家人眼里无疑是一个不可言说的羞耻。李七七回娘家，嫂子一口一个"逼妮子，没出息"，把她给骂出来，还不忘泼一盆泔水，甚至连篮子都是迈过墙头扔出来的。自然篮子里带的东西都得留下，毕竟老爹老娘生了养了你不是。李七七的娘也只是把扔出来的篮子捡起来，再交到李七七的手里。

"嫁鸡随鸡，嫁狗随狗，嫁个差不离的狗，给你叼块骨头，嫁个扎箍鸡，你就认命吧。娘是看出来了，命苦的人啊，走到蜜州也不甜。"

刘氏老了，送闺女只能送出门，小脚走不长路就痛，得找个树找个墙靠靠。这一靠不得了，靠在了芦苇上，"扑腾"一声，掉到了水里。从此再也没有站起来。

我们四个小魔道终于熬到了第二年豆棵豆虫开始泛滥，我们在前一年吃下的心思彼此心照不宣。李七七去床前给病危的刘氏尽孝，地完全交给了我们。人家捉豆虫喂鸡，我们在豆棵趟里一遍遍过，掰着手指算在秋天犁地的时候可以收获多少豆虫。那一年的秋天，地犁过，鲜活活的豆虫哦，我们在铁犁后面追赶，都捡拾不过来。我们四个小魔道，从来没有如此团结过，没有争吵一句。

"这次你们再不好好捉豆虫，来年你们的身体就和今年我们的豆棵一样，都成光杆司令。咱们这地里就养虫子，不养庄稼了。你们三个，真不愧是老魔道的种，想法稀奇古怪。"李七七居然没恼，我们都嘻嘻哈哈地笑着，纠正她，是四个小魔道。

临边子地挨着的那几趟子也都跟着遭了殃，地的主人埋怨她不好好让孩子捉虫子，现在他们家的老母鸡看到豆虫都扇着翅膀逃。姬文凯没有告诉姬堂堂，姬蓝缨没有告诉姬小雯。姐姐也许告诉兴旺了，因为有一次在街上遇到他，我看到他的牙缝里冒出来豆虫的头。过了一段时间，我发现姬洼村越来越多的人牙缝里都冒着一个豆虫头，越来越多的人发现了这个秘密——多年以后我才明白，是我的父亲遗传给我的一双眼睛看到的。

关于豆虫的往事，这一年，姬洼村还发生了一件特别有趣的事情。姬桂兰有事情要出家门，就让烧锅的大狗子把揉好的馍馍放进锅里蒸。当姬桂兰回来的时候，锅烧好了，厨屋里热气腾腾。她边夸儿子可以搭把手，边掀开锅盖拾馍馍。在掀开锅盖的一瞬间，吓得差点儿背过气去，一个个馍馍上冒着豆虫黄色的头。这不是大狗子的恶作剧，而是他突发奇想，不是家里好久才能吃上肉包子么，他就在每一个馍馍底挖了一个洞，把豆虫埋进去——豆虫肉包子。豆虫哪里有那么老实，醒得圆乎乎的馒头便变得惨不忍睹了。不料想最后被娘追得满大街跑——你和你那个种羊的不中用的爹一样没用。

老槐树胡同子里的老槐树和老井好像藏着姬洼村三百多

年的心事，仔细倾听，在我的睡梦里一时间全都落了下来，发出经年蒜臼子的味道。

在我的睡梦里一时间全都落下来的还包括那个老人，他就住在老槐树下的趴趴屋里，像一截腐朽了的木头桩子，风一吹，碎木屑散落一地。却也在腐朽之上，萌生出一株弱小细微青翠的野草。

这野草是我吗？

我曾经拥有过这青翠？

成年后的我常想，一个人的魂灵总是要伸出一条根来，扎入另外一个人的生命里去，就像姬洼村老堤上的那些杂乱群生的槐树，在别人看不到的地方手拉手，守望着彼此。

在离开姬洼村的日子里，我脑海里时常回忆起那低头的一瞥。就是在那偶然低头的一瞥里，不，绝对不是偶然。那一瞥深深植入我的脑海，在生活里的某一个细节稍不留神就凸显出来。他抬头看我的一瞬，仿佛把我的五脏六腑都给看透了。我居然瞬间被羞愧袭中，重重地低下了头。

这又是一个令人倍感欢喜的人，他的目光像是李七七在蒸馒头揭开锅盖的时候喷薄而出的水蒸气，我那颗在姬堂堂一声声"小魔道"里快要硬死掉了的心哟，终于慢慢地软和起来了。

被那一"抬头"袭中的时候，我只知道是在二十世纪八十年代后期，我从姐姐的课本上懂得世纪的划分，又从村里的喇叭上知道了大概的年份。喇叭上喊着喊着，他们就改口了，不对，这是几几年发生的事情了。有时候忘记了改口。

村里人对纪年没有多大的兴趣，他们眼里只有日复一日和年复一年这个时间概念。

我不知道自己几岁了，我们家没有人过生日。用姬蓝缨的话说，吃不起一大碗红烧肉的生日不值得过。也因此，为了不显得我们生活寒酸，大家都有意回避过生日这个话题。

"小魔道，你计划什么时候上学啊？"

"呸，你们怎么什么都不知道。现在不让讲计划了。"

"你这小魔道，还学会犟嘴了是不？不讲计划了，不讲计划了，你爹和你娘，咋不再给你生个小弟弟啊？"

"俺和俺娘生，没有他。俺们娘几个也能自食其力，自力更生，自强不息。"

在去给李七七送绿豆水的路上，这是我在村子里和家里人除外的人最长的一段对话，只为了显摆我新学到的成语。换了平时，我都是快快地走过，根本不给他们和我说话的机会。

让我指下的文字重新回到那一瞥里吧。我只知道在老槐树下有两间破败、屋檐上长满狗尾巴草的土屋子，风雨把墙体吹打出坑洼，已经好久没有上泥了，村子里叫这样的房子"趴趴屋"。我们家已经够烂了，它比我们家居然还要烂。听姬蓝缨说，姬堂堂他们玩抬花轿，就把比他们要小还不怎么懂事又好看的小姑娘，用椅子抬进那个破败的院子，轮流和她拜天地。

我发现这个老人的那一天，院子已经被修葺一新。土屋墙体被重新上了泥，用棒子秸新围起来的篱笆，比我还高，围得密密实实。粗柳棍子做支撑，撑起了一扇木门，柳棍子发出了新叶，挂着一条新的铁锁链子。

他那天突然出现在老槐树下，着实让我吃了一惊。

看到他的第一眼，我还以为是新搬来的呢。以前我经过，他肯定躲到老槐树后面去了，否则我每次经过那里的时候，怎么都没有发现他呢。他抬头看了我一眼，我的脸立刻像烧过的炉钩子一样，火辣辣的。我紧紧藏在烟囱的后面，一会儿又偷偷摸摸地看他两眼。他又恢复到磨镰刀的动作里去，每一股力气都用在了刀刃上。以后的几天里，大早晨爬上房顶去看这个老人成了我每天必不可少的乐趣，有时候还叼着馒头和鲜葱苗爬上梯子。

他总是在磨镰刀，磨完后就把镰刀别在腰间的麻绳子上，然后赶着羊群去放羊。每天的生活都是如此。傍晚在房顶上看着他牵着羊、背着一化肥袋子草回来的时候我就想，这个人一定和我一样，心里压着太多太多秘而不宣也没处说的伤心事，这些伤心的事情压得我们眼睛里的光只能聚焦在自己手中的家什上。我们都试图从中去发现一个脱离这个世界的另外一个世界，把自己给藏进去，这样子才足够安全。

我发现自己这样窥视一个人的时候，我的心是如此宁静又欢脱。他抬头看看路过他家门口的人，但是路过他家门口的人从来不正眼看他，好像他是瘟疫一样，一点儿都沾染不得。天蓝色衬衫的前襟，泛出一层淡淡的茶色，被汗水一再浸染，茶色边缘又有了一圈白晕。可是我不嫌弃，因为我和他一样脏，袖子上永远有擦不完的糊糊嘎巴。我的脸被芦花鸡叨过，脖子上生过虱子，嘴巴里曾经全是屎尿。姬蓝缨经常回忆，李七七把婴儿时期的我放进簸篮里，铺一层厚厚的沙土，屙了尿了都在里面。姬蓝缨有一股向上爬的韧劲，我活得比她差，就是她的垫脚石，让她对天长长地舒一口气。所以她从来不尽做姐姐的本分，因此我也就没有任何的理由叫她一声姐姐。

就这样过了十天后，我蹑手蹑脚地推开了他家的木门。人生而有趋利避害的本能，我几乎是出自本能地走到他的跟前。在姐姐的课本上看到的"我"和"他"，这两个代词我终于搞清楚了。

我们家里的一只芦花鸡跑丢了，李七七让我到附近去找找。我相信自己那时是有意走进他家里的，他家被精致密集的篱笆包裹，木门紧锁，芦花鸡怎么可能跑进去呢？再说我们家芦花鸡的翅膀被李七七剪掉了，它们飞也飞不过篱笆，只能白扇着翅膀。推开木门的时候我有点儿心慌，总害怕他因为被打扰而把我给轰出来。我去谁家帮娘借个锄头、铁锨什么的，谁家的小孩就喊着"小魔道、小魔道"把我给轰出来。他会不会也害怕自己被传染上魔道病而把我给轰出来呢？

"有人没？俺娘让俺来看看俺家的芦花鸡跑恁家来了没有。"

"啊，是青青啊，快进来，爷爷这里有很多好吃的，爷爷拿给你。"

他居然认识我，在叫我的名字"青青"，而不是"小魔道"。他的腰里系着一根烂麻绳子，手在说话的时候下意识搓了搓麻绳，转身走进屋里。我捉住衣角，好吃的，好吃的，会是什么好吃的呢？方便面？糖块？油炸馃子？我一个劲咽唾沫。

这天一大早，姬堂堂在大门底下吃方便面，我去背柴火的时候看到从他手里掉下来小半块。怕被别人看到，就在回来的时候故意让柴火掉下来，顺势把那大拇指甲盖大小已经被尘染了的方便面攥在手里。刚到我们家的大门下，连土灰都没有吹就放进嘴里。姬蓝缨捡过别人家的西瓜皮来吃，但我打心眼里认为自己和她不一样，她捡了别人的西瓜皮都是招摇过市地去吃，没有半点儿避讳。她心气高，别人有啥，她也要有啥，不管好孬。姬小雯扎了一个红红的毛朵——红绸子，她两天后也有了一条。我向李七七告状是她偷家里的钱买的。李七七数了数锅后面的硬币，并没有少一分，以为是姬蓝缨偷别人家里的，因为她没事就往别人家里跑，手里不是拿块烧煳了的山芋，就是一件破洞衣服，连抽丝了的袜子都拿来穿。李七七刚拿着火棍子从厨屋里冲出来，姬蓝缨就招了——俺在村子里转悠了两天才找到的！原来她是从路边的一堆粪肥里翻找到的，那应该是别人扔进粪坑里的，居然还没有沤烂，而且被她洗得像新的一样。

我心里寻思着这些事，跟着老疙瘩爷爷小心翼翼地进屋了。屋子里黑灯瞎火，还有一股臭臭的腥臊味。在端出盐花生的时候，他刻意背对着我，掸走了落在上面的苍蝇。他的脊梁骨像一根干棒一样附在身上，汗衫子紧贴着肋骨。这样看起来，整个背部就像竹竿子晒被单。他家和我家一样，屋里没有铺砖，是土地，这又让我和他亲近了一步。

不得不说，盐花生真的很好吃。被油炸过后，裹着一层薄薄的白盐粒，简直太香了。从此为了好吃的盐花生，我连着十几天大早晨就往老疙瘩爷爷的家里跑，他家也总是有吃不完的盐花生。我也会帮老疙瘩爷爷拾掇拾掇，把堂屋扫干净，他的被子头上黑黝黝的，全是脑油，可是我依旧喜欢把自己的身体埋藏进去，做一个酣畅的梦。他的家，成为我摆脱所有忧愁的港湾。

"等俺长大了再给恁拆洗拆洗被面。"我把洗干净的床单甩了甩，搭在晒衣绳上。

"如果那样，俺岂不是白白捡了一闺女，那就不是老疙瘩了。"黑瘦黑瘦的他一笑，脸上的褶子一道一道，我怀疑从里面可以挖出很多淤泥来。

"即使有了俺这个闺女，你也一样是老疙瘩，因为俺不是小子。外头人说，就是因为俺是闺女，俺那个……俺那个……他就是因为俺不是小子，才走的。""爹"这个字眼我是喊不出来的，一听到他说自己命变好了我就着急了，他要和我小魔道的命一样孬才可以呀，我在这个村子里才有伴儿。可是这些话说出来我就后悔了，我怎么能揭他的痛呢。

后来，李七七告诉我，老疙瘩爷爷这几年出去要饭去了，回来也待不上几天，所以我才没见过他。今年，他买了十几只羊，也就在姬洼村安顿下来了。他的一亩四分地给了大侄子来种，大侄子每年就给他两大麻袋麦子，刚够吃的，多换个西瓜都不行。

"这可是一个大家当，老疙瘩肯定藏了很多的钱，光靠这些羊，一年还不得来个千把块钱啊。一个老绝户，要那么多钱干吗？"我背着柴火穿过胡同子的时候，多事的老娘儿们又开始絮叨。他有钱吗？我感觉没有，他一天到头吃的全是咸菜和黑窝窝，就是有钱，也全给我买好吃的了，冰糖、油炸馃子、烧饼……

"哎，怎们说啊，他连个女人都没碰过，要那么大的家当干吗？"

什么叫他没碰过女人，他就碰过俺啊，他常常拉着俺的手说好多话，你们这些老娘儿们就知道天天胡说。去他家的路上，我气得边跺脚边走路。

"咱俩谁也不嫌弃谁。"我用胳膊环住了他的脖子说。听了这话他背起我在院子里转圈圈。

"颠颠骑马哩，家前来了一个拉呱哩，拉哩啥呱，拉哩青青吃妈妈。"我在他背上欢快地唱着。

从此，只要自己快乐了，就会唱这个。只要唱起来，心就能飞起来。

为了争取和老疙瘩爷爷在一起的时间，我硬缠着李七七给我也买了一只小山羊。李七七说也好，就不用天天闷在家里了，等这只小母羊长大，就到张富那儿配一窝好羊，听说他进了一只黄脑袋的公羊，配出来的小羊长得快、长得大、长得肉多。

老疙瘩爷爷笑说，青青入股了爷爷的羊群，爷爷是羊倌，青青是副羊倌。和羊一样，我把自己放逐在姬洼村的一片野地里，就像姬文凯放逐在姬洼村一样。我终于可以放肆地抬头看看蓝天白云，低头观察水草波动，从未想过人生可以有如此惬意的事情。拥有了老疙瘩爷爷，我也就拥有了像模像样的童年。在这里，没有人时不时提醒我是小魔道，也没有人时不时让我提防着李七七，她会走的，带走所有的粮食。

这片三十多亩连片的水坑是姬文军开砖窑挖土挖出来的，时不时有一片草地冒出水面，野草丰美。我和老疙瘩爷爷涉水把羊群赶到草地上。晴天还是雨天？我躺在塑料大包上，撕着晴雨草，转头问老疙瘩爷爷。他好像没听到我的话，盘坐在草地上，一边抽旱烟，看几眼羊，又看看路上，转头给我讲起一些老瞎话、老传说。

一个妇女，孝敬公婆，带着孩子回娘家。路过窑坑时，脚下一滑，孩子和篮子全都掉进了坑里，孩子打了一个扑棱就越来越远了。就在那妇女哭喊着要跳下去救孩子的时候，孩子竟然自己慢慢地漂了过来，靠在了岸边。她把孩子抱了上来，看到一个老鳖头一闪就不见了，原来是一个老鳖精救了她的孩子。那妇女立刻跪在地上，给老鳖磕头，一声声唤它爷爷。

来兴他娘吃斋行善。有一次，来兴娘让来兴去打枣树上的虫子，叶子都快被吃光了。来兴大怒，你不是吃斋行善吗，怎么连只虫子都不放过？从此，性情大变，对自己的娘整天奚落打骂，说他娘是假善。一天晚上雷雨大作，整个村子都人心惶惶。来兴家的猪生猪娃子，他去拾猪娃子，一个雷劈下来，把猪棚都烧了，来兴被劈死了。

一个人在一条老胡同子里看到了一个白胡子老头，站在胡同子口的那团白光里笑。有一次他忍不住了，走上去想和他说话。白胡子老头对他笑了笑，渐渐消失在那团白光里了。没过多久，这个人一觉没有醒过来。老疙瘩爷爷吓我，等他老了，他也会变成白胡子老头。不过没有吓到我，我那时候不知道老了就是死了的意思。我说我就把他的白胡子编成麻花辫。老疙瘩爷爷已经够老了，在我的脑子里，确实想不出来他还能老到哪里去，想象不出，会比村子里看到的最老的人还要老。

"咱们的日子可以过得清苦，那是老天爷爷派你下来修行的，可是咱们的心是不能不仔细啊。"他嘴巴里的老芥菜疙瘩的味很浓很浓，我对善没有什么概念，想必就是老芥菜疙瘩的味道吧，腌的时间越长越有味道。我常常听着听着就睡着了，醒来的时候，他衬衫在我的身上盖着。不见他了，我就会大哭起来，连老疙瘩爷爷也不要我了吗？他突然从水里冒出了头，手里抓着一条活蹦乱跳的鱼。他说是我让他回到了少年的时候，想在这世间再挥腾一下。

我的童年是没有童话的，全是在这样的老鳖精、兔子精、壁虎精、白胡子老头的故事里度过的。故事都很雷同，不过是好人有好报，坏人有坏报，因缘总会有个善恶报应，是时候了总会来的。这可以说是我最初接受到的教育。我那时从来没有怀疑过也没有想过这因果报应，每天想着，窗户上的壁虎什么时候也变成一个别人看不到只有自己可以看到的神仙，陪着自己走过胡同子，去给李七七送饭，只要谁欺负我，他就会立刻现身制裁他们，让地上裂一个缝，把他们漏下去，或者下一场冰雹子，把他们砸个稀巴烂。

愈演愈烈的暴力行径哦！什么时候才能实现？壁虎从来没有成精，一到冬天就缩了起来，不见了踪影。

之后的日子里，在他那里，不允许有半点儿虚假。否则，我无所遁形，什么都逃不过他的眼睛，有时候我说谎，他也不语，只是对我笑。是的，我终于有了可以推心置腹的朋友。魂灵哦，翩跹吧，翩跹吧，你快要飞到田野里去了吗？

值得庆幸的是，那时候，虽然经常有人骂我是个小魔道，经常会有不明飞行物击中我的脑袋，虽然我瘦得像竹竿子一样，可是我身体的长度还是够的，长胳膊，长腿，长脖子，再加上在老疙瘩爷爷家吃好吃的，我的脸渐渐有了血色。可是我的长，让姬堂堂他们更坚信我是个魔胎了，是个地地道道的小魔道。这些话已经不能伤害到我，我拥有了老疙瘩爷爷，是他们在嫉妒我，连姬堂堂都矮我半个头。

"颠颠骑马哩，家前来了一个拉呱哩，拉哩啥呱，拉哩青青吃妈妈。"窑坑里丰美的草地上，我在他背上欢快地唱着，只要唱起来，心就能飞起来。

从北大堤上，穿过野槐树林子，往南一眼望过去，一溜烟四四方方的平野，虽有稀稀散散的地头树木作为遮拦，弯弯曲曲的小路前来横断，但还是看不到个头儿。

"麦麦麦……"在姬洼村的原野大地上回响。这种呐喊含着夏日麦子的燥香在我的梦里袭来，如同宿命般的存在，又宛如在昨天，让电脑屏幕前的我通体发麻。我从未参与过这一仪式，一切却历历在目，仿佛亲眼所见，亲耳所听，亲身所为。

那时候的姬文军也就三十来岁吧，举着从每块麦地良田里搜罗来的最好的麦穗扎成的麦捆——成立公社前，谁家的麦子没有被选中，一家人即使看着麦穗滚滚，收获起来也提不起劲。成立公社后，他们也会因为在哪块麦地里选中了麦穗而自己没有使力气而心虚。再浇上从每家每户收集来的洋油，点燃，姬文军带领着精选的年轻力壮的老力，从村东的庙前，落日熔金，一跪三磕头，一直到村西头。

田间被地板车碾轧得、人走得长不起草的小路，刚刚能走过地板车。若两辆车相遇，其中有一辆必须靠在路边长着密密杂草的沟沿子上停下避让，另外一辆车才能走过。谁和谁要好，谁和谁有仇，都能从这上面看出来。要好的彼此相让，有仇的彼此相挟，相同地都会持续上三四分钟的时间，相互寒暄或者相互奚落。而这一天，全村的老力都在往村中大路上的一个方向走。

"老天爷爷啊，老天爷爷啊，恁下人间来享受享受吧。保佑我们，扬场的时候刮北风，点种的时候下小雨，麦子不闷色，大豆棒子个顶个。"他手举麦捆，用麦香供奉上天。

在姬洼村，能干活有力气的男人叫"老力"。有力气的男人能干活，扛着锄头、叼着旱烟就出门下地，地就荒不了；有力气的男人能干那事，自己的女人就荒不了；有力气的男人能给家里撑起一片天，自家的日子就荒不了；有力气的男人，这股气支撑着家里所有人说话的底气……劳力，识文断字的姬洼村人还是会写成"老力"，老大的力气了。追溯姬洼村的历史，世世代代都是凭借手中的抓钩、锄头和铁锨，靠身上实实在在的力气繁衍生息的。

说媒的男人就不能叫老力，因为他不下地用力气干活，全靠一张嘴过活。商贩挪房也不能叫老力，他靠一个地板车斤斤两两地讨生活，脸上堆着笑，不论辈分和年龄嘴里唤着奶奶婶子。姬文军是老力中的先锋，二十来岁就当上了村主任，现在叫大队长，但是大家还是叫他村主任。一米七几的个头，裸露的肩膀黝黑，能干活能打架，能拨算盘能挑担。满嘴的大蒜味里冒着的脏话，不知道熏醉了姬洼村多少女人的心。

"而姬世荣当兵回来后，就没有被称过'老力'。"李七七接过我关于小魔道的回忆。

李七七一边在磨石上磨镰，一边等着公公祭完老天爷爷回来。一天的日子盖上一天的日子，一年的光阴覆上一年的光阴。渐渐地，李七七释疑了一些细节：自己的男人从来没有参加过麦香供奉老天爷爷的仪式。初中毕业，当过兵，一米八，拿铁饭碗，哪一样拿出来都应该去参加这一仪式，甚至还应该是唱主角，举麦捆或浇洋油或点燃的那一个。李七七越想，心里越不甘。但是她从来没有把原因归到男人身上。

当时是一个冷冽清风一扫而过的初春早晨，凉意让人发醒。七七起身，边扫院子边问起男人这个问题。

"怎么瘸子三都能站进队伍里，你就没挨过边。现在麦子才返青，你要不要去问问大队上，今年让不让你参加。虽然成立了公社，咱们家最主要的老力却没有参加。老天爷爷下凡，说不定不认爹，爹的年纪毕竟在那儿摆着呢。也不知道哪一捆麦子里，有咱们家使过力气的一根呀。福佑，也就到不了咱们家，护不了咱们的俩姑娘。"话随着扫帚下的杂物一起倾进了粪坑。她是姑娘的时候就喜欢扫院子，仿佛那一口粪坑，就把所有的烦恼都容纳了，所以一不开心就把院子里杂七杂八的东西扫入粪坑，看着它们被粪水浸没，烦心事也渐渐没了。

姬世荣直言说："我自己当过兵，又是共产党员，拿着铁饭碗，怎么能信那些封建玩意儿。再说，都合公社了，哪里有那么多个人家福佑不福佑的事情，要福佑，也是福佑一村人。你要有这个政治觉悟才对。你看看他们，饿得都伏地了，选的麦子都是瘪苞，老天爷爷下凡，给了你们偌大的田地，不好好珍惜，不好好种，不动怒才怪。咱们家没老力参加，他也就怪罪不到我们的头上，难道不是一件好事吗?"

七七喜欢听男人讲话，有些词虽然听不懂，但是让自己更多了一些对男人的崇拜。男人都这样说了，李七七也不好再说什么，否则就是在扯男人进步的后腿了。迷信? 七七不这么想。每一次炸丸子，油一噼里啪啦响，她就能想起来自己做错的事，是老天爷爷在警告自己。婆婆离家的时候嘱咐过她，一定要把镬头给磨快了，咱们家的力要使劲用。七七问，为啥? 人家都偷懒耍滑挣工分。婆婆笑笑走开了。

她也没有想到，自己的一席话会让丈夫大脑里想法裂变、扭曲和变异。过了一会儿，男人变得急促不安起来，鼻子、嘴巴、眼睛都扭到了一块儿，肩膀紧锁，手舞足蹈。七七的问话像一把把匕首一样，剜他的心、割他的神经、剁他的肉、剔他的骨、绞他的魂。

"你这是怎么了？"李七七摇晃着他的肩膀。

"你闭嘴好不好，不要再说了。"说完，姬世荣不再言语，头紧紧抵住门框，眼睛瞪得溜圆，好像再用力，里面的血丝就断了。

气氛突然透着不明所以，七七以为说到了什么不该说的话，惹他生气了，于是就不再说话。

此时，婆婆裹着蓝色头巾拉着地板车出现在村西头南北向的大路上，棉花柴横成两排，绳子把柴火煞得挣扎不息，不断发出损断的声音，下坡，又碰到沟壑，柴火吱呀叫唤，她不一会儿就消失在拐弯处。不知道过了多久，一个同样年纪的老年妇女两手前摆吆着几只鸡也出现在这里。

王氏一大早就出门了，那一堆棉花柴是去年生产小组分给她家烧火用的，一家一堆。她把棒子秸用完了，才来拉棉花棵的。在她心里，棉花棵可要比棒子秸耐烧，烟也少，先苦后甜，她在烧柴上也丝毫不敢逾越这一生存规则。到家后就把驴给还了，还不忘给养驴的挖了半瓢自家自留地里收的棒子粒，偷偷塞进了他的大裤兜里去。

"咱们的棉花秸被别人拽了一大溜子。"婆婆声音很小，怕被一墙之隔的邻居听到。她的到来，让气氛松懈下来。

"唉，地里随便拾拾，大路边上囫囵捡捡，都够烧火的了。拽人家的烧火秸，也不怕把火引到自己家房顶。"

一枚枯叶被晨风吹起又落在了墙头，李七七的疑问也随之起了又落。她进屋抱出睡醒哭着找娘的姬蓝缨，没有和婆婆提刚刚发生的事情。

"娘，这可不行，这样下去，别人会越来越欺负咱们的，今天多拽你一把棉花秸，明天掏你个豆秸窝，后天就能把整个麦秸垛给咱们铲走了。"随着自己语气的加紧，七七觉得怀里的孩子像是麦秸垛，生怕被抱走，越抱越紧。

听儿媳这么一说，婆婆反而转变了前面的说法。

"嘘，七七你不要乱咋呼。隔墙有耳，听到了传出去，别人会说咱们家小家子气的。拽都拽了，再被说上一顿，咱们就更不值当了。记住了，这过日子呀，小亏吃了不算，大亏光天化日下，别人也不敢让你吃。起码用柴火堵堵人家的嘴，做饭烧火的时候人家就会想想你的好，总不至于拽了你家的柴火还去扯你家的漏吧。"婆婆话里的意思是棉花柴被偷走了，心里反而应该更踏实。

"娘，咱家自己买头驴喂不就得了吗？什么时候都可以牵来就用。"七七转移了话题，她知道拽棉花秸这个问题讨论下去不会有什么结果，转脸继续向婆婆问。

"那可不行，驴的脾气太犟了，你觉得你爹和你娘这软性子能收拾得了它吗？生产队有驴，能用白不用。养只鸡养只鸭也实在，需要了往案上一放，宰掉，锅里一炖，呼呼啦啦全吃到肚子里。吃到肚子里的东西，谁都抢不走。"几年前，用玉米棒子喂起的三头肥猪，没给她一个子儿就被拉走了，至今让她耿耿于怀。

"好话孬话从嘴里出来一样多，干吗让别人心堵，日后在你跟前放个门槛，绊倒了摔个大跟头，鼻青脸肿，说不定都不知道咋回事呢！"她话题又转了回去，非常郑重地嘱咐给儿媳妇。

李七七见婆婆说来说去还是这些话，只好做出悉心听着婆婆的嘱咐的样子，眼睛死盯住脚尖，大脚趾拱出来一个洞，也没有继续搭话，陷在自己的思考里。

也是多少年后，李七七才明白，真正的无言，不是沉默无语，而是喋喋不休地说着同样的话。

七七自己心里也有个漏不能扯，那就是千万别让男人和公婆知道自己是散了头茬的。她不觉得有啥，可是也经不住娘每次见面都絮叨啊。

每月逢初一和十五，她背上背一个，怀里抱一个，站在村口，遇到相同方向的马车，搭一程，带着俩闺女回娘家一趟。因为路过的王大包村有集，顺道给爹娘捎上一包新出锅的黏米面子糖糕——用男人的工资买的，在小蛮村罕见，别人家谁有这个余粮买零嘴。这一来一回，从天明到天黑，赶一个午集，看一趟爹娘，吃一顿全鱼餐，在路上背着孩子拈一枝花，放飞一下自己的思绪，仿佛又回到了姑娘时代。

"手大拿得稳，脚大走四方，娘没有跟你说错吧？"这一年打完麦子，七七回娘家和娘抱怨姬世荣不争取去麦香供奉老天爷爷，娘送她出村子的时候，不理她的话茬说。言外之意：姬世荣手大、脚大，是有福之相。

"比你大点儿就大点儿呗，也算给你四哥做了件功德事。头个对象也没啥好的，是咱们没那个命。散了头茬，这事千万别让人家给知道了，等过几年，人家知道了你是个啥样的人了，再给人家生两三个娃，就散不了了。姬洼村每个人都可以划拉一亩四分地呢！饿不死人。"

"娘，什么都过去了。日子是朝前看的，不是朝后看的。只要四哥好了，俺啥都好了。"七七睁大眼睛看看前面的路，土路，一辆接一辆地板车的车轱辘轧出深深的车辙。目光凝住的一瞬，并没看到什么，这车辙也是村子里多少人的命运轧出来的啊。多多少少，她是知道点儿，因为自己嫁给了姬世荣，四哥才得以去当兵。因为相完亲自己点头后，四哥当兵的章子当天就盖了。四哥回来，还抱着她在院子里转了好几圈，说谢谢妹妹，成全了自己当兵的梦想，日后出息了，定是忘不了自己的亲妹妹。

她转过脸来对娘说自己在婆婆家的生活很舒心，一家人对自己很好。"婆婆虽说有时候心思重了些，可是对我是实打实的好，世荣的工资从来不提不要。公公是个闷罐子，什么都听婆婆的。"

但是七七从来不对任何人说起姬世荣的好，哪怕是自己亲娘。那好，她怕一说就破了，得搁心里悉心守着。

回到姬洼村的家里已经是傍晚，在簸篮里放下一双女儿的时候，婆婆正在点火做饭。七七赶紧接过火棍子说，娘，这窗户上糊的报纸该揭下来了吧？婆婆连说不用，太阳把塑料布晒焦了，把它变成一片一片的，风就会来帮忙，一吹就走。七七看着墙里掺着的麦糠，想象着，墙上早晚会长出一屋子的麦子来的，横竖都是在墙上锄地、割麦子，那人不就变得小小的了吗？在那么一块小小的地里，还杂着黄灿灿的咪咪蒿，可得在它们延花之前全部给拔了，要不然来年，一棵就能祸害一大片地。想到这里，她的两只脚不由得在锅底灰膛里摇来晃去，笑出声来。

"别晃了，要不财都晃没了。"婆婆笑嘻嘻地对她说。

晚上，和男人、孩子们躺在一起，七七想起烧锅的时候自己在厨房里想象到的一切，就使劲地挠男人的胳肢窝。

"有啥子好乐的？"

她使劲摇摇头，不告诉他。她越不告诉，头摆来摆去，头发散落在双颊，就更显得调皮、妩媚了。姬世荣猛地一翻身，重重地压在了她身上。七七喜欢看男人求爱时调皮的眼神，眨巴眨巴的，像是天上的星星，更像是个孩子，没法拒绝。男人的目光倾斜倒入她的瞳孔里面，让她整个身子都酥了，不由自主地把手搭在他的脖颈上，他呼出的气息拍湿了她的梦。

"沙土脏了咱就换，千万别不舍得用，用完了，俺再去黄河沿上拉。"晚上，公公在院子里正在用箩筛沙土，声音传了过来。公公把一捧捧细得像黄色的麦子面一样的沙土铺在床上，垫在孙女的小屁股下，小孙女的屁股光滑滑的，没有起过疹子。这一拉，就得拉两天呢，土路经过下雨，被车轧过后，都坑坑洼洼的，拉起来颠来颠去特费力，晚上就在地板车下铺上麻袋子睡，天上下潮气，地上泛湿气，公公落下了风湿病。

七七听着男人的爱语、公公的关心，仿佛听到村东的窑坑里的芦苇都是嗖嗖地长起来的，一石头投水，扑啦一阵子，鸟雀全都飞远了。

"过几年就好了，七七多生几个孩子，她自己的脚就走不动了。"这是在后半夜另外一个房间里，七七没有听到的话。

"咱们活着，就好好应承着。死了，也没办法了。儿孙自有儿孙福，咱们老两口只能过一天担待着一天。"

"咱们这不算是毁了七七的一辈子吗?"婆婆叹了一口气，把声音压了下去，给公公瞄了瞄那个屋，两个人就不再说话了。

第二个也是孙女，为了不让儿媳妇生二心，老两口还是东拼西凑摆了十桌子席，给足了儿媳妇面子，可是心里也难免担心：下一胎再来一个闺女，自己还能笑出来吗?

傍晚随着潮气扑涟涟下来的时候，七七的公公姬大兵觉得自己被一些事情压得喘不过气来，他感觉自己命不久了，还是希望看到一个小孙孙出生。

姬洼村一村人都姓姬。姬桂兰的爹只有三个闺女，没有生下儿子，就用最小的姬桂兰招了一个上门女婿。

桂兰的男人张富没瘸没恙，就是家里穷得吃了上顿没下顿，与名字一点儿不符，连小富都没有，这才当了姬桂兰家的上门女婿。

走在村里的大路上，因为上门女婿的身份，他总感觉自己比姬洼村的任何人都矮上半截子，连痴呆儿四羔子都不如呢。所以，他经常是在大路上一看到人多，就往附近人少的胡同子里钻，绕到人少的胡同子，转着圈儿回家。如果刚好碰到从哪家出来几个人，他就像是做了亏心事，不敢看人家。

转着圈儿回家，不由得就转到了老槐树胡同子里。每每看看挑着担子的李七七，心里酸溜溜的，凭什么老魔道姬世荣都能摊上李七七这么俊这么勤快的媳妇？从来没有听她说过一句脏话，没见她人前撂过男人一个挑子。

而姬桂兰生下的第一个儿子给了岳父做孙子养，随了姬姓。姬姓家谱上，总算她爹这一支没有断。当年张富倾家借款，牵来两只硕大的公山羊和公绵羊，在姬洼村安营扎寨做起了让羊交合的生意。张富有一个外号"许三回"。如果第一次种羊不成功，还有两次免费的机会，他拿自己的公羊做保证，三回肯定让人家的母羊怀上他家羊的崽子。在人前，姬桂兰听到也会踹他几脚，骂他不是狗日的，是他那几只羊日的。骂他，更因为许三回做起床上的活儿来也没力气，每次都不能让她满意。

种羊吃得好，但是天天上窝子，喂上三四年就不能继续做种羊，肉脆，卖也卖不掉。张富和它们有感情，就把它们全圈在羊圈里，吃的是不如以前了，草还是管个够，每天不忘扔一两个玉米棒子进去，因此没少挨骂。张富一看到羊交合的时候就想，这两只公羊活得多自在，妻妾成群，生的孩子一村子一村子地跑。看羊交合看得多了，再去看媳妇，难免就没了兴趣。张富心想，要是俺天天上你的窝子，俺的肉岂不也就不好吃了？到了黄泉，不也谁都嫌弃？生时的事情掌握不了，死后还不让俺的肉骨好好的啊！他这么一想，心里就得意得很！自己不能像公羊那样每天劲头十足地上窝子，可是一件为自己积阴德的好事。他生的第一个儿子给了岳父当孙子，姬姓。自己死后肯定也埋不进姬洼村的祖坟，姬洼村的祖坟从来没有接受过一个外姓的男人。难不成墓碑上刻"姬桂兰"，而自己成了"张氏"？

"啧啧……"姬洼村的人看到张富就开心，日子过得再不济，也有许三回垫背不是么——一个上门女婿，种羊的。

姬洼村没有一人把姬世荣是老魔道这件事透露给李七七，上门女婿张富也没有。

一只只小小虫落在胡同子里的老槐树上，老槐树就成了它们的家。它们从来都是无忧无虑地飞来飞去，总有一棵树至少一个小树权是它们的，随栖可以安。清晨五六点，天就大亮了，可以听到分布在各个胡同子里的井发出的浓重的呼吸，大门"吱呦"一声，谁家的锄头已最先出了门。

俩孩子俩高沿簸篮，把西屋门紧紧一关，防着孩子被野狗野猫给伤了，给叼走了。婆婆现在养了两头猪，分给了四分猪地，地里收的庄稼养猪，猪粪掺了土成了土杂肥。一百二十斤，不超过的按四毛八一斤，超过的按五毛回购。这是姬洼村的规矩，在小蛮村可没有。上有政策，下有对策，姬洼村总会留给大家一点儿保留私心的自留地。她寻思了半天，坐在堂屋门口扳着手指，才把这猪和猪留地的关系搞清楚，也就是说最后她落了四分地和两头猪，反正养猪的东西是从那四分地里来的，没有成本。

"你的体力不算成本啊？"男人一手拿着馒头、一手拿着蘸了老酱的葱从厨屋里走出来，听到七七在那里费力地絮絮叨叨，开口说。

"体力怎么能算成本呢？体力用了还会回来的。"七七没有读过书，听不懂男人的话。

男人被眼前自己的小媳妇给逗乐了，但是并不纠正她。

虽说体力能回来，可是两年多生俩，身子就像在半空里吊了三年一样，缓不过劲来，她干起活儿来难免有点儿磨磨蹭蹭。

这一天一大早去老槐树下的井里挑水，路过姬桂兰家，七七不想看到她，总感觉那女人的脑子里装的全是歪门邪道，每天一大早就堵在自家的大门底下，对路过的人说三道四，一说成二，二说成三，好像什么事情都能碍着她似的。

"唉，世荣兄弟这一辈子也不容易啊！七七，有什么的，以后，恁可得担待着。"姬桂兰呈现的语气让她吃惊，全是慈悲。

是，自己的丈夫是独苗，过日子也没有一个可以帮衬着的，但是也不至于每一个人都提醒她吧？这话，她只要出现在有多舌的老娘儿们那里，就会听到。

七七挑着担子穿过弯弯曲曲的胡同子，听到小小虫在屋檐上、树枝上、荒草里叽叽喳喳。姬世荣告诉过七七，小小虫的学名叫麻雀。可是她觉得"麻雀"这两个字读起来绕口。

井水打了一个激灵，把水绞上来。没有人来接她的荏，她就朝井里水中的自己看看。这个井里的自己可是比镜子里的自己俊多了，波光灵动的，是天然的水粉，清明色的。穿过弯弯曲曲的胡同子，听到小小虫在屋檐上、树枝上、荒草里叽叽喳喳，七七心想，做一只小小虫说不定是好的呢，它起码不用像人一样，有一个固定的家得回，怎么走都不能走远，那么大的一个家在身后呢。

在姬洼村的地面上，麻雀确实属于鸟中的小小虫，大家任由它们飞来飞去的，总感觉它们也成不了个什么气候。自留地里种了谷子的，就在谷子地里扎几个稻草人吓唬小小虫。她出门的时候带上了一把没长诚实的高粱，撒在井旁边。可是小小虫们看不上，在不远处，褐色的小嘴，你啄啄我，我啄啄你。

扎稻草人，姬大兵可是能手，眼睛是眼睛，鼻子是鼻子，甚至还学门神，给它配上了宝剑。麻雀也吃这一套，飞近了一看就扑棱棱吓得飞走了，飞到别的村子里去。来者不拒，全村的稻草人都是姬大兵扎的，没有重样的。

"那天，你就像只小小虫，扑棱棱到俺家里，给俺做了媳妇的。"姬世荣一手接过了七七手里紧紧抓着的担子，顺势在她脸上啄了一下，反正那么早，胡同子里没什么人。七七也想起了新婚夜，自己确实像个小小虫——扑棱棱的。一个二十岁出头，一个三十岁出头，怎么能不干柴烈火呢？那一夜，她从地上飞到了天上，就在云彩上睡了一大觉。她看云卷云舒，看晚霞映红半边天。那时候她就在想，这天上吧，可能还有另外一个人间。这样一想，她就感觉，有的云彩是篱笆，有的云彩是麦子，有的云彩是牛头。

刚刚成立公社的时候，娘家的村子小蛮村因为小，就被要求合并到其他的村子里去，和人家住到一个院子里。都是独门独院过惯了的，和别人住在一起哪里住得惯？黑天了，爹带着一家人摸黑往小蛮村跑，最后还是被截了回去。姬洼村一个人一亩四分地呢，人口又多，那不是很大的村子么，再也不用合并到其他的村子了吧，就不用晚上再偷跑了吧。

"俺自己能把水给挑回去，还用得着你来凑热闹么？"七七笑着推开他。

"你的水你来挑，俺的媳妇俺来疼。"姬世荣又把担子抢过来。

"新媳妇，新又新，一个妈妈顶八斤。"胡同子里传来痴呆儿四羔子的声音。

夫妻俩听到四羔子的声音，都抿嘴笑了。

他娘是从南方逃难来的，一口的南方话，大家都听不明白。留在姬洼村两年，生下四羔子，一看这孩子生下来就是个面胎，眼里一点儿光没有，不出月子就离家出走了。是奶奶，用一根绳子吊着他，到了五岁才摇摇晃晃学会走路的。

七七对四羔子的歌已经习以为常，她笑着对男人说："俺都是旧媳妇了。这个村子里这几年，可是进了不少外姓的新媳妇。"

男人啜着七七的耳垂说："无论啥时候，你都是俺的新媳妇。"

"操，老魔道姬世荣都能摊上这样一个标致的媳妇儿。"又转到老槐树胡同子的张富看着这一幕，啐了几口唾沫到地上，瞬间砸出来一个坑。

姬洼村没有一人把姬世荣是老魔道这件事情透露给李七七，上门女婿张富也没有，虽然他都妒忌到了骨子里了。这都是老太太平日里只说别人好话，只做好事，给围来的。老太太在他被媳妇赶出家门的时候，可是在自家的大门底下收留了他一晚上，给了他一个新蒸出来的芥菜疙瘩大包子，给他携了一床新被子，用麻袋打了地铺。

张富这口唾沫仿佛跨越时空也摔到了我的电脑屏幕上，我隔着电脑屏幕，惊了一跳。看到这口唾沫，在屏幕上，洇成一朵花，有股母羊淫水的味道。同时回了他一声："呸，一个种羊的。"

姬世荣的耳朵眼里时不时飘来这一个"操"字，直直地往耳朵眼里钻。一定要好好待媳妇，可不能再把这孬病给犯了——这是母亲王氏经常晚上把他拉到墙根黑暗里嘱咐的。可是王氏说得越是勤，越是小心翼翼地过日子，自己的精神就越是紧张。

稀奇古怪的东西好像是在脑子里面扎下了千年不死的根，不管如何去铲除，它只会更深地往里面钻。如此挣扎所带来的痛苦越来越深，还不如，放开了神经去想。

放开神经去想，在七七不在跟前的时候，在上下班的路上。

于是，姬世荣成了一个看得见空气、听得懂草语、阳光都绊脚的人。走在路上想着想着就能睡着，梦到草都长到自己身上来，长到肚肠里来，满身哧啦哧啦地疼痒。他醒来的时候，发现很多人围着自己，起身立刻跪在地上，抬起头。大路中间上空悬着一村子的人，不知道那是哪辈子的人，名字整齐地排列在天空。那些老辈的人在那儿七嘴八舌，让他无法靠近。看到了村子里的玉米和麦子一起熟了，不用人收，一个个从天上飞到每家的粮仓里。飞着飞着，变成了人脑袋，冲他笑，笑还不完，还往他脸上吐唾沫。

拥有这些名字的人，他只在家谱上看过。

每次经过老槐树的时候，感觉都快要倒下来了，让他想到狂风的夜晚，摇摇欲坠的麦秸垛。不再去地里找七七，那些不再被祭奠的坟头子，都快被雨水和大风冲掉了。冲掉了，一个人存于世间的最后凭证，就没有了吗？不，全长到老魔道姬世荣的脑子里去了。那些人从坟头子里钻出来，全耷拉着脑袋，跟他要吃的。他直了一下身子，将随身携带的干粮投到他们脚下，脚不沾地地匆匆离开，每一步走得都扎脚得很，每一步都不得不往前走。一枚金黄色的落叶在他的头发上摇摇欲坠，再一抬头，漫天的黄叶全扑到他头顶上来，就什么也看不到了。

脑子里黑洞洞的一片。

"这事，恁们可不能告诉七七。俺求恁们了，俺求恁们了，放俺一条生路，七七知道了肯定会离开这个家的。俺孩子还小，不能有爹没娘，吃不饱穿不暖。"他变成正常人后见人就说，活脱脱是另外一个王氏。

"不不，俺们保管不告诉七七，给你守严实了。"姬洼村的人连连打保证。

…………

在这不久之后，被全村遮着掩着的事情，还是东窗事发了。

那天，七七从豆地里出工回来，喜气洋洋地跟男人说，自己抓了几只豆虫喂鸡，明天下的蛋肯定又大又圆。

男人问："你看到什么没有？"

"看到什么？大白天亮堂着呢，啥看不见呀？"男人脑子里出现的东西，她一无所知，虽时不时就有"你让着点儿世荣，他也不容易"之类的话传入她的耳朵，可是放下锄头的动作还是云淡风轻的。每天在地里干活，不容易，活在这看不到尽头的大地上，谁都不容易，人这一辈子就是扒坑，扒不动了的时候，倒地睡就是了，没有谁要去让谁的——她忘记了这是谁告诉自己的生命经验。她不知道，这个世界对于丈夫而言，就是一张网，罩着他，压着、摩擦着他的灵魂。时间，已经不能用简单的时、分、秒来度量。

这一天，男人没有去面粉厂上班。一直看着堂屋门屋檐上的壁虎嘟嘟囔囔，说的什么也听不清楚。七七叫他，他也不应一声。找来婆婆，婆婆看看七七，嘴张开，又黏黏糊糊地合上了。

"娘，恁倒是说句话啊，这到底是咋的了？"一丝丝不安在她心里慢慢繁衍。

"以前他也这样，过一会儿就好了，过一会儿就好了。"王氏平日里捋得整齐的头发，纷纷散了下来。

整个姬洼村依旧是寂静的，迎着阳光过去，可以看到飘浮不定的尘埃。这是多少人走过才能震荡起来的呀……整张灶宦爷爷像被火棍子蹭了多次后面目全非，被烧毁了一个角。

"多事的灶神！"烧锅的时候，七七踢了一脚，以前从来没这么干过，她想把灶宦爷爷身边童子的恶罐给踢破，可是恶罐童子一个劲对她笑，踢了几脚罐子纹丝不动，反而自己的脚指头疼了半天。心里想着自己除了在地里干活干累了干饿了，跑到人家地里摘个茄子就着棵葱吃之外，自己也没做过什么大恶的事情。

在过年上天告状前，大家才给灶宦爷爷换下新的画像，把恶罐捅破，用糨糊子把善罐给糊上。上供，糖糕，红枣，干过坏事的，还要放上糖稀，巴不得把他的嘴给粘上。圆佑圆佑，灶宦爷爷啊，恁看，俺都给恁的嘴上抹蜜了，到了天上可别不舍得给俺们说好话，把恶罐里的东西可得哩哩啦啦地落下一些，恁老人家回来了，俺再给恁置办一桌子好吃的，保管恁满意。过完年，大家也都集体性地把这件事情给忘了，逢到春旱夏涝的时候才会又想起来，一拍脑袋，过年许给老灶宦爷爷的愿还没还呢！和老灶宦爷爷所受礼遇不同的是村东庙里的五个神仙，现在只知道泰山奶奶和老天爷爷是谁，一个掌管生子一个掌管收成，其余的三个神仙的名字已经不知道了，可是大家还是把他们一样供奉着，一口一个爷爷奶奶地叫。可是七七从来没有忘记过圆愿，所以在她心里，倒霉的事情怎么摊都摊不到自己的身上来。

正如婆婆所言，男人过了一会儿就好了，依旧是明媚的笑、飞扬的鼻、暖心的话语。好像一切都没有发生，一切在将来也不会再发生。

"嗷嗷，睡觉觉，老猫来了咬耳朵。"婆婆坐在厨屋门口，拍着孙女睡觉，想把七七的心思往红缨和蓝缨的身上转，眼睛还时不时瞅瞅七七。七七倒也没有说什么，也只认为，过一会儿就好了，过一会儿就好了，不愿去想，也不敢多想。这也许就是生活在这一眼看不到头的平原上所形成的脾性——很多事情想了，想多了，也想不到头儿，不是么？过一天少两晌，当一天和尚撞一天钟。日子好孬，不都得照常过下去么？不管你愿不愿意，节气一到，该到地里干啥去就得干啥去，由不得你自己的想法，除非你不想把粮食往家里拉，往粮缸里灌。

过了几天，姬世荣一个人在院子里走来走去。七七问他怎么了，他回答没什么，突然又不知道想到了什么，恶狠狠地看着她。

"你是不是要走了？"

"走？俺能去哪里啊！给你把俩闺女都生了，俺还能去哪里啊？"七七尽量放缓语气，想用婆婆的第三个嗓子的柔情，把男人眼里的火给灭了。

"俺都看到了，你的手变异成了脚，四条腿像牲口一样跑得快。"姬世荣不再沉默，对着七七大嚷，"你是不是要走，把孩子也给俺带走，找个下家？你说，是不是？"他用菜刀把七七逼到了墙角，死死顶住她的脖子。说来也奇怪，日后他犯起病来，只认得媳妇李七七，把她一次次往死里逼。

"变异，啥是变异，你不能这样，你不能这样！"七七手脚挣扎着。

"世荣，你这是干啥啊？"王氏不顾一切，把刀夺了下来，"要杀，你杀死俺这个老妈子好了，这样下去，俺活着也没啥意思了。不如跟着老头子走了，一走百了，眼不见，心不烦。"想到老头子不明不白地死了，拳头直往自己的心口上捶，"这一切的不幸，怎么一下子就都来了，不是儿媳妇都娶进家门来冲喜了吗？俩孙女都生了。为什么生活还是非要转个弯呀？"

李七七看着陌生的婆婆和男人，说："你们这是咋了？爹的三七还没过。怎么，爹的死，也赖到俺身上了？俺来到你们家，没做过啥过分的事啊。"

被夺下刀的姬世荣，突然回过神来，给老天爷爷磕头。

"别劈死俺啊，千万别劈死俺……俺不当老绝户，俺不当老绝户……"像是被什么附体，说的话全然不像一个在公家上班的人。他缩到墙边，两只手在空气里抓啊抓，好像空气里飞着各种小虫子，嘴巴里念念有词："我是一只小小虫，怎么飞，也飞不出姬洼村。"

这时候，院子里围满了邻人，这老魔道发起病来，大家都见识过的。连痴呆儿四羔子都安静地站在人群里。老瓦碴奶奶将右手立在嘴前，念叨着只有她听得懂的话。七七抱着哇哇大哭的大女儿，蜷缩在了窗户底下，心里只有一个念头，抱住闺女，千万别让刀落在了她的身上。

院子里渐渐暮色四合，走了的人偶尔又回来，往院子里瞧瞧，眼睛里有着同情，对于这种同情的恩施，他们期待已久。

张富走过来，递给七七一块馒头，馒头里夹着几根咸菜和新鲜葱苗。

他对她说："咱们都不应该是这个村子里的人。"

这个月，李七七没有逢十五回娘家。那个夜晚，她的影子仿佛站在姬洼村由煤油灯铺设的漫长的光线里，她的影子在那时已经做了一个重大的决定。而她浑然不知。

不久后的一天，姬世荣直接没回家。

傍晚，七七沿着村里到公社面粉厂的路去探问姬世荣的踪迹，大家都说没有见到姬世荣，早晨还听到他吹着口哨去上班呢……在姬文军的招呼下，越来越多的人加入了寻找姬世荣的队伍，浩浩荡荡。问到十里外的一个村，有人说，倒是见了一个一米八个头的人，衣服也是恁们说的那样子，就是裤脚烂了，脸上也是泥巴，应该不是一个在公家上班的人吧，倒像一个逃难的。

"他是犯了迷糊吧……"路人若有所思。

犯迷糊？这个事实，居然是被一个毫无关联的路人说出来。怪不得两三年里，村里的老娘儿们老是给自己灌耳音：世荣有不对的地方，恁多让着他点儿。为什么一个在公家上班的一米八的男人，到三十二岁才娶上媳妇，为啥娶的是散了头茬的李七七？散了头茬，她这才感觉到自己已经变得不值钱了，要不然怎么可能嫁给一个老魔道呢？她回头看人群，人群此刻是沉默的，四羔子张着嘴，好像在告诉她，俺早就想告诉你了。

可是……又变成了他嘴里的："新媳妇，新又新，一个妈妈顶八斤。"胡同子里只有他一个人的声音。

"七七，要走你就走，俺一大家子也不拦你。但是你不能把孩子给俺带走，你得给世荣留下，这是他的根，有了根，他就走不远，就像线扯着风筝，他还能回来。你再找一个家，再给人家拉扯个孩子，还能过上好日子。"婆婆从人群里走上前，话一点儿不含糊，看样子是经过长久思考的，"要不是你散了头茬才嫁进来，可能家里也不会发生那么多事。"老头子在去赶集的时候，中途倒地不明不白地死了，老中医说是他的心脏不行了。她特别不明白，老两口一辈子谨谨慎慎地过日子，对谁都不得罪，对谁都奉承着，怎么心就坏了?! 说出来，她就后悔了，把这事赖到儿媳的身上也说不过去。

李七七突然发现，原来婆婆还有第四个嗓子。

"你也清楚，来俺家这几年，俺们没有亏待过你和你娘家，世荣的工资去了哪里，咱们都清楚。如果你还有点儿良心，就再给俺家生个孙子。也算是，咱们好聚好散。"

原来，婆婆还有第五个嗓子。

听了很久，李七七算是听明白了，娶她进门是用来冲喜的，可是冲着冲着冲成了灾难。在婆婆的心中，公公死了，丈夫病犯了，都是自己散了头茬带来的霉运。既然是霉运，那俺走还不行么？走，带着女儿离开。她转身进房子，开始收拾包袱。俺来的时候带来一个空箱子，俺走，啥也不带。
她走到堂屋门口，可是回到娘家，加上自己一碗饭不说，再
带俩孩子，爹娘可能不说什么，还没有分家的嫂子会不说什
么吗？孩子留下，爹是老魔道，娘走了，奶奶再亲，也不如
自己的娘亲呀，不如自己的娘知冷知热，贴心贴肺呀！

李七七放下了包袱。

老魔道是两天后自己回来的，回来的时候全身都是泥，
满头的草芥，眼里无光。回来的姬世荣，已经不是在公家上
班拿着铁饭碗、铮铮当过兵的姬世荣。

从那以后，我父亲的病，就像一堵墙，逐渐变厚，隔开
了日前和日后的夫妻俩截然不同的生活。

他总是跟七七要，要的不再是身子，是吃的零嘴，是吸
的烟，否则他就去啃墙泥。曾经糊满报纸整齐有致的房间，
如今充满了老魔道口水发霉的味道。每晚七七躺下，都在期
待天亮的到来，庆幸又活过了一个晚上。

回娘家，爹娘就一个劲说，你散过一茬，还想找多好的？
这说出去，咱们不成了过河拆桥了吗？以后还怎么做人。她
心里又清楚了一层事实，四哥有机会在部队表现那么好，都
是这门婚事促成的，自己的命已经这样了，不能再让爹娘背
负一个忘恩负义的名声。

"那，爹和娘提前也是知道的喽？"七七说。

"世荣，世荣，恁慢着点儿，慢着点儿，恁家在北边，家
在北边……"好像过了好久好久，只知道那是一年的秋天，
播种下的麦子因掺杂了瘪巴的种子，长得稀稀疏疏。就像自

己的日子一样，在惊心动魄的挨打和泪水里，过得潦潦草草。

这一次，再也没人和李七七一起追赶老魔道。

"麦麦麦……"嘴里喊着，手中却无麦捆。那一年干旱，水渠成了摆设，黄河以南青黄不接，吃都成问题，大家连供奉老天爷爷的麦香都没有，哪儿还来的力气帮你去追一个老魔道，都在砖头缝里去找麦子苗了，嘴里嚼着草汁。婆婆也没跟着，她的心理准备要比儿媳妇做得长久。

追不回自己男人的七七，抱着孩子走进了弯弯曲曲的胡同子，感到自己的命也跟着弯弯曲曲起来了，还不知道啥时候是一个头儿呢。她看到王大凤家的青砖房屋，白色的石灰砖接线把墙分割成成千上万的铁绿色小抽屉——大青砖，里面好像全是秘密，叽叽喳喳，吵闹得很。

七七继续向自家土屋子看去，才发现早已失去了往日的风采，窝窝囊囊缩进了老槐树胡同子里，和老槐树做着呼应，做着伴儿。这就是大家口中的趴趴屋呵，过上好日子的人家已经开始翻盖青砖房了，自家的日子也如同这渐渐下沉的房屋，陷下去了。

我梦里有些事越来越清晰，尤其那些我未曾参与过的事，细节逐渐被放大。

我未曾谋面的奶奶王氏，我小半生仅仅见过一次面的老魔道父亲姬世荣，以及那些洋油灯晕染出的夜晚，都像洋葱一样，被李七七的絮叨一层层剥开。

我猜那件雨衣是泛着旧光的军绿色，被南方的雨淋湿后会发出水草的腥味。衣里满是裂痕，帽檐被磨得已经起毛。总之，它不会勾起任何人占有的私欲。在那个年代，难以想象它如何成为一个人乃至一个家庭灾难的肇端。

我的奶奶王氏应该下了很大的决心，才忍住勾起伤心事的难过，把李七七拉到了床沿边，将事情的来龙去脉一一给她讲清楚了，并且三言两语间就会带上一句："你要走就走，俺不拦着。"

瘪犊子姬世祥在晨练后吃早饭的间隙，把雨衣塞进了姬世荣叠好的豆腐块被子下面。

姬世荣是可以讲清楚的，比如，谁会用雨衣让被子鼓起来，为了引起检查人的注意？他偷什么不成，偷一件雨衣干吗？农村的孩子，谁不是风里雨里长大的？再不成，你扯个谎，说自己拿错了，以为是自己的雨衣。

王氏越说越着急。

姬世荣错过了当面对质的最佳时机，被围观的人冲蒙了脑袋，后来诚恳的书写只能显出自己的心虚，换来的是七天七夜不吃不喝的讯问。

你既然可以偷一件破旧的雨衣，你还偷了什么？水壶？被褥？收音机？你偷了都干吗了？谁和你接头？把这些东西变卖了多少粮票？

姬世荣站在台上，手持自悔书，对这些问题一一做了肯定的回答，他的故事里用的是第一人称，没有牵扯其他人。他不知道这些故事和自己有什么关系，就像闷了一口气，扎进玉米地里，任由棒子叶划得自己脸庞咻咻作疼。他见过不承认的人的下场，与其如此，还不如干脆承认了。

不远处，发小姬世祥嘴里叼着纸筒，做出吸烟的动作，得意地看着他。姬世祥早就不服气这个一起蹲着互相看腚眼子长大的姬世荣了，凭什么过去你上学的时候，吊儿郎当就能考第一名？凭什么现在你可以每天带着队，喊着口号跑操？他不甘心自己从小到大一直落在他后面，毕竟同一个辈分的人啊，随便用一件破旧的雨衣就把他钉在了羞耻柱上。

看出猫腻的排长念在姬世荣救过自己落水女儿的分儿上，让他提前转业回家，在档案里也没有记录这一冤假错案。当地公社把他安置在面粉厂。转业回到姬洼村的姬世荣开始变得郁郁寡欢，保家卫国的理想被一次次扛起的面粉袋子瓦解，不久就犯了魔道病。

刚开始犯病并不严重，就是不干活，在村子里转来转去，念念叨叨，不是俺偷的，不是俺偷的。他还会跪在地上，求告老天爷爷放过自己。求告着求告着，猛地一抬头，看到太阳，又使劲撞地面。发起狠来，也追过一个小孩子，都怪那小孩子把土坷垃往他的身上丢，把他惹急了。那个孩子的娘每天拿着板凳子坐在门口，连骂了三天。老两口拿着红糖登门赔罪。

婆婆的口气里全是抱怨，和以往那个什么都能承受得来的她一点儿不一样，像变了一个人一样，激动的时候都快骂起来了，发着狠，对姬洼村人往常的慈爱全没了。洋油灯的火舌扭动，房子里的金黄色空间晃晃荡荡起来，这是婆婆对她最后一次掏心掏肺地说话。七七没有继续想丈夫的问题，她想，快点儿睡觉吧，浪费这洋油可不值当。

后来，渐渐地，姬世荣病情越来越严重。各种方法都使用了，灌豆灰水，扫帚点着火围着老宅转一圈……最后听了老瓦碴的话，姬世荣定下和李七七的亲事后就会变好了。

可是，王氏的话里对李七七没有丝毫的对不住，毕竟给她娘家哥哥换了一个前程。说到这门亲事，她突然问李七七："你说，不会真的和你散过一茬有关系吧？"

洋油灯的火舌在扭动，房子里的黄色被王氏的话打了一棍子，晃荡起来。七七心想，快点儿吹灭灯睡觉吧，浪费这洋油可不值当。

"老人家，恁放心，不是一家人不进一家门，俺不会离开的。日子是朝前看的，不朝后看。俺有俩孩子，就算是俺们娘三个在姬洼村扎了根了。苦命的人走到蜜州也不甜。"她的话与其说是说给婆婆的，不如说是说给自己听的。

"锅台上种了二亩西瓜……"

胡同子里孩子们唱着儿歌，肯定是摸黑捉到了小小虫，烧着吃了一顿。脚步声打破了婆媳俩之间的沉默，她们没说什么，各自回到床上去睡觉了。婆婆对李七七的平静感到不安，一个晚上辗转难眠，很早就起床操持着喂猪，窸窸窣窣的声音，让一夜也没有睡的李七七一个劲地流眼泪。

婆婆再看到七七的时候，七七从姑娘时留的大辫子不见了，齐耳短发，干净利索，抱起柴火来再也不用把辫子甩到另外一边了。

虽然犯了魔道病离家出走，可是姬世荣在麦子返青的时候就会回来，爬到李七七的身上撒种子，终于生下了儿子姬文凯。

他这一支在姬姓家谱上可以延续下去了。在家一待就大半年，这大半年犯了病，经常把李七七往死里打。七七的一句话会惹到他，七七的一个眼神会惹到他，甚至，七七花衬衫上的一朵花都可以惹怒他。

一胡同子的人呵，他把李七七坐在身下，用手掌捆她的脸，用手揪她的头发、拳头捶她的头。他认准了她，她是他精神世界唯一的发泄口，和她曾经是他幸福的唯一入口一样。

我的姐姐姬红缨曾经哭着跟我说，她用一根细长的棍子试图把父亲从母亲的身上挑开，可是老魔道爹一回头看她，满眼的火哦，就把她吓得棍子丢在地上，瑟瑟发抖，这哪里是曾经把自己捧在手心里的父亲？

姬洼村的岁月像蒙太奇。

王氏去买织布用的线，过黄河大桥的时候，掉进黄河水里给淹死了。这是什么事情啊！同行的人都不知咋回事，听到"扑通"一声，回头，就不见人了。滚滚黄河水里，哪里能找到尸身？

也不能让姬大兵一个人埋着吧？就抬了口空棺，葬礼该行的门道一样也不少。虽然姬世荣是个老魔道这件事情是被老两口瞒着，李七七才进门的，可是她却风光合葬了公婆，请了两个响器班子唱对台河南坠子戏。亲戚拜望完，哭完丧的时候，她也站在人群里，着一身孝衣随着人群，哪台戏唱得好，就往哪边跑。夕阳的绚光映在她的脸上，红彤彤的，美好极了。

姬洼村的人念着王氏生前的好，尤其在张富"俺的奶奶哦，俺的奶奶哦……"一声声的哀唤中，大家的眼泪扑扑地掉了下来，大家又开始连连可惜粮食被小小虫给糟蹋了。

大家都说，许三回这回可真的用了老大的力气了，算个爷们，算个老力。按他跟着姬桂兰的辈分，他应该叫婶子的。

"俺的奶奶哦，俺的奶奶哦。"张富的喊声仿佛让我屏幕上的字都张开了嘴。

凤凰牌自行车

年复一年，日复一日，复了几次，谁也没有算过。只会说，那一年，那一天。回忆的次数多了，细节越来越清晰，却就是道不明白是哪一年哪一天。或许，许多年复成了一年，许多天复成了一日，一些事成了一件事。

"青青，你醒醒。"那一年里的那一天，李七七将我从一个悠长的梦里晃醒。我梦到自己的身体长了一层菟丝子，紧紧裹住我。它们张着一个个小嘴，死死地在啃咬我，我惊恐地睁开眼看她。

"别怕，是娘。"李七七的笑里闪着狡黠，眼睛眯成了一条缝。

我揉着惺忪的眼睛，眼前的世界被她的笑和声音渐渐分层变得清晰起来。她悄声说带我去村东头挖几棵杨树苗，种在我们家地头上。临边子地头种了一棵，我们家要是不种，我们地头的养分都养别人家的树了。说这话的时候，她的语气是跳动的、热切的，将小心思全部放在了脸上。其实集市上的杨树苗并不贵，粗壮的两块多钱，赖的也就一块多钱，甚至在大集要结束的时候，人家五六毛钱就给处理了。再不济，自己砍一根粗壮的杨树枝条，插进土里，就成了一棵杨树。

"娘，再怎么缺钱，咱们也凑得起四五棵杨树苗的钱吧？不至于去偷。俺不想起床，还想再多睡一会儿！天亮了，俺还要跟着老疙瘩爷爷去放羊呢！咱们家的山羊肚子里也有崽了，今年秋里，姐姐的学费、书费、住宿费，都不成问题了。"我慵懒地伸展身体。山羊不吃带露水的草，甚至爱啃贱草，但是我和老疙瘩爷爷都会早早地出门去放羊。在姬洼村，唯有将自己放逐在野地里，是轻松自在的。

她连哄带骗，说早晨给我烙几个葱花饼带上去放羊，我才磨磨蹭蹭地穿上衣服。很久以后，我才意识到，对她而言，偷树，是一件在姬洼村用来抖机灵的大事。

我们俩扛着铁锨蹑手蹑脚地出了门。打鸣声从公鸡喉管里传出来，狗在院子里转来转去，听到我们的脚步声，吠上几声，竖起耳朵发现主人还没醒来就不叫唤了。一阵阵飕飕的凉风吹到我的脚踝，我才发现身上的裤子短了。

高门大户姬文军家，大门两侧悬着两个大红灯笼，如今落了尘埃，颜色染旧，有种与贴满五颜六色玻璃瓦片的门头不符的气质。而挨着的姬桂兰家的大门，就透露着满满的心机，整个门头比姬文军家矮一头，她家可是后盖的房子啊。用砖堆砌出的花檐有着和姬桂兰粗犷的性格相违和的别致。姬桂兰家的门头给人的感觉是一直退，把所有的色彩都要退掉，门对子都要比姬文军家的小一号。

村东田间的路是去邻村的，很窄，不似村西去往乡里的路宽阔。我们顺着路沿子走，没被车轱辘碾轧过的地方刚刚搁下脚。李七七把铁锨铲进土里，草根被"咯咯巴巴"地斩断，她喘了口粗气。清理干净小树苗根上的土，填补上树坑，用脚踩实，嘴里念叨着，千万别把人给陷进去。

"谁家沟沿子上的树？"

"全福家的。"

"全福是谁？他有吃有喝有穿有住吗？"

"全福比谁都缺福，小时候爹娘饿死了，过给了二大爷。二大爷虽无子嗣，可是一个碗磕不出几粒米，吃喝穿住，没有一个和福沾边的。"

"那还叫全福。"

"他也有一福啊，娶上了一个会过日子的媳妇。娘希望有一天你哥哥也可以。这样子，咱们走四方的时候，娘也就放心了。"

我那时候觉得走四方，就是去流浪吧。去比村东的野地还要野、还要远的地方，就把整个姬洼村抛在身后了。

"那么黑，恁咋知道是他家的地？"

"娘每天下地干活，出村口，走几步到谁家的地，娘都知道。"

"恁记这个干啥？"我怀疑她在给自己走的路线做记号，用脚步记路，即使天黑得什么也看不到的时候，她一样可以数着步子甩了这个家就走。

她停住了笑，脸上的表情像此刻的露水一样潮漉漉的，好像我发现了她特别大的秘密一样，说："看你说的，要不你说娘从家到地里还能想什么？想什么想多了都觉得自己的命苦，还不如想想这些闲事呢，走几步到谁家地头，谁家地头种了几棵树，谁家的庄稼长得好孬。脑子里被闲事灌满了，心里也就没苦事了。"

我立刻为自己的追问感到羞愧。她是够苦的，供三个孩子读书的钱没有一次不是在学校限期的最后一天凑齐的。用她的话说是赌志气，咋的也不能让外头人说自己连孩子读书都供不起。她对供那三个孩子读书有着魔一样的执念，仿佛在读书这件事上不亏待他们，就在一切的事情上都不亏待他们似的。姬蓝缨的成绩虽然与姐姐相比逊色一些，可是说实话，她很努力，像渴望拥有红毛朵一样的努力。每顿饭姬蓝缨都要给我们话里话外挑明，她要出人头地，要过上比姬文军家还要好的生活，总有一天她会比姬小雯出落得都好看，她终究会离开这个大坑一样的家。她这样说的时候，姬文凯就会送上一句诅咒：爬出大坑的时候，沿上也会绊你一脚。

日子过得很缓慢。李七七这一天跟我说，只有在要交学费和书费的时候，自己才能感觉到时间在走，要把头从地里抬起来，费尽心思凑那百十块钱，家里不用的铁器已经变卖完了，自己还可以晚上去窑上拉砖。窑上拉砖来钱快，但是都是老力的活儿。拉一天砖下来，大半夜回到家，整个身子仿佛丢进了冰窟窿，麻木得脑子想一点儿事都会晕倒。代表时间的挂钟是那个不露面的爹让人家给我们捎来的，我是在前一天放羊回家的时候发现的，挂在墙上，半点和整点就会敲响。我在姐姐的书上看到过这个东西，一点敲一下，两点敲两下，十二点就敲十二下，每一个半点都是敲一下。李七七是不看钟表的，她分不清长针和短针所代表的分钟和小时，她是看着日头上地和下地。但是她为日子犯难的时候，就会目光悠然地盯着指针看。我问她看到了什么，她说看到了很多的小人在地里刨地。

一阵风吹过去，窸窸窣窣的脚步声传来，把我从胡思乱想里拉回来。我惊觉不只是我们两个人在偷树，还有其他的人。李七七说别害怕，是风把树给吹响了。我不信她，夜好像把空间分成了好几层，他们谁也看不见谁，各偷各的。当我的手碰到一棵小树，告诉她，这棵树直溜着呢！长大了肯定中用。刚说完，就感觉到有另外一只冰凉凉的手碰到了我。"你是谁？"对方一惊又缩了回去，那也是只小孩子的手，柔软。"你为啥不说话？"我仔细去听，听到他在喘粗气。我用脚踢他，他也用脚踢我，但就是谁也踢不到谁，我猜不出这是谁家的孩子。

李七七觉察到我在说话和脚上手上的动作，惊恐地摇晃我的肩膀："青青，青青，你这是咋了？"我告诉她我感受到的，她紧紧把我抱进怀里，连连说："你可不能这么想，你可不能这么想！家里谁都能这么想，就是你不能。"

"俺，俺，他不是也经常这样吗？俺是他闺女，老槐树胡同子里的人都说，魔道病是会遗传的。"

"你可不能这么想，你和他不一样，你和他们都不一样，你是娘的好孩子。"她说话越来越着急。

"想让俺不一样，就让俺去上学啊，怎都让他们三个上了，为啥让俺在家待着。俺在家里，没有遗传魔道病，自己也能寻思出魔道病来。"在这一天，我终于鼓起勇气说出了自己的愿望。

"娘供不起那么多孩子。再说，你在学校里受了委屈咋办。你再大点儿，娘就让你跟着戏班子唱戏去，一样是一件糊口的营生。那时候姐姐哥哥们也大了，识字了，不会吃亏上当了，娘就和你还有你的……咱们仨人一起走四方。"

"娘，你说的是和俺的谁啊？怎么会是三个人啊？再说了，走四方，东南西北四个方向，咱们怎么能走得过来呢？走着走着，还不犯迷糊了。"我脑袋里立刻想到，我那个老魔道爹，是不是就是这样迷路的，我出生后，就没有再摸回来。

李七七不再说话。她连着好几天不再说话。急得姬蓝缨怪叫，饭有没有做好？上学要迟到了！迟到了，俺这个学期三好学生就拿不上。李七七仿佛陷入了无边无际的思考中，偶尔猛地抬头看我一眼，欲言又止。

如李七七所言，过了好多天，全福的媳妇才在大路上沿街骂了起来。

"不知道是哪家子的坏熊子把俺家地头上河沿路边公家的杨树苗给挖走了，那可是公家的，咱们平头老百姓沾谁的光也不能沾公家的光啊！你们是能当铁锨杠还是烧火棍子？"

她一遍遍强调是自己地头上河沿路边上的杨树苗，强调自己对公家的忠诚。我要跑出去听，李七七拉住了我的手。

告诉我，别听她骂，反正最后也是要挪走的，或者用镰割上一圈，让它耽误长。咋呼几声，树咋没了？树咋没了！就有点儿此地无银三百两的意思。队长发现了，她就可以理直气壮地说不知道啊，俺咋会知道怎么就没有了呢？俺找了好几天也没有找到，沿街都骂成那样了，你没有听到吗？全村的人都能给俺做证。河沿靠近路边上种的树苗不像咱们种到自家地头上的树苗，公家的树苗长大了卖钱，不分给她一分钱，她巴不得树没了，不影响自己家庄稼长呢！

"娘，恁没读过书，从哪里学来的这些新鲜词？"我好奇她说的"此地无银三百两"和"理直气壮"，这些我在姐姐的课本上才能看到，姬洼村的生活里没人说。他们说的大白话比白面还要白，吃喝拉撒睡，啥都挂在嘴上。

"戏文里啊，戏文里什么词都有，青青长大了也要去学唱戏。"

"俺才不去呢，老瓦碴奶奶在村头逢人就说，唱戏的都是下九流，俺要当上九流。"我刚说完，还沉浸在自己抑扬顿挫的演讲和伟大抱负里，李七七竟然一巴掌打在了我的脸上，我的脸立刻火辣辣起来，委屈得泪流满面，不明白为什么要挨这一记耳光。

连续几天，我是在害怕我们家地头上的杨树苗被发现的惊恐中度过的。感觉菟丝子的嘴巴在空气里，越张越大，我放羊的时候都畏手畏脚，害怕被咬到。如李七七所言，全福媳妇沿街骂过以后，后面就没声息了。在草地上，老疙瘩爷爷还以为我被蚂蟥吸了，拿着鞋底子追着要帮我把蚂蟥给拍打出来。

直到王大凤顺着一路的麦秸秆找到我们家，一大早骂起来，说是李七七半夜里偷了他们家麦秸当引柴，盘附在我身体上的菟丝子的嘴巴才闭上。

明眼人一眼就能看出来这纯属诬赖，谁偷了麦秸还稀稀拉拉留下一路的物证到自家门口。这让我想起来我们的老魔道爹是如何被诬赖的，我气得牙齿打战。如果不是这样的一群人，我的父亲可能不会得魔道病，我们家的境遇可能就不至于沦落于此了。可是李七七的心理素质明显比我们的老魔道爹强，她拿起大门跟前的锄就开腔：

"自古判案，人证物证缺一不可。王大凤，你有啥？"

"一路的麦秸秆从麦秸垛到你家大门口了，证据还不够吗？"

"人证呢？"

"俺家的狗，在你大半夜路过俺们家大门的时候，叫了三声。只要你经过俺们家的大门，它就会叫三声。除了你，还有谁？"

王大凤把自己家的狗唤过来，果真，狗冲着李七七叫唤了三声。王大凤又把狗牵到看热闹的人跟前，狗有时候叫五声，有时候叫一声，有时候叫四声，就是不叫三声。周围人见状，纷纷应和：七七啊，就一抱麦秸，你还给她王大凤两抱，不就得了。

王大凤说："父老乡亲，俺王大凤不是不讲理的人，她老魔道家，日子过得垫底，俺也可怜她们娘几个。只要她跟俺说一声，就是铲一个麦秸垛给她，俺都愿意。但是不能偷。偷就是贼。"

"人在做，天在看，要是俺李七七拿了你家的一根麦秸，就落不了好，天下雷，轰死俺。要是有人诬赖俺，那个人就得不了什么好死，一根面条子都能杵死她，一个蚂蚁窝就能把她给陷了。"

这段咒骂镇住了王大凤和所有围观骂架的人。王大凤摇摇手说："七七啊，咱们说归说，那么重的誓可不能骂。整个姬洼村，连着根，骂谁都是骂自己。"她牵着狗，悻悻离去。

然而，李七七并没有因出了这口气而高兴，而是关起了大门，在院子里号啕大哭起来。

"老天爷爷啊，俺的命咋就这么孬啊，嫁了个老魔道不说，还受尽了这些孬心眼子人的欺负，真是俺娘说的，命苦的人走到蜜州都不甜啊……"

这次哭天喊地，带给了我们家足足小半年的平静。连姬堂堂看到我都绕着走。我一走到老娘儿们窝跟前，她们就纷纷闭嘴不言。我心里清楚，她们一定在传我们全家人都是魔道，要躲着。

每当我的屏幕亮起，她就会搬一把餐凳坐在我书桌对面，说借我的光，做点儿针线活。纳千层鞋垫、做方口鞋，全是我40的鞋码。这个脚，可是不好买鞋。网上买的，不是磨前脚指头，就是磨后脚跟。

我轻轻地问她，那时候累吗？

她说她不知道什么是累！她只知道，麦子头天晚上割不完，上午玉米种子就种不进地里，下午刨坑，土便被晒干，苗可能就出不来，得等雨，看天了。人家有人有马有车的，一会儿就把一地的麦子扑倒，拾掇拾掇拉到打麦场里，碾了，扬了，撮袋子里了，好像人家收麦都是三四天做完的。

我跟她强调，人家家里都有老力呢，咱们家没有，就得七八天的工夫。

在断断续续的回忆里，我仿佛置身在打麦场。下午，像小山一样方方正正的麦堆表达着李七七对扬麦的郑重，一绺一绺风贴着地面吹。李七七的扬麦把式令人惊叹，前腿弓，后腿绷，前手举，后手送，一木锨的麦子就送到了半空里。扬起的麦子在风中，麦糠和麦粒分离，一个飘扬出优美的弧线，一个直直落下。我们冲进麦粒雨中，扬起脸，迎接麦粒，脸上被砸得越痛，心里越安定。今年的麦子诚实着呢！今年的肚子饿不到呢！踩在麦粒上，阳光虽然没有碾场的时候那么烈，但是余威未减，温热从脚底直抵我们的心脏。

而另外一旁的麦衣，像棉被一样铺在地上，大姐正在用扫帚清扫，这是牛一年的好食粮。就是在我们的欢呼中，一团黑云从西面涌了上来，黑煞风端着排山倒海一样的气势也赶来了。

姬文凯突然大呼一声："娘，要下大雨了！"

撑袋，装粮，扛到地板车上，这一切，我们一家人做得井然有序，毫不马虎，仿佛在一瞬间就完成了。我们在车尾推车，李七七肩膀挂着拉绳、手里掌握着车杠拉车。一推一拉中，狂风在呼啸，大雨倾盆而下，路两边的树有的甚至被连根拔起。我看到，被拔起来的还有一团团黑色毛发和一嗓子一嗓子的哭声，我吓得战栗，姐姐一把把我抓过来，和着狂风暴雨的声音说："你疯了，树要砸到你身上了。"等我们浑身湿透赶到家，心也已凉透。如果麦子因为淋湿而闷色，交公粮人家都不要，之前丰收的喜悦也会荡然无存。

也是在那连着的几年，周遭陆续盖起新房子，垫高了地基，我们家渐渐沦落到一个坑里。下大雨雨水排不出去，猛猛地往屋子里灌。我们拿着洋瓷盆子、铁桶和舀子，把堂屋里的水往院子里刮。李七七和姐姐披着从化肥袋子上撕下来的塑料纸，把院子里的水往胡同子刮，忙得泥头泥脸的，后来就干脆塑料纸也不要了。姬蓝缨把盆子一扔，一个劲地直嚷，俺真是倒了八辈子血霉了，才生到这个家里来。李七七根本不搭理她，起身到大门底下，从挂着的蒜辫上揪下来一头蒜，用蒜瓣做了一个晴天娃娃，抬起头，嘴里念叨着："老天爷爷，你快把雨停了吧！"我抬头，看到天上五颜六色的鱼在飞翔。

"那你为啥还有空子去看戏？"我抬起埋在电脑前的头来问她，"有那工夫，还不如拾掇拾掇家里呢！你看看，那土院墙，都快倒了。"我在窗户的玻璃上，看到一堵快要倾倒的院墙。

"看戏？"她笑了，神色顿了下来，不说话。一会儿她泪流满面，问我："唱大戏的啥时候来？"

"栓宝，栓宝，栓宝……"虽然那时候，我不想当下九流，可是我思念栓宝。就算是现在，在蜃城的早晨，我也常常是呢喃着他的名字醒来。如果说老疙瘩爷爷像是昏暗的老槐树胡同子里的一团光，带给我贴心贴肺的踏实和温暖，那么栓宝就像这悠长的老槐树胡同子尽头的一缕光，带给我指引。

虽然那个时候的我，并不知道，出了姬洼村还有什么方向。

不知道是谁家的鸡鸣声首先划破姬洼村黑蒙蒙的夜，老人已经起床，携抱柴火发出簌簌声。我打了一个哈欠翻身，嘴里念叨的，依旧是栓宝的名字。闻到李七七身上掺着土的汗腥味，我本能地将嘴蹭到她的妈妈上咂了几口。她被我惊着翻了个身，说，怎么今天醒那么沉啊！不会有啥事发生吧，还有一地的活儿没干呢！她揉揉眼，跟我说出去喂猪。姬蓝缨和姬文凯，还在打着微鼾。

"砰砰砰……"外乡人敲开了我们家大门。

他把铁家伙往我们家门口一放，喘着粗气说："这是恁男人让俺捎带给恁的。"他的口音和姬洼村的人不一样，有一股江湖气息。

"啊？"

"听说，恁们村子里电也拉起来了。恁男人把电视也给恁备下了，下次来唱……那个啥的时候，给恁带过来。"

是一辆凤凰牌自行车呢，我认识那上面的商标。放羊的时候，两个轮子从路上飘过。我问老疙瘩爷爷地板车咋成这样子了，这以后可咋拉东西啊？老疙瘩爷爷解释说这是自行车啊，也叫洋车子，是从外国传来的洋玩意儿。它就两个腿，咋立住的？人也两条腿啊！为啥洋车子上要补块补丁？傻青青，那是商标，凤凰牌的标记。恁咋知道的？你不知道爷爷以前是干吗的吗？要饭的，走南闯北，啥没见过，城里这个早就有了。可是我没有去过城里。老疙瘩爷爷说，城里除了房子是两三层垒在一起的，和姬洼村比，没啥不一样的。胡同子也是弯曲的吗？我继续问。老疙瘩爷爷说，城里没有胡同子，四通八达的，连路都是用砖铺的。啊？用砖铺的？那地还能喘气吗？关于城市的想法，老疙瘩爷爷说我是五花八门。

外乡人重复着自己的来意，这是恁男人让俺捎带给恁的洋车子。

外乡人说的是"恁"，不是"恁们"，这就把我排除在外，姬洼村的预言马上就要实现了，李七七就要去走四方了，不带上我。

开门探出头的李七七在围裙上擦了擦手上的猪食，笑了。我躲在她身后，瞅一眼李七七，又瞅一眼外乡人。姬蓝缨，她头发用红丝巾扎成一束，显得特别雅致，坐在院子里，两只手夹进并住的膝盖间，前后摇着板凳子，扬扬得意地看着这些一瞬间涌进自己家门的人，那么多人呢！她为自己家能享受的这份荣耀而骄傲。

我紧紧抓住李七七的围裙，不想让她再继续往前走一步，可是她还是生硬地挣脱了我的手，要接那辆凤凰。我在冬天冻坏的双手，现在开始慢慢长肉芽了。这天早晨我做了一个梦，梦到自己的身体随着麦子在天地间摇摆。醒来的时候，发现被子头上有一摊血痕，应该是在梦中手臂摇摆时冻疮张裂开了。李七七挣脱我的时候，冻疮再次裂开，血滴滴答答地流了下来，可是她没有看到。

"桂兰，还不让恁们家张富去给恁也捎带一辆去！"

"他哪有老魔道厉害，走南闯北的。"

"老魔道肯定在外地做了大买卖。俺有时候经过你们家，都可以听到钟声。咱们姬洼村，有几家能传出来钟声？"

老魔道，老魔道，她们从来不肯放弃这个事实，可是这一次大把大把的"老魔道"三个字从嘴里吐出来，摔到我们脸上还是头一回。李七七看了看外乡人，从他手里把凤凰车接了过来。红，晕了一脸。外乡人我看着熟悉，却怎么也想不起来是谁。

"你还哭，你还哭，你和你那个没用的爹一样窝囊，懒得腚眼子都生蛆了。你就知道哭，就知道哭，哭能飞来凤凰啊？"王大凤追着摸鸟蛋回来的姬堂堂打得他满胡同子号哭。自从姬文军和村子里几个有夫之妇纠缠不清后，王大凤对丈夫的感情就有点儿扑朔了，老是在村里人跟前说自己男人窝囊。

"堂堂娘，你男人躺在床上，眨眨眼，钱就一把一把地往你们家跑，你们家拿竹箢子搂都搂不过来了呢，还在乎一辆凤凰？"人群里，一个男人把烟踩在地上，边踩边说。王大凤爱听这话，之前说那话，也是为了等这话来。他们明里一句话，暗里一句话，却从来又不似捉迷藏，追的不用力气，藏的也不用心，指破道明，都是一遍弯的事情罢了。王大凤从来不避讳别人，明里暗里说她家姬文军有本事。她佯装不睬地瞥了一眼自行车，好像告诉大家，她就是没有把这洋车子看在眼里。

"哼，老魔道家的，你的命怪好哩。"王大凤说。

"是啊，人家老魔道多少年才回到姬洼村一次哩，暖热了你的炕，添了你家五个，不对，对不住了，是四个孩子，现在人家在外面发达了，都惦记着你呢。你们看看哦，凤凰都飞来了呢，凤凰都飞来了呢。"

"就是，谁再敢说人家老魔道不知道疼媳妇，咱们可不能原谅他，咱们大家可都看得清亮。"王大凤说到"咱们"这个词的时候，转头，带有一颗黑痦子的嘴巴子悠然自在地上扬，在高空里画了一圈，她们全都往她身边自觉地靠了靠。

姬堂堂摸鸟蛋回来了，意味着姬文凯也回来了。姬堂堂围着凤凰牌自行车转了三圈，撸了撸鼻涕，擦在车子上。姬文凯给姬堂堂打着保证，以后一定要让他骑个够。姬堂堂背着手，踢了一脚车链子上的护板，又踢了一脚辐条。李七七警惕地把车子往自己身边挪了挪。

"你说真的?"

"当然是真的。"

老瓦碴奶奶端着一簸箕炒面走了过来，这是她给收养的两个孙子准备的吃食。商贩挪房也停在了胡同子口。

"凤凰牌子自行车呢！那不得一大缸的麦子才能换来的呀！"老瓦碴奶奶嘴里嘟囔着。

眼前这个外乡人，瘦削而高，颧骨像两个圆圆的碗盆直愣愣扣在脸上。大家都说，这肯定是在戏班子里唱丑角的。那人也不气，也不恼，把自行车推给了李七七后，再次强调说："这是恁男人让俺捎给恁的。"听到这句话，李七七的脸立刻红到了脖子根。

接过凤凰车的李七七，也像一只凤凰，抖了抖身上的羽毛，摘下腰上的围裙，一脚踩在脚踏上，一脚蹬地助力，一下子跳到了凤凰牌自行车上。从村东头飞到了村西头，从村西头又飞了回来。村里妇女和小孩追着凤凰跑，一路上还不断有人加入。她是什么时候学会骑自行车的？我不知道。我一个人孤零零地站在大门口，把他们扬起来的尘土吸进肺里，呛得直咳嗽。胡同子那么长，那么深，前后都看不到尽头一样。我的心一紧，这只凤凰怕是要飞走了吧！

就在她回到家转身关大门的那一刻，风一吹，紧紧贴着衣服的高高耸起的乳房，麦糠一样的肤色，整齐的齐耳短发，活脱脱的，野生生的，我从来没见过如此美丽的李七七。

也就是从那一天开始，姬洼村的惊蛰提前来了，男人们在夜晚蠢蠢欲动，猫儿叫春的声音不绝于耳，就连蝙蝠也提前从村东头窑洞飞进了村子里，将冷藏了一个冬季的精液四射。老疙瘩爷爷给我讲的。传说蝙蝠是老鼠吃了盐变成的。所以，老疙瘩爷爷常常吓唬我，它们都跑进粮仓里去怂恿你家老鼠爬上锅台偷盐吃，为它们的家族添丁。为此，我被惊吓住了好久，我们家老鼠可不少，全变成了蝙蝠，那我晚上就不敢上厕所了，它们在院子里飞来飞去，说不定会和我碰个正着，吓死个人了。

李七七在这一天将美丽透支了，姬洼村妇女们对她的艳羡转化成了嫉妒，她一点儿也不懂得量入为出地支出美丽，在以后的日子里得到了加倍的报应。然而，我不在她的凤凰世界里，也不在嫉妒者之列，倒像是一个局外人。

那一年，凤凰牌自行车所带来的风波和我对李七七的担忧，在我的大脑里越来越热闹。

老娘儿们都往集上赶，买了雪花膏买胭脂，买了胭脂买红头绳，还买了口红、五颜六色的劣质发卡，这些发卡用过几次，上面的漆就都掉了。这都是一辆凤凰牌自行车带来的触动啊！

就连姬蓝缨都是，可是她没钱，就撕下来红红的门对子，抿在自己的嘴上，红艳艳的。可是我们家买来的是劣质红对子，她的嘴红肿起来，像被屋檐下的马蜂蜇了一样。姬蓝缨从竹笆子上扯下来一枝竹坯子，放进自己的衣服里，撑在乳头的位置，就成了她嘴巴里"高高耸起了妈妈"。

大家开始把"老魔道"这个词当面摔在我们娘几个脸上，像从自家的粪坑里捞了一篓子屎，糊在我们的脸上，集体作恶就有了大义凛然的理由。

茅草和葛藤纠缠在篱笆上，黄瓜结了一茬又一茬，风一吹，姬洼村的鸡啊，鸭啊，猪啊，狗啊……乱蓬蓬地在胡同里跑来跑去，从这条胡同子，蹿到了另外一条胡同子，像那些丫头片子们、小子犊子们，一会儿也不拾闲。

麦子的高度，我可都是做了记号的，稍微有点儿动静都躲不过我的眼睛。这次麦子足足少了有半根筷子的高度，我所担心的事情还是发生了。

磨一次面，换一次西瓜、苹果，当一次麦种，我都要在上面用烧火棍子画一条线。线条的长短粗细，都是由我的焦虑程度决定的。李七七如果要走，按胡同子里老娘儿们的话说，她肯定会把粮食全卖了做盘缠。她对我们几个累赘肯定已经有了警惕，所以，不会一下子全部卖掉，会一点儿一点儿撮走，或者在我们都睡着的时候，用一整夜来拾掇。

这次麦子为什么少了？我抓紧衣襟在粮缸前急得直打转，老鼠探出了脑袋紧张地看着我。

看什么看，是不是你们偷走了？俺就知道俺家屋正中间有一个大坑，你们一定在那个大坑里建了一个地下村庄。你们在你们的村庄里不知道自己种，光知道偷俺们的。要偷，你们出去偷，占俺家的宅子还偷俺家的粮食算是什么事？我都不如一只老鼠活得自如！我恶狠狠地看着它们，老鼠好像意识到了什么，纷纷低下了头。你们这些近视眼，装得还挺像。要不要告诉姬文凯他们，让他们帮忙把李七七堵在家里问个清楚？

不行，李七七走到哪里我都得跟着去。她要带可能只能带一个，我可不能把这个机会给了他们。说什么我跟着唱大戏走四方，都是暂时诓我的。我不再跟着老疙瘩爷爷去放羊，跟踪她，成了我那段时间里最大的一件事。

在地里，我背起喷雾器。喷雾器有我半个身子大，走起来的时候，在屁股上颠来颠去，不像在李七七的背上那么妥帖。虽然喷雾器里只有二分之一的药水，可是两三垄子下来，肩膀还是勒出了血红印子。我不知道打药要倒着走，再加上玉米都那么高了，所以走到她身边的时候，我全身都湿透了。我自信地扬起了头："娘，你看青青中用了。"

"青青，你不知道你浑身都是药呀！这样子会被药死的。"她将我额前湿漉漉的头发捋到耳朵后，并没有理会我眼睛里流露出来的意思。

"俺死了，你就安心地走了是不是？"我像王大凤和别人吵架那样，跺着脚说，王大凤五颜六色的想法也全部注入我的语气里。

"傻闺女，这哪里是药呀，是清水，娘让你背着玩的，真要是药水迸溅到你的嘴里可咋办？"她把我拥进怀里，可是她越用力要给我温暖，越让我感到冷。她始终只是把我当作一个孩子。

"白天坝上跑水了，水全到排水沟里去了。"她继续对我说，"本来今天白天轮到我们家的，只能晚上娘摸黑来浇地了。"

我越想越不对劲，守大半夜，是不是在敷衍我大半夜的时间，就够她走得老远了，我就追不上了？

天越黑，我在家里心里越不踏实，决定去地里找她看看。路显得那么长，走到一家，一家的狗都对我叫唤一阵子，走到一家的地，地里的玉米就要对我吹几口凉气。走到我们地头上，只见一个大口子开着，水潺潺地流进地里，地头上不见李七七，这肯定是她使用的伎俩，诓我呢，让我以为她在浇地。

"哗哗哗……"水在唱歌。

"娘，娘啊娘，恁去哪里了？"我抬头，对着满是星星的天空喊，月亮不见了，月亮也被李七七带走了。

"哗啦啦……"水依旧在唱歌。

"娘啊娘，恁得等着收了这一茬玉米当盘缠再走。"

"你咋来了啊，娘在地里呢！娘刚刚喊你了，你也不答应一声。"李七七的声音传了过来。我不顾棒子叶像刀锯一样划我的胳膊和脸，蹚着被浇透了的地就往有李七七声音的地方走，每一步都唤出来一声"娘"。

"哗哗哗……"水啊水，你能不能不再那么起哄了。

"不怕，不怕，青青不怕，娘只是看看水浇到头了没有。"

我被潮湿的温暖一把拥住，这时候，我才意识到自己在一步步找她的时候，她也在一步步往我这边走，她唤我的声音被我自己的哭声给掩盖住了。

直到老槐树胡同子口的邻居来还麦子，麦子的高度再次到达那个标刻线，我的心才放下来——原来她把麦子借出去了。为了抚平我内心的惊恐，李七七给我做了一身新衣服，这一破费没有让李七七感到一点儿犹豫，挑选的花色多以红色的小花和绿色的细叶子为主。就这样，我把春天穿在了身上。

李七七说，马上就让我每天都把春天穿在身上，我们马上要去走四方了。

在窑坑的草地上，我穿着新衣翩跹起舞，模仿小小虫飞来飞去，学青蛙跳来跳去，更像一只蚂蟥，用头顶老疙瘩爷爷的脊梁骨，说自己要吸他的血。

"青青，也许你可以在你的胸口放一根高粱秆子。"老疙瘩爷爷对我说，"或者用红对子在自己的嘴巴上抿一下。"

"为什么？高粱秆子不小心会划破俺的，红对子会让俺的嘴巴肿起来。"我见过姬蓝缨用高粱秆子让胸前鼓起来，却把青杏般的乳房划出了血。红对子用的颜料，李七七说掺了化学品，所以姬蓝缨的嘴巴才像马蜂蜇了一样。

"这样子，你就会像个新媳妇啊！"老疙瘩爷爷拉我的手坐在他身边，"爷爷不知道能不能活到看着你出嫁。"

老疙瘩爷爷确实老得越来越不成样子，冒出头顶的头发楂全是白的，耳朵垂下的皮肉我仿佛都能抓到手里。我没有接着他的话说，转过头让几滴眼泪滚下来。抹干净眼泪，回过头给他看他给我用凤仙花染过的指甲，浅浅的红还剩下隐隐约约的那么点儿。

姬洼村人谁也没有见过凤凰，可是他们有凤凰缝纫机、凤凰自行车、凤凰板车子，甚至在锄头上都砸出个凤凰来，大家都拿着家什往姬铁匠那里送。姬铁匠心巧，在自己家新的铁货上也砸一只凤凰。我盯着李七七买回来的菜刀看了好几遍，说感觉姬洼村所有的事物都在那凤凰尾巴上了，过不了多久，它们一跃就飞走了，房顶跟着飞走了，树木跟着飞走了，路也跟着飞走了，只剩下光秃秃的半截子屋茬子，直溜溜的黢子对着天。

铁匠自然也姓姬，是兴旺他爹，过着姬洼村日复一日、年复一年，尘土被风吹起又落下来的生活。他的生活看起来比其他人都慢，其他人还能到地里转转弯子，跑跑趟子，看世界换一个角度。他整天对着自己的火炉子，眼睛在燃烧，脸像烤红薯，走近他，全是肉快要被烤煳的气味。他家大门正对着村子里的大路，没有院墙，我看到他不是在砸铁就是在吸烟。当大家在收庄稼前的悠闲里的时候，铁匠最忙碌，他要打农具拿到集市上去卖。他不再慢悠悠地闲一天干半天，连晚上都要敲，火炉子把院子里烧得亮堂堂，兴旺就在院子里借着光读书。

我在梦奔的时候，趁他不注意，给他填了一铁锹炭，也开玩笑把兴旺刚写完的作业扔进了火炉子里。

姐姐经常把姬铁匠的三个儿子不接老爹手艺的事情当玩笑来给我讲，一个是兴旺，爱读书，另外两个一心想做木匠不做铁匠。兴旺的两个哥哥，金旺和银旺都嚷着自己命里缺木，于是学也不上了，两个人天天拿着锯、刨子和锤子，做马扎子、板凳子。三个儿子在赶会的时候跟上爹，拿到集市上去卖，木家伙生意并不亚于铁家伙。到了收割的时候，亲戚邻居的都来帮忙，缺少了马扎子、板凳子坐，传出去，不就成了到他家连搁腚的地方都没有了吗？

集市上一排排商品排列整齐，农具，鸡蛋，麻线绳子，布匹，肉……李七七在村子里的时候，和姬铁匠没说过话，到了集市上，他俩的话匣子就打开了。姬铁匠会问问庄稼长得怎么样，李七七如果被别人问到怎么样，她就回答也就那样，可是对姬铁匠不然，她会絮叨上一阵子，这次用的麦种好不好，肥料上了几茬，麦穗有多大，杂七杂八、没头没脑的事情都会絮叨好一阵子。姬铁匠的三个孩子对李七七也很有好感，大老远就喊婶子。当渐渐明白了走是怎么回事，我一度怀疑李七七要走到姬铁匠那里去。姬铁匠家在姬洼村，她走不远，挺好。

我们站在李七七的身后，姐姐看了一眼兴旺，脸立刻红了起来，揪着自己的发梢。他成绩好，人长得也俊，两个眼睛和栓宝差不多。姐姐哪里懂看镰，却也蹲了下来，不问也不买，目光从这把镰刀移动到那把镰刀。兴旺从哥哥的马扎子堆里走过来，问姐姐写作业的本子够吗，姐姐说够了。

我把树影子踩得乱颤，叫姐姐来看。

姐姐说你傻啊，哪儿是你踩的，是风吹的。

风能把影子吹动吗？我趴在地上使劲吹，可是影子纹丝不动。兴旺和姐姐都哈哈笑起来。听到他们的笑，我觉得好幸福。

吸血鬼，槐花飘香的夜晚

　　我的父亲老魔道姬世荣在这一天的到来，没有任何预兆，姬洼村的一切都在缓缓地进行着。骂街的依旧骂街，赶着毛驴拉磨的依旧赶着毛驴拉磨。牛拉屎用力一努，砸在地上溅了一大片，拾粪老人立刻迎上去铲进自己的粪筐子。芦花鸡依旧比主人起得早，在胡同子里扑扇着亮翅……风在树梢吹动呢喃，扯着枝子让它们漫天地长。

　　那天早晨我起来到厨屋觅食，剥开一瓣蒜夹进玉米面馍馍，边吃边摆弄火柴盒玩，火柴盒里只剩下两根火柴了，其中一根还只剩下半个头儿。不知道中午挪房会不会来，李七七有没有空出来的时间把洋火给买上。这样子，家里的锅灶在下一顿才不会冷冰冰的。李七七是绝对不会借人家一根火柴棒子的。如果挪房不来，或者来了，她没顾得上买火柴，那么我们一家就要断顿了。

　　就在我想象各种可能的时候，李七七下地回来出现在厨屋门口。她挽着裤脚，星星点点的泥点子一直到膝盖，喊我帮忙搬一下风箱。那风箱都两个月拉不动了，每次做饭，整个厨屋乌烟瘴气，烟熏火燎，所以大家都以各种理由避开烧火的活儿（这曾经是抢着干的活儿，因为可以焖蒜和烤红薯吃）。卸开发现老鼠已经衔来柴草坐了窝，一窝红肉球在里面蠕动。她跟我絮叨起自己新婚没多久的时候，冬天就救过一只幼鼠，也不知道现在是它的几辈子人了。

她瞥见我脖子上挂着的军用绿色水壶，把风箱合上，叹了一口气："唉，咱们都过了老鼠的几辈子了。"

"你为啥救它们，它们会吃咱们的粮食的。"

"咱们家的粮仓高，它们爬不上去。"

"它们可以先爬到屋梁上，然后从屋梁跳到粮缸里去。"

"你和你那个爹一样的点子多，还给老鼠想法子，十里八村的，也只有你能想得到吧。"她的眼睛里满含露水。

"俺可不愿意像他，他是个老魔道，姬堂堂说他犯起病来会害死人的。"我嚼着满嘴的馍馍说。

"以后，叫他'爸爸'好不好？"她眼里的露水闪着春生芦苇的光泽。

我的头立刻折了下去，心想，俺连"爹"都不会叫，怎还让俺学说个新词。

这一天下午天刚刚有点儿擦黑，我们就吆喝着羊群往家赶。老疙瘩爷爷在下午后半晌突然想起来早晨做完饭，煤球没有换，所以趁着残存的火星子要快点儿回家去换上，否则他就没办法给我烤馍馍片了。他一般不生炉子，只是前几天下大雨，他没来得及用塑料布遮柴火，柴火全湿透了。我踩着羊群的脚印赶它们回家，老疙瘩爷爷笑我傻："青青，你带着羊回家啊，还是羊带着你啊。青青，晚上你在爷爷这儿吃。

咱们就做面糊糊吧，都好久没吃了，想虾米的那一口香了。"老疙瘩爷爷一口一个"青青"，这两个字好像抹了蜜一样，让他咂巴不停。

我走在大街上，如果大街上有人，一般不抬头，这样子只能以脚下的各种印记作为回家的路的记号。我知道哪个车辙印子通往老槐树胡同子，因为每家车的车辙花纹不一样——每家地板车主人脾气不一样，拉车的速度不一样，轧下去的车辙深浅也是不一样，面对前方石子拐弯躲避的弯度也不一样。我们放羊的地方，和姬桂兰家去地里的路同路。她们家的车每换一次车胎就被她二儿子用剪刀在花纹上剪一个豁子，所以她们家的车辙印子就多出来一个直撅撅的小豁子。如果一场雨把车辙印子淋没了，一场大风过去，虚土把车辙印子给遮住了，或者说姬桂兰家的地板车换了新的车胎，二狗子还没有想起来去剪个豁子，这样子下来，我走起路来就容易犯晕乎。虽然梦奔的时候，我把姬洼村的角角落落都踏遍了。可是，白天的姬洼村是不属于我的，我的白天属于村东窑坑的那一片野地，白天，这些路啊，道啊，就乱套了。

奇怪，前面几个人和自己同路，那些人纷纷转弯进了老槐树胡同子里。我们刚到胡同子口，微微抬头，就看到一些掐着腰、抱着胳膊的人，整条胡同子都塞满了人。继续往前走，我们家院子里红彤彤的一片，火焰蹿出了房顶。焦煳味传来，在鼻腔胸腔里横冲直撞。我试图挤着往前走，没几步，大家发现是我，就给我让开了一条道，默默地看着我（给我让道，此生第一回）。他们的脸上写着悯慈，连姬堂堂他们在人群里也没有投土坷垃、扔砖头、吐唾沫。姬小雯甚至向前给了我一个拥抱，她身上也是惹人醉的槐花的腥香味道。老瓦碴奶奶对我说了一句，妮子，别怕。

借助这从未有过的待遇，我扬起了头。

院子里的浓烟滚了出来，我问老疙瘩爷爷，这是咋的啦？他不说话，叹了一口气，把我往他身边拉了拉。我用他腰上的麻绳子划拉自己的手，手火辣辣地疼起来，告诉我现在发生的一切都是真的。老疙瘩爷爷深深叹了一口气，目光并没有被人群遮挡，而是被弯弯曲曲的胡同子拉长。

他说："唉，肯定是你的老魔道爹，回来了。"

"回来了"这句话带给我的震惊，仿佛姬洼村在一瞬间，所有的尘埃都落了下来。这一天真的来临了，他终于回来了，我不再是一个没爹的孩子——他的到来就是为了来证明这一切的。姬堂堂的目光里一定是失望，他见到了我当过兵扛过枪的父亲。他用过的枪可是实实在在的家伙，不像他们用几根高粱秆子瞎胡编的，扳机一扣整个枪架子都散了。看到他，自己能争气地喊出一声"爹"吗？我从来没有学说过这个字眼。我默默用力握住了老疙瘩爷爷的手，低下头，要不是他在跟前，我肯定会摔倒的。我常常翻开他的手看，让他给我讲讲手上茧子的故事。李七七曾经告诉我，茧子是死了的肉，那么，老疙瘩爷爷手上的肉就是成群结队地去死的——这个想法在那个时候，居然还能冒出来。

厨屋被熊熊烈火燃烧着，里面堆满了我昨天刚刚抱回家的干透了的棒子棵柴火，还有李七七用来喂牛的麦糠，她用麻袋装了，全撂在了厨屋里。谁知道，这些东西助力这一把火，现在燃烧成了这个气候。

"青青不要哭，爷爷在呐，没啥。青青，一切都没啥，都会过去的。"听到老疙瘩爷爷的话，我把身子躲到了他的身后，眼睛眯成一条缝，来看眼前的一切，好像就能过滤掉四分之三的不幸一样。老疙瘩爷爷紧紧拉住我的手慢慢地走进院子。

一个男人，一个陌生的男人，一个光着身子的男人，全身没有任何的遮拦，映入我的眼帘。不，有所遮拦，他的屁股上还有几片枯叶子，枯叶子只剩下叶脉，紧紧贴在他右屁股上，头发稻草一样垂到了腰上。他对着堂屋门口，跪下，站起，向前扑出胳膊，跪下，嘴里念叨着：老天爷爷啊，老天爷爷啊……这就是我看到的一切，有关自己父亲的一切。我紧紧抓住了军用水壶的挂带，心里默念：这个人怎么可能，怎么可能是我的父亲？他转身的时候，赤裸的下体，像从沟里的稀泥汤里捞起来的一根烂布条子。我看到过姬堂堂的，看到在树林子里撒尿的路人的，更是每天都看到撒一次尿做一次记号，试图把家里任何一个地方都留下尿印子的姬文凯的，所以看到这一切，我的目光没有任何的躲闪。上面不像姬堂堂说的那样，拴着红绳，而是耷拉着，就那么赤裸裸地展示给别人看。脸上全是黑灰，根本看不清他的模样。

我不知道自己的脸往哪里放，眼扑啦啦下雨了，烟催得我的眼泪更凶了。他转身再次向天仰拜的时候，我看到了他屁股上未擦净的屎垢。或者，他根本就不擦吧！我们家都不舍得用用过的作业本子，它们还可以拿去卖钱，都是用棍子和土坷垃擦！姬堂堂他们新的作业本子都用，书直接用来叠三角，你打过来，我打过去——我有闲心想这些，好像他不是我的父亲一样。

我要再继续向前一步，老疙瘩爷爷一把抓住了我："不要，青青，他会伤害你的，他会伤害你的。"

他眼里冒着被烈火炙烤过的红光，大门口的人"啊"地一声散去。"犯魔道病了，犯魔道病了……"我把老疙瘩爷爷的手握得更紧了，他是一个可能给家里带来灾难的人。可是他绝对不是那个曾经背着军用绿水壶的人！他们不是同一个人。

　

李七七拉着地板车出现在胡同子口的时候，天已经黑透了，大火也烧得差不多了。土、檩子噼里啪啦掉了下来——房檩子全烧毁了。

原来早就有人跑去地里告诉她，你男人回来了，还给你家里放了一把火。她当时正在锄地，只是回头看了那人一眼，眼里没有任何的波动，反而是更加沉静执着地握着手里的锄把儿。

"姬世荣回来了，还给你家放了一把火。"好心人又重复了一遍。

"哦！"她冷冰冰地回答。

"俺说的是老魔道回来了，还犯了魔道病，你快回家看看吧，要不家就烧完了。"好心人终于不耐烦了。

"哦!"她的声音里依旧听不出来任何的情绪反应。

放了一把火?那就让那一把火烧完烧干净后再回去吧——李七七在蜃城的夜里回忆起来的时候说。

"娘!"我松开老疙瘩爷爷的手,上前紧紧抓住她的手,"娘,这是咋啦?恁说这是咋了?"我急切地要从她的嘴里得到不一样的答案。

"没咋!"

"他们说这是俺爹!"

"不,他不是你爹!"她用手臂把我环在了她身边,那么用力。我嗅闻着她身体上散发出来的汗腥味,对,他不是俺爹,俺爹当过兵,是威风凛凛的老力。她突然想到了什么,把我推开,冲进了还在往下掉火星子的房子,推出了烧焦了车胎的凤凰牌自行车。轰隆……屋顶塌了下来,李七七幸免于难。我吓得转身抱住老疙瘩爷爷的腰。

他是什么时候离开姬洼村的,我不知道。他回来了,他放了一把火,他就走了。姬文凯和姬蓝缨那天根本就没有回家,我亲眼见证了这场灭顶之灾。而他们俩,一直在村外徘徊,到了后半夜才回家,他们俩什么都没说,连饿都没有叫。显然,他们不用看,比我都更加知道这是怎么一回事。

第二天,李七七看着一摊灰,笑着说:"早知道,俺早晨就把那窝小老鼠给拿出来了,一定烧得焦煳了。"她没有提及我父亲一个字。

简易搭起来的厨屋,现在成了屋苲子。她雇人铲掉了屋苲子,拉来三车砖,重新盖了一间厨屋。李七七用斧头大白天在老堤上砍倒最后一棵成大材的槐树。村子里的人没有阻止她，路过的时候还感叹：槐树不入门，是个黑煞神，她也不怕命继续孬下去。我们家终于拥有了一间红砖房。李七七笑说，旧的不去，新的不来嘛。

姬堂堂他们，因为自己的话得到了印证，在我跟前唱起来更加欢实了。

"一、二、三……"

"列队。"

"姬世荣是老魔道，姬青青是小魔道，他们一家人都是魔道……"

他们口中的儿歌哦，就像一条蛇一样在我身后追着我不放。夜里，我跑啊跑，在风里跑，在雨里跑，在雪里跑。我究竟跑烂了多少鞋，自己也数不清了，鞋像蛤蟆一样，"哈"着大嘴。我用一根麻绳把鞋子捆上，麻绳硌得脚疼也不管，继续跑。我还有什么理由去反抗吗？我的父亲是老魔道。从此，堂屋门前的他拜天跪地的情景，总是在深夜闯入我的梦里。站起，跪下。他猛一回头，满脸的黑，眼睛里闪烁着红色的光。

"俺想走了！俺想跑，不想在这里待了。"一天夜里，我蜷缩进李七七的怀里。

"走，跑，青青啊，你都说的啥话？咱们娘俩能跑到哪里去？又能走到哪里去？在这里，咱们还有七亩大地是不是？去了别的地方，谁会匀出来一些地给咱们？"她把我搂紧，

"到哪里不都是一样得吃苦受累的，给你说，娘就是这苦命的人，走到蜜州也不甜啊。人的一生啊，就是扒坑，扒着扒着，扒不动了，倒头睡就是了。"

老魔道姬世荣放下的一把火，把姐姐姬红缨的学习生涯彻底给烧掉了。我至今记得她抱着铺盖进家时，脸上未干的泪痕，平时头上梳理整齐的中分线，毛燥燥的。李七七正在用簸箕簸陈麦子，细小的虫子和麦壳落了一地，鸡一拥而上。她没有看姐姐。

"不是娘不让你上学，你爹又是这个样子，你再看看咱们这个家。要不，是时候了，你给你弟换一个媳妇儿?"李七七的声音充满了克制。

"嗯。"姐姐放下铺盖，走过去给她撑开化肥袋子，眼泪随着麦子一起流进了袋子。

她们始终谁也没看谁。

就这样，姐姐的默许招来了媒人。李七七买来三个齐全的板凳子，一壶茉莉花茶水始终保持着温热。他们对李七七说着那些男孩的条件，对方不是穷得房檩子都支不起来就是身体有恙，否则谁也不会拿出自己家的好闺女来交换。他们不断强调，你们家也是一样。可是前来相亲的小伙，即使他们身有残疾，看到那黑乎乎的墙和那沤了腿垫起砖的老床，连姐姐看都没看就挥挥手作罢了。久而久之，十里八村都知道姬红缨娶不得，娶了她，就等于娶了一个无底洞，谁知道那个魔道爹啥时候回来再放一把火。

这世界上有比俺姐姐更俊的吗? 可是姐姐不争气，嘴里一个劲说，等等吧，等等吧，等到合适的时候给俺弟换个媳妇儿。李七七听到她说这些，欣慰地笑了。她对姐姐态度的认同，就是对自己用婚姻给弟弟换一个前途的认同，不过都是命罢了。我哭了。要是姐姐愿意，干吗在晚上还要偷偷抹眼泪？李七七，你把她哭泣的声音给藏起来了吗？你就听不见吗？

"让俺去给姬文凯换个媳妇吧。"我跑到地里，止住她正在打棉花权的手说。

"青青，娘知道自己心狠。可是娘委屈了谁，也不能委屈你。以后咋给你爹交代？"

"姐姐就不用给他交代了吗？"

"青青，青青啊，你和你姐姐不一样！"

"有什么不一样的，你就是心狠！就是拿最老实最善良的孩子开刀。没有我，还有姬蓝缨，为什么不让姬蓝缨去给姬文凯换媳妇？"

最后一句话，我是一字一顿喊进天空的，仿佛听到空气在炸裂。我在一字一顿间对她的依赖消失了，对粮缸里的粮食变多变少的惊恐突然间也没有了。姐姐在不远处弓着背给棉花打权，那个弧度在我和李七七争执中一动不动，无助地飘浮在绿色的棉花棵之上。

我看不到她悲伤的面孔。可是她的悲伤，让我蹲在地上哭起来。

我想用自己给姬文凯换媳妇，还有一个原因：姐姐有自己喜欢的人。她的秘密是我发现的，但我谁也没告诉，也没有在姐姐那里得到证实。她让我把自己用得着的书挑拣出来，剩下的拉到废品站卖掉。我没有上学，所以我对课本特别珍惜。整理时，我在一本书里找到了几张照片，是她毕业时和同学们的合影，其中有一张她和一个男孩的合影，虽然两个人并肩有一点儿距离，但是她脸上的羞涩遮不住。这个男孩就是兴旺，有着庄稼人的结实，也有着书生的稳重。每次在路上遇到兴旺，他们俩都是你看看我，我看看你，然后笑笑，一句话不说。

我现在明白了，这一句话不说里，其实蕴藏着千言万语，我知道那个词叫"爱情"，叫"早恋"。

我在塑料袋子里又找到一本日记和一沓子信，日记和信记录着他们的交往。兴旺割草的时候，路上见到了姐姐，就把自己的草往姐姐的袋子里按，难怪姐姐经常很快满脸通红地割了那么多草回家，袋子瓷实得我都背不动。姐姐给他说，在书中看到一种花叫虞美人，幸福就是它娇羞的模样，第二年，我们家七亩大地地头的沟沿上开出来许多猩红的虞美人。兴旺考上高中后，一封封信给姐姐说着自己的学习生活，还不忘把知识点给罗列出来，正负数啊，概率啊，英语语法，古文……他统统给姐姐抄了来，并嘱咐她不要忘了学习，要共同进步。可是姐姐的态度与他的热情相反，每次的内容都是你要好好学习，走出这个村子之类的。最后她干脆不回信了，却把兴旺给她的每一封信都仔细收好，每一封都有点点泪痕。现在，她把所有的信和杂纸废书放在一起，让我卖掉。

我攥紧了书信和日记，更恨这个家了！到底是怎样的绝望，才让她做出这个决定？

　　姐姐还没嫁出去，李七七倒被惦记上了，姬猴子亲自上门自己给自己说亲。他一身的确良，提黑皮革包，拿出三包糖果分散给看热闹的人，仿佛大家过去未曾见过他邂逅的样子。大家都说，姬猴子真有勇气，敢去碰这一家子的烂摊子。

　　不过姬猴子也没有什么好的家底让他去讨一门好亲事。兄弟姐妹六个，却不是一个爹生的。我和李七七在庄稼行里拔草的时候，她告诉我，他们的那个爹不能生育，他们娘就借了村子里很多男人的种子去生子。他们兄弟姐妹六个，一个娘，不一个爹。他娘不光彩的生育史，导致姬猴子直到四十五岁也没有找到媳妇给自己暖被窝。前些年，因为牵着猴子穿街走巷到家家户户要猴，让猴子给人家作揖，挣上每家一两毛钱，就有人给他起了这么一个外号——姬猴子。前年赶会的时候，他不管给猴子任何的手势，猴子都不按指示做动作，坐在地上，瞄着他。围成一圈看猴的人都哈哈大笑起来，说："姬猴子，是你耍猴子，还是猴子耍你啊？要是猴子耍你，你就是猴子姬了。"这大笑惹怒了姬猴子，他拿起鞭子对着猴子就是一阵猛抽。猴子被抽得直往人群里扎，叫唤不停。姬猴子和猴子拉扯不下，猴子性急了，猛扑向姬猴子，就这样他的眼睛被抓瞎了一只。从此他就不再耍猴了。他又不是那种可以下地干活的人，就在大街上开了一个烧饼铺子，一条街都可以闻到烧饼味。

姬猴子要入赘老魔道家，给老魔道的媳妇李七七做上门的男人，给四个小魔道做上门的爹——这一个新奇的消息不到吃掉半棵葱的时间就传遍了姬洼村。我们家门口围满了看热闹的人，都在说，活寡妇李七七和姬猴子，看起来还挺般配的。但也有人提醒，要是中间老魔道再回来了可咋办？其他人应和着要凑成这门亲事，连连说，回来了也会走的。再说了，帮老魔道养四个孩子，老魔道还不得魔道笑啊？

只见姬猴子手舞足蹈，畅想着李七七和他结合后的美好前景："反正老魔道放了一把火，也不敢回来了，七七你就将就一下，嫁给俺吧。你还那么年轻，也不能荒了自己不是？像窑坑里的野地，荒废了，就不能长庄稼了。要是运气好，说不定咱们还能生一个娃呢！反正都姓姬，即使你不能生养了，俺就让你家文凯续到家谱上俺的名下。你看，两全其美……"他两只手掌朝上伸展开，捧出的话仿佛不容置疑。

李七七在他意犹未尽的时候端起猪食盆子，里面放了麸皮，还没来得及放玉米面，全是稀汤子，直接泼姬猴子。姬猴子冷不丁被淋了一身，一跳三退步，骂了一句"不识好歹"，落汤而逃。

从此，我们路过他的烧饼摊，他就把面摔得噼啪作响。我觉得那烧饼上的芝麻，是他因坏心眼而坏掉的眼睛黏糊到了上面的。

姬猴子带给姬洼村的笑料，让我感到我那老魔道爹放的那把火一直在家里燃烧着。他像一个吸血鬼一样，无形中源源不断吸食着全家人的血肉，让我们精神和身体都无比嶙峋。

所以当吸血鬼事件爆发的时候，我对世界上真的有吸血鬼一说深信不疑。

在月光黏稠的七月，整个姬洼村被一种鬼魅雾气包围。那巨大的水汽好像是被槐花蜜洗过一样，甜得很，我时常舔舐发尖来获取这种甜度。我一个人在姬洼村的夜里奔跑，突然有一天发现，夜里有越来越多的人睡不着了。不知道是谁第一个在收音机里听到一则新闻，别的村子里出现了吸血鬼。这吸血鬼藏在玉米地里，整个脸掩在拖地的长发里。白天是看不到他们的，他们专等到天傍黑的时候出来，把人拖进玉米地里，然后将人的血肉吸食干净，一点儿骨头也不剩。

这则充满了黑色浓郁色彩的消息很快在村庄炸开了锅，其他村子里的人夜里在玉米地里，被吸血鬼吸死了的消息不绝于耳，那些丢失了的人口也终于找到了去处。在漆黑没有月亮的夜晚，周遭若无人，人们便心惊胆战地弓背哈腰，生怕吸血鬼找上了自己。姬洼村的男人们重拾破锣，在村东村西村南村北各驻守着一支打更的队伍，铁锨、锄头散落一地，就等吸血鬼深夜出现。夜里大家纷纷从家里走出来，一起守在胡同子口才够安全。摇着蒲扇，说着东家西家不着边际的话，气氛令人发怵。

"既然你们睡不着，那不如和我一起梦奔吧。"这是我第一次那么大声和他们对话。

"对，咱们和小魔道去梦奔吧！"最妙的是，这个时候姬堂堂第一个站起来迎合我。

"可是怎么梦奔?"其他孩子问。

我立刻被团团围住。

"你们躺在床上睡觉就行了,想想村子里的树,村子里的风,想想你们把风穿在了身上,想着想着,你的脚就不沾地奔跑起来,一个晚上就能把村子的角角落落给踏遍呢!"我把秘诀告诉他们,期许获得他们的肯定,以后就可以在村子里迈开步了。

"去你的吧,小魔道!"他们不信我的话,一哄而散。

我抬起来的头又重重低下了,咬牙切齿地说:"你们不学,现在我还不教了呢!"

大人们喝过几道茶后,就都不说话了,摇着蒲扇驱赶蚊子。银河这会儿才有点儿淡淡的影子,繁星散落在两岸,抬头看星河,大家都觉得像是在做梦一样,感叹姬洼村还会有这种光景,以前怎么没有觉察。

大家连续五六天在夜里集体失眠,白天到了地里,在地垄子里扔掉锄头,倒头就睡。那一年庄稼地里的草比庄稼长得好。

老瓦碴奶奶的发现,在这一天让这个平时不吭不响的人引起了大家的注意——姬二姐,怀孕了。让本来因吸血鬼带来的沉郁慌张的气氛突显一抹亮色,姬洼村人对这类八卦事充满了与生俱来的热情。

"俺也没见她和哪个男人走得近啊!"

"她是长得俊,可是谁愿意往那个院子里跑啊!"

"指不定是哪个村子的野男人的孩子。"

姬洼村人不相信，村子里会有人喜欢姬二姐。换种说法，姬二姐配不上姬洼村的男人。姬二姐是姬洼村的老姑娘了，前面有个姐姐在下雨天跟着雷声掉进粪坑里被淹死了。家里有一个病瘫娘，爹因为前几年赌博欠下巨债而远走他乡，她就一个人撑起了家里的半边天，跪在高高悬挂的姬姓家谱前发誓，自己不会嫁人，一定会把弟弟带大，给娘养老送终。

在老瓦碴奶奶的渲染中，姬二姐是怀了吸血鬼的孩子，要不然，那个肚子怎么一个月就好像六七个月了一样，只有鬼胎才会长得那么快啊！是的，姬二姐被老瓦碴奶奶发现的时候，说自己身上到了时间没来有半个月了。老瓦碴奶奶说，这是村东的庙里那三个被忘记名字的神仙来找算账了。于是，大家带上自己准备的贡品，纷纷奔向了村东头的庙，求告神仙们保佑自己，不要让吸血鬼找上自己。

后来，县电视台辟谣，说吸血鬼是一种身上有麻点的蚊子，因为比当地的蚊子凶猛，所以才有了"吸血鬼"之称。是从外国运的木头上带来的，属于生物入侵，而不是大家以讹传讹的吸血鬼。

吸血鬼是麻蚊子？那么，姬二姐肚子里的孩子不就是麻蚊子的孩子了。姬洼村的人都笑了。

我知道她肚子里的孩子是谁的。这孩子是姬堂堂的爹姬文军的，这是我在梦奔的时候看到的。看到姬文军推开了姬二姐家的大门，听到了姬二姐那瘫痪的娘传出来的一声声"作孽哦，作孽哦……"。我还看到了姬文军打开了几家的门，那几家的老力都出去打工了。他打开谁家的门，谁的家里就会飘来一股味道。可是这种味道不是槐花的腥香，而是有点儿淤臭味，我每每经过都速速离开。

后来姬二姐生了一个男孩，不过一出生就死了，埋在村北老堤槐树林子里。李七七在姬二姐生孩子的这一天，煮了一锅肉汤，把姬文凯叫了过去，让他一个人喝掉。姬蓝缨偷偷告诉我，这哪里是肉汤，是用姬二姐生孩子脱落的胎盘熬的汤。不知道她从哪里听说的偏方，说可以治魔道病。还说只有李七七是傻子，嫁给老魔道，让自己也没投个好胎，她骂骂叨叨里全是恨。这恨转而又成为积极向上的动力，发誓自己一定要好好学习，嫁个好人家，有个知冷知热的人。我从来不关心她现在读书读到几年级了，我们之间可交流的话题很少，我在心里只认姬红缨是我的姐姐。所以，我只是听她说，没有搭腔。

"姬文凯是小魔道，青青也是小魔道，青青可能有一天也会犯病的。为什么不让青青喝？"我忍不住问李七七。

"最后说一遍，青青，你不是小魔道。你再这样说，娘就把你扔出去，你就别回来了。"

"终究有一天我也会远走他乡的，像他一样。"我说这句话的时候，居然充满了恨意。

可是恨谁呢？

"娘，你看。"

记不清是哪一年，麦收完，在给乡里交公粮回家的路上，我看到村子大场中央的灯亮了。

昏暗中，可以看到来来回回忙碌的身影，听到人们抱着各种板子碰撞的叮叮咣咣声。有两三股风掀起了尘土，在那里拥抱在一起。我和李七七静静地看着，这偌大的场地，黄昏渐渐由苍郁的黑夜所替代，挂起来的灯渐次亮起，全都是二十五瓦的白炽灯啊，我们家最多用个十五瓦的，就觉得亮堂得不得了。只要不是姐姐她们写作业，灯都是关着的。而且李七七严格控制我们拉灯的次数。"你们看，电就像浇地，开一次闸，水就要灌一次河道，拉一次灯绳，电就要灌一次电线，都是浪费的。"

下午路过的时候，大场还是空荡荡的，一点儿动静也没有。现在各种家什，乐器箱子、板凳子，用来搭棚子的暗红帷布，满满当当、黑乎乎地堆在了那里，窸窸窣窣的谈笑声和脚步移动的声音——仿佛深藏在姬洼村里的另外一个世界，此刻都显现出来了。

戏台子搭在一个空闲下来的大场里。老疙瘩爷爷讲，以前这里是用来批斗人的，可以坐下一万多人，开万人大会。附近的几个村子的人都要赶过来，特别热闹。那个土台子也是那时候专门请人夯过的，上面光秃秃的。还有两根从地主家土楼子上拆下来的房柱子，竖在两边，用来挂条幅。偌大的场地，只是为了供奉起这个台面。

老疙瘩爷爷回忆起这个戏台子的过往，总是一口一句：败坏啊败坏，盖间猪圈都比这实诚，人批斗过来，批斗过去，仓里的粮也没见多啊，反而是日子一天不如一天了。现在这台子就留给了唱戏的了。戏子是什么？下九流。谁家地里不是荒着了、遭遇人祸了，谁也不肯把自家的孩子丢给戏班子的班主喊爷叫爹的，受那些劈腿喊嗓的苦，出来还低人一等，走路要是踩到谁撞到谁，还要被唾骂上几句不长眼。

所以李七七反复给我解释不让我读书是为了日后让我去唱大戏的时候，我就会反驳道，俺可不想让别人说俺后长眼前不长眼。

可是王班主不是下九流，在那些年，像从发旧的年画里走出来的，和蔼可亲，有着金子一样的高贵和矜持。出现在大路上的时候，昂着头，和别人点头示好，没有一点儿低贱姿态。

"对不起啊，老乡，今年来晚了一个星期，邻村的一家万元户老爷子过八十大寿，请俺们过去唱了一个星期的戏。这边就给耽误了。"看到我们娘俩，他放下手里的长棍，也中断了和别人的谈话，从黑色里走了过来。他的步履那么轻盈，像是一阵风吹起一片叶子，飘了过来。他看了一眼我，目光里全是慈爱，笑了。我没敢仔细看他的模样，重重地低下了头。

"青青，你可真的是一年变一个样啊！越变越好看了。"他居然知道我的名字，没有叫我小魔道。他顺势半蹲下来。李七七紧紧抓住了我的手，另外一只手把我往王班主跟前推了推，我差点儿扑了上去。她好像也感到了自己的冒失，笑了笑，却并不尴尬。

他的声音就在这个黄昏铭刻进了我的一生。夏夜风般厚重而略显克制的男中音，这和姬洼村男人们口中掉渣的一句一个"混犊子""干仗"之类的话形成了鲜明的对比。

"七七，今年的麦子收得还可以吧？"他站起来和李七七说。他居然没有叫老魔道家的，而是亲昵地叫七七。

"嗯，今年的收成还行吧，俺足足晒了一房顶麦子，交完公粮，还剩下不少，孩子们的学费够了，这几年下来，姬文凯娶媳妇的钱也快存够了。青青，快叫……叫大伯。"李七七的声音在颤抖，她捋了一下头发。我才发现这一天她头发用洗衣粉洗过了，裤子的破边也被挽了起来。

"我这边也存下了一笔钱。"他又看向我说，"青青，你还记得王大伯伯不？"

我点点头。看着李七七和王班主拉呱，我的脑袋瓜里突然蹦出"幸福"这两个字，这两个字是从兴旺送姐姐的收音机里听来的。

"栓宝今年来了吗？"在他们你来我往地聊了一会儿后，我终于忍不住问了一句。李七七和王班主相视疑惑了一会儿，不约而同地笑了。

"栓宝每年都来啊。怎么，青青对栓宝那么情有独钟啊？"

你看，王班主用了"情有独钟"这个词，他的话里都带着墨香的味道，好闻极了。

"那俺去年咋没有见到他呢？"

"因为……他……可能藏到人群里去了。"他想了一会儿，转了话题说，"大伯带了这支钢笔，算是大伯送给你的读书礼物好不好？"他说着，笔已经到了我的手边上。这支钢笔，比我在代销店的玻璃窗前巴望了很久的还要好，代销店里的都是塑料壳的，这个是真正的"钢的笔"。

我没伸手去接，李七七一向不让我们拿别人的东西，她说，沾人家的那点儿光没出息，拿人家手短，吃人家嘴软。所以，如果别人给东西，我就会看着她，如果她说"拿着吧"，我就会拿着。如果她说"这怎么能要呢"，就向人家摇摇头示意不要。记忆里，她好像从来没有说过"拿着吧"。姬蓝缨说这是穷长志气，拿来了也富不了我们，穷得了别人。可这次，她说："拿着吧。"我欢快地接了过来，唯恐下一秒她就会反悔。平常学写字都是把姐姐用过的铅笔头套个纸筒，或者用一根扫帚篾蘸点儿墨水，在他们废弃的纸张上练习，我自认为自己学到的比别人多。别人嘲笑李七七没有钱给我交学费去上育红班的时候，我就说，现在不兴上育红班了。他们连育红班啥意思都不知道，还好意思嘲笑我。

"我没有钢笔水啊，要钢笔有啥子用？"一不做二不休，准备回家挨李七七的打吧，我揪着衣角说。

"好好，大伯再去给青青买钢笔水去。可是大伯下次来，你一定要拿奖状给大伯看才行。学会数理化，走遍天下都不怕。"

"大伯，俺还……"我还想把李七七没钱给自己交学费上学的事告诉王班主的时候，李七七在后面重重捏了我一下。我知道她的意思：见好就收就行了，别日上竿头，得寸进尺。

第三天，戏台子搭好了，戏班里打杂的居然真的送来了钢笔水。

"栓宝来了吗?"这是我最关心的事情。

打杂的听到我的话愣了一愣,反应了过来,向院子里瞧了瞧,李七七正在喂猪,他高声扬起来:"栓宝不来了,可是倒霉大叔来了呀。"

我看到李七七停了下来,她放下舀子,站直身子,并没有转身。

栓宝怎么能说不来就不来了呢?我的新方口鞋还没穿,就怕在看到他之前把鞋子弄脏了,姬蓝缨见不得我们的鞋子比她新,总会踩上一脚,衣服如果比她新,就用剪刀剪一个豁口。栓宝没来,倒霉大叔来了,明年栓宝可能还不来,倒霉大娘要来了。我委屈得流下了眼泪。

很多人从中午就开始占座了。所谓占座,不过是拿个自家做了记号的马扎子、板凳子,往地上一摆,用树枝画个圈,这就是俺家看大戏的地儿了。

看大戏那几天,李七七穿得很干净。她的衣服都是头晚上洗了,第二天早晨穿,湿湿的裤腿一扫地,裤腿边全被尘土染上。有一天,我半夜醒来找不见她。早晨她回来,问她去哪里了,她说白天看大戏占了一下午时间,晚上去干地里的活儿。我又不是傻子,麦子都收割了,哪里来的地里的活儿?大晚上的,你玉米地里拔草,不怕把玉米拔了?我那时候心想,她肯定是爬槐树去了,要不然哪里来的一身槐花的腥香气味。

戏,上午彩排,下午才正式开唱,一直唱到十二点。李七七是从来没有这个闲工夫去占位置的，可是她总能带我们到一个好位置去看戏，离戏台子的距离刚刚好。李七七变戏法似的掏出一把葵花籽，再偷偷多塞给我一颗花生糖。她和姐姐爱听《醉打金枝》，李七七把郭暧听成了锅盖，整天"锅盖锅盖"。姐姐笑她，娘，是木头锅盖，还是铝锅盖啊？

这一年，最受欢迎的是《倒霉大叔的婚事》，有福和淑兰，在一片鞭炮声和乡亲们的欢呼声中幸福地终成眷属。

可是那晚听完《倒霉大叔的婚事》后，李七七的心事明显多了起来。给猪把猪食端过去，才发现，猪食里面没有掺水。烧锅，锅里的饭都煳了，她才喊，青青，端饭，吃饭了。我们吃了一口菜，纷纷吐出来，娘啊娘，你是把盐贩子打死在锅里了？

有时候，她晚上后半夜才回家，喉咙眼里发出一声声叹息。从一声声叹息里，我意识到，她可能真的要走了。她赶集的次数也明显多了起来，这和往常很不一样，以往她总说，赶集是烧钱的事情，所以说不赶集就是挣了钱。有一次，她带着我去集上买了花样子，买了条绒布，买了毛线，买的还不是一星半点儿，都可以做十几年的鞋子了。

"娘，俺还有毛衣啊，鞋子也没有变小。"

"不是给你的，是给你哥哥和姐姐的，他们的脚还得长。"

"娘，姐姐今年都上初一了，人家谁还穿绣花的棉鞋，黑条绒就可以。"

"也是哦。她都长大了。所以咱们可以放心走四方了不是？红缨也可以照顾家了。"

我刚想问，娘，不会不带俺走吧？才发现自己的手离开了她推着的洋车子。意识到我们分开了，"哇"的一声哭了出来，过路的人围了上来，这是谁家的孩子？

　　"俺是谁家的孩子不顶用，俺娘不要俺了，俺娘走了，俺娘说话不算数，她没有带俺走。"

　　"这不是俺村上老魔道家的小闺女吗？咋在这里，你娘呢？"

　　"婶子，俺娘走了，俺娘不要俺了。俺说呢，洋车子后辘轳漏气了，她今天还是要骑车赶集。肯定是她为了赶路，快快把俺甩在后面。"

　　这婶子嘱咐几个妇女看好我，千万别走丢了。不一会儿，喇叭里传出来："世荣家的，世荣家的，你闺女在花样子铺那里，听到后，快快去那里。"

　　李七七找到我的时候，一把把我抓进了怀里，是的，是抓进了怀里，嘴里还喊道："娘急死了，娘说着说着话，觉得车子怎么轻了。回头不见你了，快把整个集都找遍了，你怎么在这里，你要是没了，俺怎么给你爹交代？"

　　"反正麦子返青的时候，俺爹也不回来了，你就不用交代了。你走吧，你走吧，俺不拖累你。"我没有止住哭声。

　　"青青，你给娘记着，娘只要有一口饭，也会分给你半口，娘有一床被子，咱娘俩也要在一个被筒里。"

　　"娘说的话算数？"

　　"当然算数，要不娘马上被雷劈死。"

　　"那咱俩拉钩。"

"好，拉钩。"

"拉钩，上吊，一百年不许变。"母女俩齐声喊道。周围的人都笑了。

这一年，和往年不同，戏唱了一个月。玉米蹿到了我的小腿肚，地里的活儿一日日见长，拔草、锄地、打棉花荒杈，这些活儿把大家从大场里拉回地里，将唱大戏的即将逼退场。最后一天晚上唱大戏，李七七在戏台子下问我，唱大戏的什么时候再来？我告诉她，现在麦子收了，要等到秋天收完棒子和豆子，姬洼村就会请来唱大戏的。

"哦，还得等一茬子庄稼啊。"她失望地看着戏台子，戏班子的人忙着收场，"但是，还有一茬子的时间来准备准备，拾掇拾掇。"

那一年，眼看着玉米越长越高，杂草彻底影响不到了，就随着它们绒细地长一段时间吧。闲下来的老槐树胡同子的老娘儿们都站起来，扶直酸腰又开始寻摸其他事情了。

当初老八辈在买宅基地的时候，把出行的路也给买下了，靠着自家的墙根留出来自家要走的路。后来证明，这完全是多此一举，很少有人真的顺着自家墙根走，顺着墙根走的是芦花鸡。一条路平衡着邻里之间的关系，要是人家买的路不让你走了，你也没话可说。所以邻里邻外相处起来，都是小心翼翼地，怕有磕碰。但这种事情很少发生，肚子大的能撑船了，没理也能占上三分，路都不让人家走了，没有人会站在你这一边，因为每个人都需要有路走！这就是姬洼村邻里之间相处的哲学。

可是当老魔道一家没有路走，姬桂兰抱着胳膊说她老祖爷爷买的路不让我们娘几个通行的时候，围观的人没有一个站出来。

姬蓝缨和姬桂兰对骂了起来，姬蓝缨甚至故意将"许三回"三个字喊得响亮："你要不是招了一个上门女婿许三回，你也是嫁出去的闺女，泼出去的水，不知道在哪个村子里受婆婆家气呢。"

姬桂兰听到"许三回"这个外号，气得在原地哆嗦着跺脚："熊妮子，黄毛还没长全呢，就开始教训姑奶奶我了。"

按辈分，姬蓝缨确实应该叫她一声姑奶奶。姬蓝缨把袖子撸到胳膊肘，准备大干一场，李七七拉了拉姬蓝缨的胳膊，意思是算了。

李七七和姬桂兰说："我们一家人从此掉个头，再也不从你家门口过。"

姬蓝缨甚至在走了六七步远的时候转头放下一句狠话："以后到你家上窝子的羊也不能从俺家门口过了，少了半截子胡同子出路，就少了半截子生意。"

姬桂兰对丈夫的营生本来就心怀不满，一听上窝子，就感觉上了自己家所有人的脸窝子，脸青了半边，站在那里身体发颤，气得说不出一句话。

这个时候我握住了姬蓝缨的手，这是我第一次握她的手，我佩服她在这一天的所作所为。她的手细长，却有一股粗烈，我好奇地又握了握。她觉察到我的小动作，没有给我团结的回应，而是把我的手甩开，径直一个人走掉了。

因为老魔道，自打出生我们的命运就在一起了。可是，我们又仿佛走在不同的道上，从来没有在一起过，我都不记得最后一次和她说话是什么时候了。这次骂架，我倒开心了，因为之后只要进出胡同子，就要经过老疙瘩爷爷家门口。只要经过他的家门口，我的灵魂就是雀跃的。

这种雀跃，随着潺潺的黄河水雄浑地流入地里。秋庄稼收回后，姬洼村的老少爷们就把姬洼村的田地用高土坝围起来，黄河水混混沌沌地流进地里。李七七说这些年地太碱了，姬洼村要用淤地的方式把碱气给压压。说这话的时候，她正扛着铁锨，刚刚在地头上掘了一个口子。我和老疙瘩爷爷并肩站在畦埂上，看着地渐渐被浑浊的黄河水覆盖。老疙瘩爷爷说，沙土冒着金，地劲来年更大。虽然他不种地，可是他时常帮李七七出出地里的主意。比如，今年种什么不会亏本，种子选什么成色的。

可是淤地也把几家的畦埂子给淤没了，邻边子间的记号有的人认，有的人不认。有的人说栽了一棵柳树苗，每年都用铁锨斩断新生的部分。有的人说不是的，那块半米深的石头才算数。就这样，地变少了变多了，整个姬洼村随着变聒噪了，大家在地头上争来争去，在村头拉个人就开始讲理。

姬文军大手一挥说，一群败村子的犊子们，地多了地少了，咱们重新拉尺再划就好了，你们有什么好争的。地变孬的，把村东的野地划给你们一绺子就是了。他嘴里所谓的野地，里面长满了芦苇。这样的地大家也都抢着要，地是实实在在的东西啊，一棵庄稼都不长，看着也踏实。村西头的姬二头就在前几年分得的野地里种了三棵歪脖子的杨树苗，长不起来，每年也要像模像样去地里除除树周遭的草，把自己家的死了的狗、猫、鸡埋上一只。

我们家的地与别人家比，变得不好不孬，畦埂子隐隐约约还可以看出来，所以李七七没有加入他们的争吵里去。可是等到姬文军组织人真的把量尺统一一拉，我们家的地少了整整一个畦埂子，邻边子的姬世来家的就多出了一畦埂子。

"人家盖房子都是占一个墙，他家好胜，占了两个。"

"现在地也偷人家一埂子，多一埂子地，也不过你家地里的庄稼多透透气，能多收多少粮食？"

"姬世来，你的心眼子也忒孬了吧？"

我们家还没说啥，他们香油胡同子的人先咋呼起来了。香油胡同子，和老槐树胡同子名源差不多，老槐树胡同子有棵遮天蔽日的老槐树，香油胡同子有家磨香油的，油香在整条胡同子流动。老疙瘩爷爷说，这条胡同子的香把人的心给腻住了，常常看不清是非，所以成为姬洼村吵架最多的胡同子。

"大家都散了吧，邻边子的，翻地的时候难免会多延出来一些，都那么多年了，多延出来一畦埂子也是难免的。"李七七对大家对姬世来一家的指责有点儿着急。

我有点儿怒其不争，小声说她："你干脆再给人家一畦埂算了，更显得你好。"

李七七都做了让步，其他人就不好说什么了。她回家后给我解释，姬世来占咱们家一埝子地也是应该的。他家的地高，浇地的时候常常浇不上水去，有时候好不容易来水了，摸黑浇了一夜的水，第二天发现水全滋润了咱们家的庄稼，刚上的肥也被冲进咱们家了。他们家犁地整理畦埝子的时候，想着一年的收成，难免动气，就多往咱们这边延延，他家都是老实人，老实人也只能沾老实人的光。

第二天，老实人夫妻俩给我们家拉来一地板车当年收的棒子，一个顶一个大，在路上逢人就说不知道自家的地怎么就往世荣家跑了一垄子。世荣是谁？大家反应了半天才知道是老魔道。这个消失了那么多年的人哦，现在在哪里流浪啊？他们到了门口就给李七七作揖："也不知道咋的，地就往你家那里跑了一畦埝子，真是对不住啊。"

第三天，我接过话来："叔啊，不怪你，怪风，俺晚上看到了，是它使劲拉着畦埝子往俺家地里靠的。"

我的这一句话，消除了大家的尴尬。李七七不要他们家的棒子，说地是你们家种的，这些棒子本该是你们家的啊。姬世来媳妇拉着李七七的手也抱怨起来，自己家盖个房子容易吗？俺家哪里多占胡同子两墙的地了，和他们一样，也就多延了一个墙头。他们延可以，我们家延就犯众怒了，整个姬洼村没有说理的地方。

我听着他们的窃窃私语，蹲在地上玩沙土。我没告诉他们，是我偷偷在晚上梦奔的时候，看到他们家起地基盖房子，就把拉墙线往外延了半个墙。所以，姬世来家不是多延了两个墙头也不是一个，是一个半。我记得清楚，姬世来媳妇看到我在地头上睡觉的时候，总会给我留点儿解渴解饿的放在塑料袋子旁。我被惊醒也会装睡，期待她再放点儿吃的，李七七干活不到大中午是不回家的。

不过我是在晚上梦奔的时候，真的看到了，看到整个黑暗化作浩浩荡荡的风，赶着姬洼村的一切走动起来。我跟着老疙瘩爷爷往村东窑坑野地里走的时候，给老疙瘩爷爷说，俺看到大树的根在晚上都往东边伸出了一寸长，是被风吹得。老疙瘩爷爷说，不是风是树自己，姬洼村西高东低，低的地方积水，渴了，大树的根会自己找水喝。

淤地过后，村人都闲了下来。闲下来才发现砖屋也没什么好的，水泥屋顶很快就裂开口子，这口子太生硬，晒麦子的时候灌进去的麦粒一场雨就发芽，又给这生硬增添了一丝生机。因此，商贩挪房的地板车上有一天又多了一样子东西——沥青，用十斤麦子可以换一小桶沥青。挪房介绍给大家，你们可以用它来灌房顶的缝子。

可是，沥青灌了第二天就不见了几绺子。他们说是挪房骗人，这东西灌不住裂缝，晚上被风一吹就吹走了，气得挪房半个月没有来姬洼村。姬洼村的人彼此借着，将就着用了半个月的洋火。挪房再来，他们再也不敢说挪房卖的是假冒伪劣产品。

我知道沥青哪里去了，姬堂堂他们发现未干透的沥青可以做软糖嚼，全被他们抠下来嚼着玩去了。但我没有把自己在黑夜里梦奔时看到的一切告诉大人。姬堂堂他们都成了夜猫子，怕白天被爹娘发现，就在晚上等爹娘干了一天活儿累了睡着了的时候，在房顶上找吃的，他们正在长身体，天天喊饿。他们做的这一切没有告诉姬文凯，谁让你家的房顶用不起沥青，用捡来的烂塑料布一搭，就完事了。

唉，我们家是土屋，没有水泥房顶，哪里来的沥青灌水泥房顶缝子。

夜里梦奔的时候，听着他们讲着学校里的稀罕事，在村子里做的那些捣蛋事，听哪个小女孩是谁谁家的了。我在夜里，飞到了树冠上，独脚站着，看着天上的星星和月亮。黑夜里的天空是神秘的，我总感觉它可以掉下来许多的老传说。这种明一处、暗一处的存在方式，让我觉得自己生活在这个村子的上空，反而比任何人都能看清这个村子里的状况，比任何人都要活得久远而深长。

我何必在乎那少了半截的胡同子的路呢？

写到这里，前面已多次提及梦奔。我告诉李七七，我其实是在她拥有了凤凰牌自行车的那个夜晚开始梦奔的。当她飞上自行车，我的思绪也彻底放飞了。

刚开始，睡梦里一出现她骑上凤凰牌自行车扬长而去，我的脚就无法安分。不管有没有月亮，不管风霜雨雪，打开屋门毫无顾忌地在姬洼村的夜里奔跑。老鼠窸窸窣窣咬粮食，妇女们在油灯下纳鞋底子，针刺破布帛发出"哧啦哧啦"声，一缕缕风化作一个个黑影蹿到每家每户……我告诉李七七，拉地板车去地里，在村西头拐弯的时候，小心点儿，那里有一个钉子朝天立着，千万别把车胎给扎了，还得费五六毛钱补胎。李七七笑我发癔症了。发癔症就是在梦里说胡话了，小孩子神经弱，很正常。

"就是这样啊，是你小时候神经没长顺溜。"李七七放下手里的针线活儿。

"可是我明明看到的听到的比你们要多啊！和我的老魔道爹一样。"

"那是你白天看到的，长到晚上的脑子里去了。和魔道病没有一点儿关系。"

当她拉着瘪了车胎的地板车回来的时候，我炫耀地说，就说嘛，我梦奔的时候看到了。李七七看着开心得意的我，眼睛里闪烁着惊恐，问我还看到了什么，我就把自己看到的和听到的全都告诉了她。她马上找来了老瓦碴奶奶，问她我是不是被什么小鬼附体了。老瓦碴奶奶做完法事，看着落在道台上的一圈圈香灰，说不是在你家青青的眼睛和耳朵里，是在心里，是她心里犯迷糊，和她的老魔道爹一样。凤凰牌自行车都有了，怎么还会出这种事呢？李七七真是命苦。

听到老瓦碴奶奶用"犯迷糊"来形容我的时候，李七七咆哮了起来："青青没有犯迷糊，青青很正常，俺的孩子，难道俺还不知道吗？那几个孩子谁都有可能犯迷糊，只有青青不可能。"

老瓦碴奶奶对李七七的咆哮面不改色，摇摇头踏过了大门门槛，回头朝院子说："犯迷糊就是犯迷糊了，这是命，魔道病是会遗传的，这就是你们的命。"

李七七重新拿起针线活儿，说，她自己又何尝不命苦？老瓦碴奶奶还是黄花大闺女的时候曾经用一个瓦碴煮了一点儿香灰，灌进快要咽气的抗日军人嘴里，把他救了回来，而有了"老瓦碴"这么个外号。也就在那军人离开她家不久，她肚子渐渐大了起来，天天站在村口巴望。但以后音讯全无，村里人说他看面相有情有义，应该是阵亡了，或者逃到台湾去了，否则不会不回来的。她在冬天抱棉花柴的时候，踩到冰上早产了。七养八不养，早产的孩子没有存活下来。可是姬洼村没有人另眼看她，都可惜这个八个月大的孩子。老瓦碴奶奶一生未嫁，她守着她娘传给她的三尺道台，每日为别人念念叨叨做法事过日子。她的香灰可以从头燃到尾，不塌，不落灰。如果塌了，也会落灰成字，她从中给出改命的方法。

李七七不信命，让姐姐把我按在椅子上，姬蓝缨把我的嘴掐开，灌豆灰水、肥皂水，这些碱水灌得我直往外吐。李七七以为把我肠胃里的东西冲洗干净，就不犯迷糊了。可我依旧在梦奔，把胡同子里的路踩出厚厚的茧子。不管谁说把我送到精神病医院，早治疗早好，李七七都说，青青不是魔道，她只是发癔症了，这些你们谁家的孩子没有啊，就是小孩子的神经太弱了，长长就好了。但村里人还是把我当作小魔道，他们越是这样说，我梦奔的次数就越多。心好像被挖空了一样，必须靠奔跑才能摆脱这空落落。脚踏过的胡同子变得特别瓷实，下雨了，土也冲刷不起来，雨水汇流成河，清凉透彻。下雨了，村子里的孩子们就对着天上喊着，淋淋肯长哩，淋淋肯长哩。他们脚上没有被进一点儿泥点，这是我梦里的成果，我在白天是没有资格享用的。

姬堂堂因为我梦奔的事情在村子里传开，抢了他的风头，对我的暴力尺度也更大了。常常把背柴火的我堵到一个角落里，扳起我的脸，将一口唾沫吐到我脸上，逼我："说姬青青是小魔道。"他说是我污染了这个村子，才让村东窑坑里的水变得越来越臭，害得大家都不能去洗澡了，还说我最后不得好死，早晚他会为整个姬洼村的人报仇的，我应该像我的老魔道爹一样，离开这个村子，把我占的姬洼村的一亩四分地还回来。我别过脸去，眼里的泪已经流干了。水臭了，哪里赖得着我？还不是你们家又开了粉条厂，把废水全都排进了窑坑里，让水越来越臭了。我和老疙瘩爷爷放羊的阵地都被迫往南转移了一点儿，我没有赖你，你倒赖上我了。幸亏老疙瘩爷爷及时赶到了，把姬堂堂吓唬走。我蹲下来，收拾散落在地上的柴火，触碰到每一根柴都让我颤抖和流眼泪。

在胡同子里一个人走的时候，我突然开始思念我的父亲，如果有他的保护，我一定不用经受这一次又一次的委屈，甚至是屈辱。就是在这个时候，我对"父亲"这个词有了神圣的定义。

他一米八，当过兵，肯定一脚就可以踢飞姬堂堂。

可是，他在哪里呢？

我，还是没有去上学，依旧不知道自己多大了。别人家的屋檐越来越比我们家的高。放羊回来，我坐在房顶上，静静地发呆，爹他什么时候回来？院子里的那辆凤凰牌自行车消减了我对他的恐惧，拉近了我和他的距离，而且树立了他高大的形象。一阵风吹过，我立刻把耳朵捂住，因为风总是瞎说。

"恁爹是老魔道，老魔道随着风滴溜打转，去了哪里谁知道呢？"

"你得等，等刚好有一缕风吹过你家的时候。"

"刚好，那缕风里有你爹！"

风的话听起来，多么像一首诗啊。

我走到大门底下，拿起羊鞭子掖在裤腰里，跑回厨屋里，往绿色军用水壶里倒满水，放了半块冰糖进去，把口袋里的冰糖拿出来放进嘴里。冰糖是老疙瘩爷爷给我的，他有一个手绢包，里面包着冰糖，只要我不开心了，他就从布袋里摸索出这个手绢包来，往我嘴里填上一块。整块手绢已经被洗得泛黄，颜色深浅不一，还有个小洞，像是虫子咬的。我吃了不到半块，不舍得继续，就吐了出来放进口袋里，留着下次吃。等吃的时候才发现冰糖被体温融化了一小圈，将衣服脱下来，把口袋吮吸了一遍才肯罢休。

军用水壶是父亲从部队带回家的，壶体绿漆斑驳，肚子上还被砸出来一个坑。可是这是家里能证明他不可小视的军旅生涯的唯一物件了，姬蓝缨和姬文凯看不上这破玩意儿。我神气地把它斜挎在肩上，就像我的父亲在身边一样，恁们看，俺不是一个没爹的孩子。村子里，恁们谁的爹当过兵？可是我在街上却总是低着头，也没有人把眼光投向我的水壶。我张着嘴喊着，爹爹爹。当然，我的嘴是发不出来这个声音的，没人教过我发出这个字眼。当然，这个父亲和大家嘴里的老魔道姬世荣没关系，是当过兵身高一米八的姬世荣。这个人好遥远。

走在胡同子里听到谁家泼水到院子里的声音，狗尾巴草在屋檐上流青滴翠，晨光把它们养得肥极了。推开老疙瘩爷爷家的篱笆门，篱笆边的扁豆伸出来的枝子攀到老槐树上去了，老疙瘩爷爷镰刀一挥："熊幌子，老槐树爷爷是你能爬的吗?"他一本正经，逗得我在树下哈哈大笑。听到我的笑声，他回头看我，不好意思地抓抓自己的后脑勺。

一阵煳味冲了过来，他立刻跑到院子里的灶旁往外面掏灰。他把锅支在了院子里，上面支了一个小棚子，刚刚遮住锅灶、放下柴火。如果碰上下雨天，吃饭真的是一件麻烦事，柴火被打湿了半天点不着。可是他从来不着急，总是一根火柴一根火柴地点，好像他家火柴不要钱一样。

"还早呢!你咋又那么早出门了。"

"爷爷，俺娘老早就去窑上拉砖了，一醒来就不见她了。俺在家闲得发慌，不想在家里待着。"其实是那个家太局促了，那么破，让我感到无望，每次走出家门，都感到一种解脱。

老疙瘩爷爷让我闭上眼睛，睁开眼睛的一瞬，一块烤得炭黑的山芋就在眼前了，他站在我跟前哧哧地傻笑。原来他早就吃过饭了，埋了一块细长的山芋到炉膛里去，但是余灰的火力不够，所以又添了点儿柴火，结果又烤过了。我吃着烤煳了的山芋，嘴巴上、牙缝里全是黑炭。

我们的山羊红对子，这名字是我起的——它从集市上买来的时候特别赖，领回家看到篱笆门上的红对子就吃，所以我起了这么一个名字。这一年，老疙瘩爷爷发现了一个生财之道，他说要给我攒够嫁妆。他每个集都去，在集上找特别便宜的赖羊买回来，相信在自己的手底下可以长膘，没有一次失手过。羊吃的是草，草在姬洼村到处都有。他专门给它割结了草籽的草来吃，他说草籽也是粮食，不管怎么样，这都是一条羊命，只要膘长回来，就能再卖出一个好价钱。可是一只羊到了老疙瘩爷爷的手里，又是很难卖掉的，如果别人看他的羊好买去继续养还好，要是知道是杀生卖肉的，他就立刻摇摇头，不卖了。

　　这不，前几天红对子刚刚生了四只小羊，它正眨着白色的睫毛，忽闪着眼睛，温顺地喂奶呢。四只小羊里有一只长得赖，红对子不喜欢它，只要它一走近要吃奶，红对子就用犄角顶它，用脚踢它，撅屁股，掉腚子，让它远离自己的妈妈。我来得那么早，还为了帮老疙瘩爷爷让赖小羊来吃奶，等它长得跟得上其他的小羊了，红对子就不嫌弃它了。

　　"你咋那么狠心，这也是你的孩子呀！当初你走路都不成样子了，俺都把你给带回来了。"

　　老疙瘩爷爷抓住红对子的后腿，我就把那三只羊赶到一边去，不让它们吃奶，留足时间给那只赖小羊。喂完，红对子款款走开，好像刚刚的事情没发生一样。我担心它把仇记在自己孩子的身上，后来发现这是多余的，红对子也渐渐心软了，用嘴巴嗅着自己的赖孩子。

"青青，去揭下来一些红对子抿抿嘴。"

"干吗？"

"让爷爷看看青青当新媳妇的时候是咋样的。"

"唱大戏的快要来了。"村子里的人奔走相告，在姬桂兰追打大狗子的尘土中，把阳光都快给喊弯了。

王大凤拿出压箱底的衣服，绿的方巾包扎着头，红衣领的蓝布衫，活脱脱一只花公鸡，还喜欢使劲往人群里扎，听听大家对自己男人的赞美。姬文军一年里也就这个时候在大家嘴里落个好——麦收和秋收秋种后请来唱大戏的。别人的目光一转向她，她就抖抖自己身上的羽毛。王大凤和以前一样，但李七七越来越不一样了。她在窑上推砖坯子的劲头越来越大，她干完活儿，拧干衣服上的汗水的时候总是说，她要快点给姬文凯存够娶媳妇的钱，自己的好日子终于快到了。吃着吃着饭，饭碗掉在地上碎了也惊不了困头，就坐着睡着了。我用手推推她，她突然惊醒："鞋底子还有两个没纳完呢！"

姬洼村的秋夜宁静无澜，夜色像细浅的湖水，清冽分明，又像一个羞涩的少女，拂不去的是隐藏在眼眸里的心思。不知道是不是因为多吃了一小块发霉的五仁月饼的原因，我在床上翻来覆去难以入睡，肚肠像是塞满了棉花，顶到了嗓子眼。月光斜照在床边粮缸外壁上，映出李七七挂在窗户上的红辣椒串。我透过窗户看到月亮上的槐树树枝摇晃了一下，翻了一个身，才惊觉李七七不在身边。她去了哪里？我趿拉起方口鞋，随着木门"吱呀"一声响，差点儿被门槛绊倒。

些微的喘息声，透过厨屋窗棂，我看到她紧闭着双唇，紧紧搂住他的脖颈，丝毫不肯放松。他们紧紧抓住彼此，时间仿佛停顿了一般，而后李七七像一只猫一样蜷缩进他为她撑开的隐蔽空间。我转身，一股腥香气味从月亮上飘来。李七七是要走了吗？要被这种槐花的香气带走了吗？离开这个像个大坑的家？唉，周围的地基越来越高。

回房后，我一个人在床上翻来覆去睡不着，一直在思考：如果李七七不能遵守承诺把我带走，我以后的日子该怎么办？终于挨到天亮，李七七带着槐花腥香兴高采烈地走进来，塞给我一把大白兔奶糖，说自己早早出门把老宅子的柴火摊开晒。她不知道我已经知道了发生的一切，她不知道我的年龄已经让我能明白看到的一切。我从床上爬起来，不顾她惊愕的眼神，跑到粪坑沿上把糖全部扔进粪坑，也没有听清她的喊，头也不回地出门了。我知道这糖是谁给我的，不过是他们的伎俩罢了，用糖的甜味让我放松对她的警惕。

"青青，俺见过你爹好几次呢！他在咱们附近的村子里溜达呢！"是姬桂兰的声音。

爹，爹，爹。我爹就在附近的村子里转悠，从来没有走远过？我离开姬洼村，在附近的村子里寻找他。反正没人认识我，我昂起头东张西望。可是找到的最后只有一片荒草萋萋，狗屎到处都是。原来姬桂兰是在骂我爹是狗屎，狗屎才到处都有。回到姬洼村的时候，天已经完全黑了下来，老疙瘩爷爷赶着一群羊出现在我眼前，我的眼泪立刻漫了出来。

"青青，这一天你都去干啥了？爷爷今天追赶这一群羊，累得够呛！"

"俺，俺……俺去找一缕风了，可有一缕风告诉俺，俺爹在另外一缕风里面。俺爹是不是跟着一缕风迷路了？找不到回家的路了？"

"青青，你在胡说个啥？他已经离开姬洼村那么久了。"

连老疙瘩爷爷都这么说，我只好在充满槐花香气的夜里跑啊跑，一缕缕风吹不掉那深深浅浅的呼吸声，声音沾上了我的头发丝儿。我躺在麦秸凹里，觉得天上的月光正在一丝丝融化，槐花的香气越来越腻，冰凉的月亮铺了我一身。秋天的月亮不知道升落了多少回，我也不记得自己在月亮下，在槐花飘香的夜里梦奔了多少次。我听到整个村庄的呐喊，闲扯着的没有一件正经事。

李七七在这样的夜晚，是不见了的。她告诉过我，手掌上的茧子是死了的肉。那么，坚硬的胡同子里的路也渐渐死掉了吗？死掉的路还能往回走吗？

"娘，今年的秋庄稼都收了呢！"我的意思是她该收拾收拾走了。她在炉灶旁烧火做饭，续着柴火却没有点火，发着呆"嗯"了一声。我扭过头，就去野地里找老疙瘩爷爷了。

傍晚，母羊领着一群小羊，蹚水过河，在铺满落叶的小路上慢悠悠地张望，拉了一路的羊粪蛋子。

"应该在羊的尾巴上拴一个塑料袋子，这样子，这些羊粪蛋子就浪费不了了。"我踩着羊粪蛋子走。

"你就知道天天瞎操心，羊粪蛋子丢在了路上，一下雨，养分又被冲进了沟里，营养了沟里的草。沟里的草被割了再去喂家畜，翻来覆去，怎么也浪费不了啊！咱们的羊只会越来越肥。"老疙瘩爷爷仔细撵着羊群，数着有没有少了哪一只。被他这么一说，我顿时觉得我们俩是这个村子里最占便宜的两个人。

田野里，隔不远就会有一两个坟头子，一团团绿蓝光在那里转悠。他头也不回地对我说，青青别怕，那蓝光是老了的人在天黑了的时候，到地上来喘喘气。我心事重重，根本听不进他的话。路边的虞美人努力开了一天，现在把整张脸合拢在一起。谁让它们脖子那么细，还那么要强，顶着个大脑袋瓜给谁看？姐姐告诉我这种花叫虞美人，说到这个名字的时候，她害羞地低下了头。奇怪，我在她低头的瞬间，也闻到了槐花的腥香气味。

"八月十五雨星星，正月十五雪打灯。"老疙瘩爷爷鞭子一挥，羊竖起耳朵一惊，匆匆赶了一段路，嗅闻到爱吃的草，又撂蹄子不走了。

回到老疙瘩爷爷家，我才发现门对子换了，现在不是过年，换对子干吗？他小声告诉我，这样子好像自己在娶新媳妇。他把门对子撕下一小块，让我把嘴在上面抿了一下。我从口袋里掏出一块捡来的镜子，看到自己的脸因为红唇变得光鲜极了。他上下打量了一下，后退几步看了一下，摇摇头，转身去厨屋里拿来炊帚抽出一根秆子，让我放进秋衣里。

"不，再往上，不，再往上……"就这样子，秆子停在我刚刚开始发育的乳房那里。老疙瘩爷爷嘱咐这是我们俩的秘密，不能告诉别人，他不知道还能活多久，想看到我出嫁时的样子。我使劲点点头，自己也终于可以和一个人一起拥有一个秘密了。

"让俺做恁的新媳妇好不好？"

"哈哈，这玩笑可不能开。"

"不，俺就是要给爷爷当媳妇嘛……"

"好好，青青给爷爷做媳妇。"

"好。来，拉钩。"

"拉钩，上吊，一百年不许变。"

晚上我在秋衣里重新放入高粱秆子，在院子里走来走去，嗅闻着从月亮上飘来的潮漉漉掺着槐花香气的腥香。

当姬洼村的一切氤氲着事不关己的气氛时，秋后的田野变得慢腾腾起来。我和李七七一起扫拢麦田地头上和水沟里的杨树枯叶，堆在西屋里，作为冬天做饭用的柴火和喂牲口的饲料。阳光像醉醺醺的莽汉，摇摇晃晃地跌入了姬洼村的麦田，云彩飘得很高很远。

"沙沙沙……嗖嗖嗖……"竹箅子一动，被惊了的蛐蛐儿发出肢体和叶片的摩擦声。麦子也喝醉了，摇晃着尖尖的小脑袋，不时被落下的杨树叶砸中。有时它们被一阵风惊扰，引起一阵小小的风波，聚在一起窃窃私语，以集结式的欢喜商量着晚上穿什么衣服、梳怎么样的发式，如何去笑、如何去投足，好像要让全世界看到它们密集的隐秘，又害怕那份隐秘被打扰，被深入地探知，被过分地解读和注释。

一阵风卷起尘土，迷离了我的眼睛。抬头望向茫茫空荡的田野，一阵眩晕，世界也变得摇摇晃晃起来。那一夜毫无预兆地降临，它们向天仰起小脑袋，瞪着大眼睛，屏住呼吸，期待着，期待着，眼里是深深浅浅不分明的幸福的涟漪。它们为了这个夜晚，白日里奋力向着太阳生长，太阳给以越来越远的距离，倒退着，用迷醉的眼睛看着它们，告诉它们，跟着我，跟着我，前面就是无限美好的光景啊……麦子们越来越高，却从来都没有意识到脚下的土坷垃从来没有变过样子。在墓穴一般的黑暗寂静里，它们集结着，渐渐地拥有了一种不畏死的平静，发动自己全身绿色血液去追逐。先是一滴冰凉的露，滴入了它们的眼睛，冰冷刺痛得睁不开了。一阵寒像一条蛇，从头顶攀爬过它们的身子，直到脚趾，血液不再更新，浅绿凝聚变成老绿。到了半夜，铺天盖地的霜打了下来，一切美好的希望就这样都扑了一个空——冬天像个醉醺醺的莽汉接踵而至，无情地蹂躏了它们，那秋日里的星空终究还是成了负心汉，冷冽地看着这一切，默不作声，甚至露出了一丝冷笑。北风吹过光秃秃的电线杆子，哀怨悲怆地反复旋转，久久依缠不去。

原来啊，秋天是冬天对麦子的诱奸！

可是麦子啊，你为什么又要在霜降前绿这么一回呢？没有任何人给麦子施一把援手，留下我蹲在地上干着急，眼泪都快出来了。

"你们不要再长了，你们不要再长了，霜一打，你们就啥都没有了。"我攥出了一手心的汗，小小的身体缩成一个团。可麦子们回头看了我一眼，对我的担心并不理睬，继续笑嘻嘻地进行着它们密集的盛事。不知死活的家伙，还有十几天就霜降了。你们消停消停吧，使的全是冤枉劲，霜一打，就全都白费了。我的眼泪噗噜噜地掉了下来，呜呜的风声跑进了秋日里的田野，断断续续，忽悠一下，就不见了。

李七七停下手头的劳作，把驼着的身子站直。秋日里的夕阳把她的影子拉得细长而凉薄。因为背靠夕阳，整个面容陷入一片黯淡之中，显得孤立无援。

"娘，快快告诉俺，麦子为什么要在霜降前绿这一回呢？"我忍不住问她。

"明年开春，麦子就返青了。"她轻轻地说出了这句话，发酵成一片末秋之境。

唱大戏的在我的忧伤和大家的呼喊声中来了。接下来的半个月，戏台子上反复唱了《穆桂英挂帅》《卷席筒》《花木兰》《铡美案》……可是李七七的心思和我的心思全然不在上面了。

"娘，咱们真的要走吗？"

"咋啦，青青不愿意和娘一块儿走？"

"真的不带着姐姐和那两个累赘？"

"你爹养不活那么多孩子啊。"

"那你把棒子都卖了干啥？"

"娘把麦子留着，他们磨面吃，咱们走了，家里畜生不养了，还要棒子干吗？卖棒子的钱，娘一分不带，全给你大姐留着，她会照顾好他们的。"

台下的一声"好"，掩盖住我俩在戏台子下面的悄悄话。

"青青，以后啊，你就可以天天听戏了。"

"爹又不是唱戏的，不是下九流……他是当大兵的。"

"总有一天，你就都知道了。"

在我和李七七的一问一答中，戏开场了。

"走一道岭来翻一架山，山沟里空气好实在新鲜，这架山好像狮子滚绣球，那道岭丹凤朝阳两翅扇，清凌凌一股水春夏不断，往上看通到跌水岩，好像是珍珠倒卷帘，满坡的野花一片又一片……朝阳沟好地方名不虚传，银环我成了公社社员，在这里一辈子我也住不烦……"

银环还没有唱完，戏台子下面的姑娘媳妇们就叫开了："栓宝，栓宝……"可是，最后一台戏，戏班子也卖起关子，银环伸手向帷幕的左边，做了一个欢迎的姿势，动作定住了，响器也停了，戏台子下观众的欢呼声也没有了，一切静止了。戏台子上缓缓升起红色横幅，几个黑色大字被白炽灯照得通亮：栓宝送给青青。这可引来很多女孩子的艳羡，纷纷看向我。我也高高地扬起脸，承受这羡慕。我知道，是王班主，这个金子一样的男人送给我的。

"砰——"一声巨响从黑夜深处传来。

"不好了，有人从树上掉下哩……"声音重新引起台下的喧闹，大家唰地站了起来。

"老魔道家的儿子姬文凯从树上掉下来了，脑袋瓜子都开了，全是血，快来人啊……"黑暗中，求救声也乱成了一片，李七七在我身边不见了。我身处来回乱窜的人群里静止不动，脑子里只有一个念头：

娘，你这下子应该走不了了吧！

李七七没有走掉，而我们家的吸血鬼老魔道父亲姬世荣，是在第二年夏天里的一天用一块门板给抬进家门的。

华北平原持续的大雨已经下了半个月，李七七突然消失七天后，天才放晴，她拉着地板车回来了。随着姬文军的大声吆喝"老魔道回家喽"，很多人一下子涌进了我们家的院子里，走进这院子的时候，直嚷着怎么像掉进了大坑。

我们那时候还在大雨初晴的沉睡中，被门外的话叫醒后齐刷刷地站在堂屋门口，一群人抬着木板涌了进来。姐姐和姬蓝缨扑到木板上，哭了起来。姐姐的哭是真哭，姬蓝缨的哭是拉着腔调的，哭给别人听的。

"俺哩爹来，俺哩爹来，恁撇下俺娘几个，让俺娘几个咋过唉……"

姬蓝缨的话只有她自己信吧，我们的日子哪一天不是在没有他中度过的？姐姐只是嘤嘤地哭而不语，我和呆子姬文凯呆呆地望着。

灵堂设在堂屋里，李七七紧紧抓住我的手。

"青青，哭两声，哭两声吧，让你爹安生地走。"

"娘，这次恁不会真的要走了吧？"

"你爹都死了，俺还有什么意思走。你放心，用那七亩地，娘也能拉扯大你们，不用怕。"

人来人去，渐渐淹没了我们的对话。风吹起覆盖我父亲的崭新白布的一角，我看到他安详闭合的一只眼睛和整齐的鬓角。过堂风又掀起白布露出他的脸，清秀，眉宇清晰，鼻梁高挺，具有力度的嘴唇，清瘦，怎么也和拜天跪地的他联系不起来。李七七看到盖尸单被吹起一角，赶紧跑过去抚平。

就这样，我再也没有见过我的父亲。她把其他人都支出去，关上门，留下自己和我在堂屋里，喊我去帮她给他穿寿衣。这是我第一次看到死人，触碰到他的胳膊就打战，所以吓得立刻转过身去。

"青青，快叫人啊！快叫人呀！"李七七督促我。

我抿住了嘴，"爹"这个字还是没有叫出来。

"送丧的时候，你多哭几声，好让你爹知道阳间还有个人惦记着他，还有一条血脉为他流着。这样子的话，他在阴间走起路来，脚底的力气就大了，也硬气。他这一辈子是真够苦的，没过过一天的好日子。娘还想着，你长大了，把你送到他跟前。好好伺候伺候他，叫他也知道啥是个长久的暖。"

我转过身的时候，他穿着寿衣的尸体重新被崭新的盖尸单覆盖。那崭新的白色，把我眼睛都晃花了。

李七七出了堂屋门对大家说，自己的男人一辈子没有好日子过，所以死的惨样就不给大家看了。院子里站满了人，惦念起老魔道他娘的好来，眼泪唰唰地也跟着掉了下来，连连说李七七做到这一步真的是仁义啊。她接着告诉大家自己的决定，不发丧，连灵棚都不设，就让孩子们披麻戴孝送别他们的爹就行了。李七七说世荣太年轻，不能承受姬洼村的老少爷们的拜望。

六个老力抬着棺材走在前面，我们披麻戴孝跟在后面。路过老疙瘩爷爷家的时候，我看到了老疙瘩爷爷，他坐在老槐树下，没有抬头，眼睛依旧关注着自己手中的镰刀。我们娘几个跟随在抬棺材的队伍后面，姐姐、姬蓝缨和娘断断续续地哭着，只有我和姬文凯两个人一路都没有掉过一滴眼泪。走到大戏台子的时候，冲突还是发生了。

姬洼村管事的人坚持让呆子姬文凯摔老盆子，而李七七以姬文凯是呆子为由坚持让我摔老盆子。这让主事的人都百思不得其解，哪里有让闺女摔老盆子的，你们千方百计生个儿子，不就是为了死后有个人摔老盆子吗？潮湿的风吹来了姬洼村腐朽难耐的气息，蛤蟆呱呱哇哇地叫着，已经很久不唱戏了，戏台子已经成了蛤蟆的交响舞台。听老疙瘩爷爷说，班主得了重病后，整个戏班子就唱不下来一台戏了，被大家扔鸡蛋，最后入不敷出，戏班子的人就各回各家，散了。

周围无声，"砰"的一声，我手里一颤，宣告着老魔道姬世荣正式和这个世界再也没有任何瓜葛，他带着饭盆子去阴间讨生活了，不会再给任何人带来灾难。赴黄泉的路是从家到七亩地的距离，我一阵小跑就可以到达，现在走得那么漫长，陪灵人的哭声渐渐消减。

李七七紧紧握住我的手说："青青，你放声哭吧，谁死了，也得坟前有个亲骨血哭两声吧！"

我的眼泪一滴也掉不下来，心口没有一丝疼痛。他不曾抱过我，不曾牵过我的手，任何父亲对女儿的温情动作都未曾拥有，这种动作的缺失，造成我们父女关系的巨大代沟。更何况，此刻我面对的是一具冷冰冰的尸体。随着棺材沉入大土坑，我们将手里的柳枝子也扔了进去，那把火终于随着老魔道姬世荣的死在我的脑海里熄灭了。在回来的路上，姬蓝缨说他没有带给自己好的生，所以凭什么哭他的死？他不配！

夜晚，姬文凯一进被窝就说梦话。他说，姬堂堂爷爷，恁把俺的鹌鹑给俺吧，俺求求恁了，姬堂堂爷爷啊……已经破落不堪的窗户，把月光全部都放了进来。李七七云淡风轻地说，等到冬天就得用塑料袋子把这窗户给封上，要不冻死人嘞！就是在这样的夜里，我梦奔在一片荒野之上，我看到了姬洼村人的身体赤裸裸地横在田野上。

我想不明白，李七七为什么把给这个家带来灾难的人埋进七亩大地里，还让不让我们拔草、打药、收庄稼了？李七七的脸色和话语里透露着笃定：

"他是你的亲爹，不埋在我们的七亩大地里，埋在哪里？"

"野槐树林里呀！那里不应该是他的去处吗？"

不过他一死，我的心倒松弛下来很多。他虽然是老魔道，但是已经给我们带不来任何伤害。他在这个时候真正成了我的父亲，可以倾诉的人。我每每去七亩大地里，干活累了，就坐在畦埂子上，和爹说说话，说说李七七这几年遭的难，说说自己从小到大受到的欺侮，说说自己养的羊已经几辈子了。杂草长满了，我用手捋顺，这是他的头发。风顺着庄稼，吹动他的头发。

"风啊风,这下你不说老魔道在风里打转了吧!"

"哈哈,你咋那么天真。老魔道不在风里打转了,小魔道早晚有一天会在风里打转啊!"

李七七挨着我坐了下来,抬起头看天。

"你在想什么?"

"俺在看天上的云彩,在云彩的形状中寻找你爹的身影。"

我无法相信这话是出自李七七之口,像一个诗人的李七七。她说完,躺在坟头子上,看着蓝天眼含泪花,脸一侧,埋进了草里。我知道,她此刻泪水决堤了。此刻,我也被李七七对我爹的深厚情意感动,对我小魔道的命运有了宽解。人命大于天,人命没了,比天大的事情也就没了,还有什么不能原谅的吗?

刚开始,我一出门,碰到的人就会向我发出"唉"的同情声。当我到老疙瘩爷爷的院门口的时候,才发觉好几天没有管理羊群了。老疙瘩爷爷说,虽然我入股的时候只有一只羊,可是这么多年来,我一直帮他管那么多羊,所以他死后就把所有的羊全部留给我做嫁妆。我掀起了红砖块,看到老疙瘩爷爷给我留下的钥匙。这个破篱笆还有什么可锁的?我一脚踢了过去,铁锁链子发出清脆的响声,把脚硌得生疼。

不久后,姐姐也跟着去世了。对于姐姐的死,我竟然稀里糊涂的,至今回忆起来只有只文片字。我和姐姐去给外祖父送鸡腿的路上,她就找不到了,我是一个人磕磕绊绊回家的。夜都黑透了，李七七问我姐姐去了哪里，我说真的不知道她去了哪里啊，俺在玉米地里，一抬头，白晃晃的，往四周看的时候，姐姐就不见了，湿漉漉的棒子棵向我扑来，我拔腿就跑，去找姐姐，可是没有找到。我这小魔道的脑子，怎么那么不记事？我使劲捶打自己的头。李七七没有阻拦我，她一屁股蹲在地上，哭了起来，说都怪自己把换媳妇的事情说给红缨听，她肯定是听到心里去了，半路上离家出走了。我肯定地点点头，是的，娘，肯定是你的话伤害了她，否则她怎么会无缘无故地消失了呢？

"娘啊娘，你才是真正的吸血鬼啊！你把姐姐的一生吸死了，姐姐看不到希望了。娘啊娘，你才是罪魁祸首，你怎么有那么歹的心？娘啊娘，你害死了俺亲亲的姐姐！"我一口气说出了那么多从书上学来的话，每一个字眼都摔在了李七七的脸上，钻进了她的心里，变成了她号啕大哭的泪水，决堤一般。我们的父亲去世的时候，她都没那么哭。

过了两天，姐姐的尸体在水渠里找到了。李七七像疯子一样扑到她身上，把她抱起来，哭喊着："是娘对不起你，是娘对不起你，娘不该提换媳妇的事情，你是娘最听话最好的孩子，是娘逼死了你，是娘逼死了你……"

"颠颠骑马哩，家前来了一个拉呱哩，拉哩啥呱，拉哩红缨吃妈妈。"在老堤的野槐树林里埋姐姐的时候，我扯开嗓子喊。

回到老疙瘩爷爷的家，他说："青青，爷爷把一碗鸡蛋汤给你放桌子上了。"

我神色恍惚了一下，打了一个寒战，回应了一声"哦"。

老疙瘩爷爷看着我，叹息了一声。

写到这里，我不得不承认这一点：魔道不是放浪不羁、自在由我的精神世界的想象，而是精神病在姬洼村的俗称。在我和李七七的回忆中，刚开始她说得多，后来我说得多。现在，我们可以轻松地交流了。每每提到这里，都想躲避。可是我们绕来绕去，都绕不开他。

现在回忆起来如果当初不是李七七对他肉体上的背叛，我也意识不到这个人是我的亲生父亲，在很大程度上是需要我去维护的对象。我躺在床上，种种源于华北平原田野的声音在我耳畔依次响起，大地的气息，夜的气息，玉米长廊的气息，一眼望不到尽头的麦田的气息，渐渐混在一起。

现在我也明白了，当年她偷情和想走四方的对象是王班主。

我从来没有关心过李七七是否适应大西北的生活。夏日中午，日头高照，滚滚热浪仿佛烧开的水倒进来，整个城市热气腾腾。当白天喘着的大粗气渐渐消隐之后，浓密的夜色终于携带着清凉而来，把每日都问心无愧混迹于每个角落的暑热给排挤走。我环顾四周，整个城市在路灯的晕染下，加上树杈的阻隔，像泼了隔夜的茶水。

"小魔道，快走。"一个声音从背后传来。我知道如果此刻一回头，漫天不认识的人头就会从身后袭来。我终究还是犯了他的病，这是我逃到哪里都逃不掉的。我的步子走得越来越歪七扭八，不成样子。我一次次欲到达戈壁黑夜的深处，可是没有一次成行。这里的路分明不是白天看到的四通八达的样子，黑夜里走起来都是歪七扭八的。我在跌跌撞撞的行走中想起我的父亲老魔道姬世荣，在逃离姬洼村的过程中，是不是也把一里地走成了十里路，然后以为自己再也回不了家了？

李七七一点儿不肯放松对我的追踪。

"青青，青青，你慢着点儿，慢着点儿，别磕了碰了，这路是比你小时候的路光滑平坦了，可是这光滑平坦也让人的心给搁懒了。不像你小时候，走路都小心着。胡同子里的哪块砖头在哪里，眼睛和心早就都寻摸清楚了……青青，什么事都没有比用心寻摸清楚更重要的了！这世间所有的事啊，只要捋顺了，就没什么。所以别把事情乱七八糟地搁在心上。"

她的声音让我想起了姬洼村沾濡了泥水的破布烂条子，怎么甩都甩不掉。我停下脚步，实在无法忍受她像对待幼儿一样，对我一遍遍地嘱托。

"那样的晚上好像只有一次吧？那个夜晚真的冷啊，冻得跺上一脚，大地都要裂条缝子了。"她终于跟了上来，我从她瞬间收紧的鼻息里获知她说的是婚后和婆婆拉呱谈笑小五十的那个冬夜。"以后的夜晚，俺自己咋个就是记不全面了，都变得混混沌沌的。这混混沌沌，让俺越来越吃不消了，脑门子尖尖地疼。"

脑门子疼？可是这疼突然转移了位置，她护住自己的腹部，直呼，笑岔气了，笑岔气了。

"是你把所有那样的夜晚杂糅成了一个夜晚吧。"我回应她，她似乎又和我说了什么，我没有听清楚，我记忆中除了梦奔的那些时刻，姬洼村的夜晚对我而言都是被揉成一个疙瘩，一些未来得及细想的细节接连扑入脑海。

"城里的月亮咋没脚底板子？以前在村子里的时候，总感觉月亮偷偷跟在身后面，脚底板子一下子一下子从天上甩了下来，啪啪响，拍得地面子都晃了起来呵，狗总是乱叫，让人在那样的夜里走起路来，总觉得像是做了什么亏心事，两条腿巴不得并在一块儿走，一点儿不得安生……"她继续喋喋不休。

我转身面向她，她的话像脚底板子一样，一下下甩到我的背上。我惊讶于她的想象，城市的月亮没有脚底板子，那城市的月亮不就成瘸月亮了吗？她见我不再继续往前走，一屁股坐在马路牙子上继续说："再说俺咋可能会记错？那样的夜晚真的只有一次呢。跟着你走了这么些天，这城市里怎么也没个打更的啊，东西就不怕丢么？俺还以为，越发达的地方，越有个警呢！"

"城市里到处都是高清摄像头，楼道门口也有，它可以看到一切，你脸上几道皱纹都看得清亮。"我吓唬她，得意于她脸上每一帧表情的变化。

"摄像头？啊？那个东西那么厉害吗？咱们村口也安了一个。可是那东西长了眼，没长耳朵啊。小偷在夜的黑里是会藏身的。哎，还记得你小时候不？跟着娘去交公粮，你赶车子赶累了，就窝进塑料袋子间。每次下车子，你的脸上全是塑料袋子的方块印子。走到了粮食所，人家有门路的早就已经在前面用一块砖头给站好队了，不管咋的，咱们都会是最后一个，排不过砖的。回家的时候，天都黑透了，你在路上一个劲地问娘啥时候到家，问着问着就睡着了。娘在这个时候，才得空看看天上的月亮和星星。月亮的脚底板子从天上甩下来，整个天地间好像就剩咱们娘俩了，真想那样的夜晚一路走不到个头儿啊！要是那时候有摄像头就好了，就知道红缨走的时候对娘说一句话没有，应该特别恨娘吧。"

"你为什么还要我？你不是已经有个儿子了吗？"看她话题向姐姐转移，那是我最不愿意面对的悲伤。不顾她眼含泪花，胡同子里的老娘儿们描述的姬世荣为了要儿子对老天爷爷的求告模样涌入我的脑海。

"那是乡里第一次用引进的机器查体。一个听过说书的老娘儿们非说那是照妖镜，其他人就笑开了，如果那是照妖镜，刚刚照出来你已经有二孩了，那你不就是怀了个小妖精么？如果当时俺被检查出来怀了你，属于超生，是要被拉到用一块白布隔着的小房间里用药给打掉的。如果用药还不下来，听说就会用一根细铁钩子从阴门那里伸进去，活生生地把孩子给钩出来。这些都是听说的，真事谁也没见过。俺正想着要把自己身上三个月没有来的事告诉医生的时候，医生挥挥手示意自己到点下班了，然后随意在俺的检查单子上画了一个大叉。那时候俺也没多想，农村妇女，风吹了，雨淋了，一两个月身上不来也是常事。后面真的意识到怀了你这么个小肉球的时候，俺想过打掉，有了你，谁知道命又得拐几个弯。拐得更不好可咋办？在拉地板车的路上想着想着这事，一个惊雷，把娘打翻到了水沟里。你是老天爷爷让娘生的啊！这可是大晴天啊，老天爷爷下了雷，娘可不能忤他的意，会遭天谴的。"

我打了一个激灵，困意全消，她说话的语气、词句组合，仿佛瞬间被赋予重大意义，一则真实的女人生育史料摆在我的面前。

"后来，肯定是村子里有人告发了，那时你不足十天，乡里就没有任何预兆地派人进院子来查。但咱们家哪里还有什么可以上交的呢？除了那几条人命，几间破屋，几个饭盆汤碗，他们拿走也没啥用啊。俺来不及躲藏，情急之下就把你盖在了被褥里，然后像头母牛横在堂屋门口。可看了几眼乡里那些人，约莫两分钟后俺就败下阵来，给人家搬凳子，沏茶。乡里人在堂屋里坐下，每个人足足喝了三大碗茉莉花茶。'咱们国家是人口大国，排在世界最前面，每个人占的地却排在世界的尾巴上。再说"一对夫妻一对孩，不准再要第三胎"，你们家都已经有儿子了，千万不要再生了，再生，不仅仅你们是乡里的典型，乡里都要成县里的典型了。这事，乡里也给你们瞒不了多久……还有……再说，老人们都说了，魔道病这种病是会传给孩子的……'俺也就听进去这些，心里着急啊，你不小心被闷死了可怎么办？乡里人摇摇头很无奈地走了。即使这个家里还有两只鸡可以逮，他们也不敢动，谁让这个家里有个老魔道呢，回来找他们算账怎么办。你看，这几年，咱们吃巧也吃在他是老魔道这一点上了，虽然很多人给个绊，但是也没有下死手的。乡里人走后，俺趴到床沿上就是一阵痛哭，俺的妮啊，你的命好苦啊，是娘活活地把你给闷死了，你才睁开眼不到十天啊……俺突然感觉到被子在动！掀开被子一角，你正瞅着俺笑呢。你这妮子，那么小就会吓唬娘了。所以说啊，这是俺的命，生你是命，把你拉扯大也是命……"

泥土般优雅的女性——随着她的絮叨，语气或深或浅，语句或长或短，我脑海里出现这么一行字。

"青青啊，娘到现在都寻摸不透。俺用自己的七亩地拉扯大自己的孩子，哪里招惹他们了？公粮都是按人口交的，咱们吃的都是咱们自己地里刨出来的粮食。"她黄浊的眼睛里突然呈现一种澄明。"说这事，俺就想笑。过了几天，乡里人还是派人来把压水井把和车轱辘给取走了。后来他们又派人来，让娘把东西取走，说在他们那儿占地方。"她哈哈大笑，走到我面前，双手捧起我的脸。我打心里排斥这种亲密，猛地转脸，但是并没有给她带来尴尬。她继续说："你还记不记得，有一次，你用一根小木棍就把姬堂堂家的地给淹了。就那么一根小木棍，捅了一个洞，口子被水冲得越来越大。他家刚刚浇过地，水刚下去。第二天，一看满地又是水，气得王大凤满大街骂，也找不到一个可以撒火的。结果那一年，又连阴了几天，她家的玉米地，涝得一片一片的，全黄了，收回家的全是棒子轱辘。"

"你咋知道是我干的？"我从来没有告诉过任何人，那是我梦奔的时候干的事，也是我唯一一件把梦奔时的事做成实事的事。

"怎么可能不知道呢！王大凤骂街的时候，你的脚步都在唱歌。"

"那个简单。谁让她欺负你来着？"我为自己幼时犯下的顽皮事笑了，惊愕于自己曾经如此维护过她。

接下来的日子，她每天早早醒来，守着窗户，天稍亮就去菜市场，买来菜，捡来装蔬菜的纸壳子。刚开始的时候，她把捡的纸壳子放在一楼过道里，物业找上门来说容易引起火灾，要求我们给处理掉。我埋怨她费力气还卖不了多少钱，会无缘无故地招来别人的指责。她却说多卖一分钱也是钱，这样子以后我的手里就又阔绰一分钱，自己走得也安心些，苦日子她是过怕了的。从此，她的床底满当当地摞着纸壳子，被她折叠得整整齐齐，让我一度怀疑上面会开出花来。叠纸壳子的过程，就是我们回忆过去的过程，往往是一个个纸壳子从一条条折痕处被展开，又重新被叠起。

而在月光忽明忽暗的晚上，我依旧在蜃城梦奔。梦奔的时候，我全然不知自己的眼睛是睁着的还是闭着的。有时候，我在城里看到楼栋之间，逐渐被一张张巨脸填满，张着嘴巴说话。一说话，嘴巴就奇怪地扭曲了，发出哈哈的笑声。

反 刍

　　老疙瘩爷爷就是在那一声叹息里得病的。

　　那天早晨，我照旧去他家里扫羊圈。扫的时候，听到屋子里"哐当"一声，是瓷碗碰到砖头的声音，我仿佛看到青花瓷片潜入床底，几只老鼠目光炯炯地看着微光里的一切。我本能地冲了进去。他口眼歪斜地躺在床沿上，眼神涣散地看着我，手无力地指着门口。这种场景，我们放羊的时候，他不止一次提过，那时候提到的是老了很久的人，他说自己看老了很多人。我知道他想说的话是：走，走。他不想连累我，不想让我看到他的老样。在我们放羊的时候，他不止一次表达过，青青啊，等爷爷哪天照顾不了你了，老得瘫在床上了，你就离得远远的，好好地过生活。我嘟着嘴、瞪着眼、掐着腰，戗他："怎么可能啊！你天天乱说个啥？你慢慢老不就好了。你看我想着长大，个子就在嗖嗖地长，我现在就成了你的依靠头啊！我梦里想飞的时候，我就能在村子里的房顶上飞来飞去。"我这个年龄，已经懂得自己说的是谎话。

　　我叫来李七七，我并不是畏惧他老的样子，也没打算离得远远的，而是不知道该怎么办，总该有什么办法吧。我是在那个时候才懂得"手足无措"这个成语的意思。短短的一截子胡同子，我却走得是那么漫长，他的瘫挪到了我的身上，我抬起脚每走一步都是那么无力和艰难。王大凤迎面走过来，问我咋了。我说："我爱他。"他是我第一个敢于正视内心，说出"爱"的人，这是个时髦的词，就像我爱姐姐一样爱他。见到李七七，我一句话也说不出来，手指着老疙瘩爷爷家的方向。

李七七看了老疙瘩爷爷一眼，叹了一口气，说："爷爷得了孬病，瘫了，看样子时日不多了，他膝下无儿无女，你就在床前为他养老送终吧。"我好想把李七七的话收起来，揉成一团，扔进窑坑里去发臭。"养老送终"？这对年少的我而言，是一个千钧重的词语，她怎么说摔就摔到了我的身上。不，现在回想起来，我不是担心这有千钧重，而是不想我和老疙瘩爷爷快乐的时光就这样戛然而止了。姐姐走了，老疙瘩爷爷也要走了，这世间所有的温暖都要走了吗？我哽咽得说不出话来。

"俺和老疙瘩爷爷养了那么多羊，可以卖掉啊，给他看病，不缺钱。"情绪稳定后，我说。

"也只能这样了。也不能这样撂着不管啊！"李七七看看老疙瘩爷爷说，"你看看他的眼睛，他心里一点儿也不糊涂。"

听到这儿，老疙瘩爷爷用力摇着头，我知道他是怕花钱。为了阻止他耗费体力加重病情，我连连说不请医生来看病，他才安静下来。他拒绝这样做，或许因为这钱是他给我备下的陪嫁。如果是这样，那他的病就是有预兆的，关于羊作为我的嫁妆这件事，他临近几天一直絮叨，说不管是谁，都不能动这些羊，包括他自己。几只羊也过来和我一起守着老疙瘩爷爷，呼出的气濡湿了被边，其中的母羊有的都当了好几茬娘了呢。老疙瘩爷爷呜呜咽咽半天，我听懂了，他的意思是，青青啊，爷爷有你，这辈子就值当了。

在我们家，不幸的事情如果来了，总是一个接一个，好的事情往往是冒一下泡就不见了。老疙瘩爷爷没有住进医院，医生进门还没开口，他就吹胡子瞪眼把人家赶走了。姬蓝缨倒住进了医院，李七七在乡医院照顾姬蓝缨。姬蓝缨连续几日的高烧让村医也束手无策，说要不去乡里的医院吧，那里的董大夫看这些病挺在行的。董大夫在村子里被传得神乎其神，比如一粒小白药片救活了一个拉痢疾拉到虚脱的小孩，比如拍背拍活了一个捯气的人，他还会给牛羊接生。我想让董大夫也给老疙瘩爷爷看看，老疙瘩爷爷还是猛猛地摇头，发灰的眼睛在说不值当。姬蓝缨再回家的时候，虽然命保住了，可是她和老疙瘩爷爷一样，瘫痪了。

李七七拉姬蓝缨回姬洼村的时候，是个好天气，我和姬文凯天天晌午都跑到村头等她们，姬文凯是害怕肚子饿，我是害怕李七七把姬蓝缨扔到村口转身就走了，扔给我们一个瘫子。我对她的不信任，随着苦难的加重也在加重。一路上，所遇之人都在看她，露出忧戚的神色。有的人携抱着柴火，仿佛一束束枯萎的花，想往李七七的怀里按；有的人欲言又止，嘴巴张开半天没有合上——这个场景多么像我的父亲到来的那一天。反观李七七，一脸的平静，回到家劝慰着地板车上的姬蓝缨："你小时候，娘要下地养活你们没给你周全的照料，让你的性子也不知道是哪一天变的，以后，娘一定会让你人模人样，头发不生虱子，屁股不长疮。"李七七说这些话的时候，脸上居然渐显神采，好像看到了另外一片光景。姬文凯说："她，她不，不本来就是个，人吗？"姬蓝缨向姬文凯吐了一口唾沫，姬文凯向她反吐了一口唾沫，他们反复吐了好几个回合。

李七七把套间床上的褥子和高粱秫秸取下来，只剩下一个床架子，两头铺上木板，让姬蓝缨的屁股陷进留出来的空洞里，屙了尿了直接漏在床底铺垫的沙土上。李七七下地之前把污了的沙土铲到粪坑里，填上新的沙土。从此，姬蓝缨在套间不分日夜地会突然来一两嗓子，她起初骂自己从小到大没吃过一顿好吃的，后来骂姬小雯是个狐狸精，再后来她骂李七七不该嫁到这个家里来，最后终于把这一切的不幸归罪到我们的老魔道爹身上。李七七跟我们讲，以后不要气姬蓝缨，她从医院回来一路上一句话没讲，连声叹息都没有，她害怕她会想不开轻生。姬文凯说，她的话都留在以后给咱们塞耳朵呢，在姬洼村，一只老鼠都有可能轻生，唯独姬蓝缨不会。我在给她送饭的时候战战兢兢，我害怕她眼里的光，有着可以杀死人的锋利，也害怕她突然来那么一嗓子，把我牵扯进去。所以，我一直小心翼翼地避开和她共处。所以，我都是在让她听完我们吧唧吧唧吃完饭才去给她送饭。这样，在她狼吞虎咽的时候，我已全身而退。她这辈子再也实现不

了上大学、嫁个好人家的梦想了！更别提给姬文凯换个媳妇
了，除非人家图她生个孩子——其中的逻辑，当然也都是我
在胡同子里听来的。"老魔道的孩子，最终还是要成为小魔
道。"她们说。

这样的例子简直太多了，姬堂堂的姑姑疯兰子就是其中
一个。她是在七岁那年疯了的，在村子里摇摇晃晃，春夏秋
都是同一套的破烂衣裳，或者说衣服破烂得都一样，分不清
哪套是哪套，冬天的棉衣沾染着厚厚的一层秽物。可是一满
十六岁，上门提亲的人反而络绎不绝。原因是在夏天的时候，
她的经血滴落到路上，这成为她能生育的证据，也就有了能
娶回家的价值。姬堂堂的奶奶一分钱彩礼也不要，能嫁出去
怪好的，一个拖累算是脱手了。可是被接连嫁了三次，姬堂
堂他娘说下面都被折腾得不成样子了，一个孩子也没有生出
来。姬堂堂奶奶要泄气的时候，一个六十岁独眼老汉亲自找
上门来，同时牵来一只羊，姬堂堂奶奶当场就答应了。说来
也怪，疯兰子在老汉那里不出三个月就怀上了。疯兰子生孩
子的时候，痛得满地打滚，四个老娘儿们按住她，姬堂堂奶
奶在旁边教怎么用力生。疯兰子要是能懂，就不是疯兰子了。
孩子头卡在阴门处，她却狂笑不止，再也不用力气了。没办
法，姬堂堂奶奶亲自用手把孩子薅了出来。姬堂堂奶奶像交
接供奉老天爷爷的供品一样，将这个女娃交到了老汉八十多
岁的老娘手里，连连说不能吃疯兰子的奶，否则孩子也会染
上疯病的。说也奇怪，疯兰子自从有了孩子，眼里的光渐渐
能聚到一块了，尤其在孩子笑的时候，她眼里的光明亮清澈。

孩子机灵古怪，疯兰子跟着孩子跑，再也不乱跑了。老汉家底还算可以，死的时候，孩子也能照顾娘了。老槐树胡同子里的老娘儿们说起这件事，就说疯兰子这辈子值。

所以，疯兰子的结局是个佳话，姬蓝缨能不能落一个这样的佳话，听姬文凯说的时候，姬蓝缨将唾沫吐向姬文凯，姬文凯又反吐了一口唾沫，姬蓝缨和姬文凯交流的方式就是一口唾沫。她虽然会没有由头地骂他，但是不会直接和他说话，有由头的时候就是这一口唾沫。如果走进他们俩共在的空间，就会闻到他们经久不刷牙的口腔味道。我和老疙瘩爷爷用扫帚篾刷牙，对着镜子把饭渣剔得干干净净。老疙瘩爷爷还开玩笑，青青，你看，咱们都有饭从牙缝里剔出来了吐掉了，现在填饱肚子喽。我回头一看，饭屋里有一大筐子白胖胖的馒头，还有一只塑料袋包装着的扒鸡。

以后这样的日子再也不会有了，我孤零零地放羊的时候号啕大哭。

李七七在我旁边睡着的时候，我觉得像有一只耙躺在身边一样，一翻身就会千疮百孔，于是要求自己搬到西屋里去和牛一起睡。李七七在牛槽旁安了一张床，我每晚听着牛的喘息和反刍声入睡，一睡着就梦奔。醒来的时候，总是在牛屋里的一个角落。有一次醒来发现自己直接躺在粪堆里，牛正嗅闻着我的头发。家里的气息越来越让我喘不过气来，反倒不如一堆粪让我呼吸顺畅。我干脆一翻身，浑身沾满牛粪。放羊的时候，扎到水里游上一气，出来就只剩牛粪味道了。

我身上的臭味，让姬堂堂看到我就躲得远远的，我老远看到他的口形依旧是"小魔道"。如果早知道这种方式可以逃避他的欺辱，我早就这么做了，我学姬蓝缨，远远地向他吐了一口唾沫。

"青青，你还没吃饭呢！"早晨，我刚打开牛屋门，李七七的声音就传了过来。

"俺还有一群羊要放呢！还有老疙瘩爷爷饭也没有吃呢！"我连头都没有回，我已经把"养老送终"这个千钧重担扛在了肩上。

老疙瘩爷爷还在熟睡，我轻轻地把门关上。搅疙瘩汤撒碎葱花的时候，手一抹眼睛，辣出了眼泪。我晃醒他，给他喂饭。我尝试过把药混进饭里，可是他吃了一口一点儿不下咽，全部都吐了出来。那些药可是我卖了一只小羊羔托姬世来从董大夫那里换来的，姬世来还找了一大把钱给我。可是没了老疙瘩爷爷，这么一大把钱又有什么用呢？我把钱全塞到了他枕头底下。

"爷爷老了，你就把爷爷的骨灰撒到咱们放羊的野地里去。在那里，爷爷度过了一辈子最暖的时光。"

"现在不兴埋身子了，都是烧了埋。恁是光棍汉子，人家有儿有女的才大操大办火葬。"我像一个大人一样说话，在他床边剥葱，又心想，自己算是哪根葱呢？管得了那么多吗？

老疙瘩爷爷笑了，用手指指我，意思是还有我呢。我为刚刚说过的话后悔了，用筷子捞起碎疙瘩抿在他的嘴上，不敢看他的眼睛。他也不再用眼睛说话，吃完就转过脸去，我猜他是哭了。

这样的时光，持续了足足一年之久。姬洼村的时光在第二年年后一直保持着一种拖沓缓慢的发展进程。我在正月十五的灯笼微光里穿行，此刻，我和姬堂堂他们彼此相忘于世。人声起伏喧哗，灯火暗流游离。我不知道姬洼村这个夜里的烛火将要烧到什么时候，自己又要到哪里去。我手里没有父亲做的纸灯笼，所以手里没有烛火。我看到姬文凯点燃的塑料纸很快就烧完了，接着又撮捻一根后用火柴点燃。我跟在他们身后。前面的人时不时回头踢他一脚，他跪趴在地上，很快又爬了起来，跟上队伍，又点燃一根。我看到胡同子地面上的灰迹，仿佛看到了自己在姬洼村残存的一丝喘息。

为了挽留这一丝喘息，我还是卖掉一只羊，而且卖了一个好价格。我在跟老疙瘩爷爷赶羊市的时候，学会了察言观色、讨价还价。用卖羊的钱叫来村里医生给他挂吊瓶，可是他用颤颤巍巍的手驱赶着他。医生也束手无措，摇摇头说："他一点儿不怀生意。俺更没啥办法了不是？叫来老疙瘩的侄子们，准备准备后事吧。"我摇摇头，他的侄子们自从他病了，就没有来过。

"恁怎么能说活着没啥意思呢？恁走了，青青可咋办？俺不是恁活着的意思么？"我站在堂屋门口对他说。

医生从我身边侧身低头走过，防止碰到门楣，防止被挤在狭小的门口。这个家谁来了不想快快离开？医生也是本着人道主义才到这里来的吧。我塞了一张十块钱给他，他摇摇手拒绝了。房子里冒着霉味，真不知道床底下死了多少只老鼠，这么多年过去了，我都没有勇气把头伸进去，一探究竟。

"老疙瘩爷爷啊，恁可千万不能死啊，恁死了，青青可咋活啊？"

"青青啊，你已经长大了，比老疙瘩爷爷知道得可多得多了。爷爷早晚有一天是要离开的，只是早一天和晚一天的事情。你以为爷爷不知道啊，那些老故事、老传说，你早就看不上了，你看了那么多的书。每次央求着爷爷来讲，只不过是可怜俺这个打光棍的糟老头子，身下无子无女罢了。人的命数到了，老天爷爷不会给咱们多一拃的时间，爷爷可不想带着一股子药腥味去老天爷爷那里报到。"

我们陷入长久的沉默。

"爷爷听到了，听到了自己的爹娘在窗户外面踱步呢！老天爷爷够仁慈了，让爷爷和你多待一会儿，就多说一会儿话。你看看窗外，爷爷和自己的爹娘都一个岁数了，他们说爷爷该走了。"过了一会儿，他的眼睛继续说。

我看看窗外，好像看到了人影，仔细一看，什么也没有。

"爷爷不能死，青青还要长大给爷爷当新媳妇呢，你忘了咱们曾经拉过钩了吗？"

他不知道从哪里来的力气，"啪"的一声，用手捂住了我的嘴巴子。

"这话可不能再说了，造孽哟！你以为爷爷养那么一大群羊为了谁？还不是为让你嫁个好人家。这群羊，足够给你备一份好嫁妆了。爷爷的席底下，手绢里还包着几千块钱，你都拿着。那都是小孩子的玩笑话，千万不能再说那样的话。"

我知道他席下的钱，我数了很多次了，足足六千多块。他并不是王大凤她们嘴里的万元户，但是也有不少的一笔钱。

"这里的生活快让俺喘不过气来了。"

"青青啊，爷爷不知道到底发生了什么事情，但是你别以为爷爷啥也不知道。你姐姐死了以后，你的眼神就涣散开了，你要把你的眼神再收回来啊！要是收不回来，魂可就没了，身体上下可就不是你的了。人这一辈子，做好一件事就行了，那就是养好自己的眼睛。"

我们是用眼睛交流的，我知道他嘱咐了什么，他也明了我的不舍。

村里的好事之人纷纷说老疙瘩是得了蝙蝠子病，日日夜夜在梦里想着和女人做那事。我气愤地攥紧拳头，他即使一辈子真的没有碰过什么女人，可是他还没有到得这种病的地步。可面对纷纷扬扬的流言，我又能怎样？以前怎么样，现在还是怎么样，把头低得更低了，眼泪在眼睛里打转。

"小魔道，这羊可是俺们弟兄的啊！你可不能霸占走了。有多少只，俺们可是有数的。你好好放，掉了膘，俺们可不会原谅你哩！"在放羊的路上，老疙瘩爷爷的侄子无耻地说。我低着头，不敢吱声，难道俺连俺和老疙瘩爷爷的羊也保不住了吗？这是老疙瘩爷爷留给俺的！可是我一句话也不敢反抗。

在路上又碰到了姬小雯，给姬蓝缨送饭的时候听她说有三四个人把姬小雯堵到了胡同子口一个麦秸凹里给糟蹋了。

姬蓝缨说话的时候，口水淌到了枕头上，姬小雯的遭遇让她内心得到了平衡，每天咒骂的次数越来越少，声音也不再那么尖锐。姬小雯头发凌乱，散在胸前，正在给牛割草。我真是打心眼里佩服姬蓝缨，都躺在床上了，村子里的这些事她都知道。我看姬小雯可怜，放下自己的草袋子，把草往她袋子里搵。姬小雯发了一会儿怔，"啪"地把我的手打掉。

"俺再惨，也有你这个小魔道垫底，你有什么资格给俺草？"她的眼睛冒出来一股狠。

"俺，俺，俺只是……"我的话全堵在了嗓子眼，我和村子里的孩子说过的话屈指可数，不知道该说什么，怎么说，我只是想让她在天黑之前把袋子给装满，好快点儿回家罢了，可她这点儿好都不识！

"俺要到南边的大城市里去了，那里的钱好赚，电子厂当工人一个月好几百，过不了多久俺一个人就能成一个万元户。人家还给交养老保险，你连养老保险是啥都不知道吧。俺以后也像城里人了，退休了也有工资。俺再也不会回这个破村子了。"她踢着脚下的土坷垃说，"老疙瘩爷爷一死，你以后就是姬洼村垫底的人了，村子里总要有几个人垫底的，要不然其他的人过起日子来也不踏实。"她满怀怜意地看着我，我第一次发现，姬小雯居然有乡村哲学家的感觉。

姬小雯的话说到了我的耳朵里，老疙瘩爷爷死后，再也不会有和我相依为命的人了。剁面的时候，每剁一下，都像在剁我自己的心一样。把碎疙瘩端到老疙瘩爷爷跟前，他更多的时候是昏睡着的。房子阴潮，电线短路，我唯有借助从窗户里投射而来的微光，用勺子将饭硬塞进他的嘴里。他不能死，他死了我咋办？他头一歪，全都吐了出来，流了一嘴角，然后又流了一枕头，十分狼狈。他整个人像一摊泥一样瘫在床上，呼吸突然急促起来，好像并不甘心马上要把自己呼吸的空气匀出来给村子里的其他人。

"恁还有什么放不下的吗？"

"么……"

"他们说你是得了蝙蝠子病。"说出这句话，我立刻后悔了，这不是把大家的伤人话传到他耳朵里了吗？这不是在亲自抽他的脸吗？

"么……"他微微摇了摇头，现在只能发出"么"这个音了，整个身体已和枯黄的干草没有什么两样，眼神不再和我交流。

"小魔道，小魔道，小魔道……"晚上回家的时候，我听到了夜的暗语。

"娘，夜会说话呢！"我站在窗户外对李七七说。

她开着十瓦的灯正在赶老疙瘩爷爷的寿衣，说老疙瘩爷爷穿了快二十年她纳的鞋子了，死了也要穿着她做的衣裤和鞋子。说这些话的时候，她狠狠地将针刺向蓝底金线的布。

"娘，夜真的会说话呢！它们在起哄，喊俺小魔道。"

"别瞎说，夜那么安静。"

"娘，你听，它在说俺是个小魔道，俺会很快犯魔道病的。俺觉得透不过气来了。"

"又乱说了，小心娘打你，快点儿回牛屋睡觉吧。"

"小魔道，小魔道，小魔道……"我抬头，无数的嘴巴在天上叫唤。

我在暗夜里倾听着牛反刍的声音，翻来覆去，伸过手去，月光沉甸甸地落在手臂上。"小魔道，小魔道，小魔道……"这个称呼，已经成了我小半生遭难的缩略语。命运啊，你为何从来不对我温柔以待，总是化作锋利的刀戟，一点儿一点儿凿刻我的世界，让我没有任何反击之力，整个肉身没有月光重？你说你命苦，俺说俺命苦，这看不到头儿的田野哦，这穿不透的浓黑哦，这苦什么时候才是个尽头？黑夜，恁告诉俺！沙沙作响的老槐树，恁告诉俺！俺不要老疙瘩爷爷死，他死了，俺在这个世界上还有什么活头？

李七七要去照顾老疙瘩爷爷，对我说："还没有出嫁的闺女不宜去接触快死了的人，不吉利。是，老疙瘩爷爷是和你最亲，可是你也不能去，被别人说出去了，你以后还怎么能嫁出去。青青哦，你说这孬命的人，咋老天爷爷一点儿也不睁开眼看看，这么好的一个老人不该活到九十多么？一百岁也不为过吧？唉，苦命的人到哪里都绊脚，怎么就没有过过一天素净的日子。"

牛反刍的声音渐渐弱了下去，月光爬过窗户，已经是后半夜了，我终于支撑不住，合上了眼睛。可是才睡着没有多久，一道强光刺痛了我的眼，我一下子惊醒了过来，猛地坐起，心断裂般疼起来。

胡同子里有人在跑，有人在吆喝："姬洼村的老少爷们哦，都快醒醒，老疙瘩要撒手了。姬洼村的老少爷们哦，都快醒醒啊，老疙瘩要撒手了……"脚步声在胡同子里急遽而过，我在暗夜梦奔的时候听到过这些声音，分得清是谁的，姬文军的，老疙瘩爷爷三个侄子的，姬堂堂的。外面很凉，就在开门的一瞬，我感到前所未有的冰冷迎面扑来。

老疙瘩爷爷的院子篱笆门开着，我慢慢走进院子。一些人站在院子里叽叽喳喳，没进房子。我披着父亲的军大衣，长得拖地。他们看了我一眼，继续说话，在讨论老疙瘩爷爷死后占地的事情。房子里只有李七七一个人跪在床前流眼泪，抓着他的胳膊。

"青青，你过来和他说说话，让他走得也有个人气。"李七七抱起一床薄棉褥子打算出去，出去之前，她打开了十瓦的电灯，那灯上还有蝇子屎，我在这一年忘了擦。

"老疙瘩爷爷，老疙瘩爷爷，恁不要死，恁不要丢下俺，我还要给恁当新媳妇呢，恁还要带着俺去放羊呢……"这些话全都哽咽在喉咙里。

"青青，"李七七的声音从背后传来，"爷爷拉出来了一些秽物，娘把褥子丢掉了。爷爷老了，你别老晃他，让他安心地走吧，你在他耳朵跟前说说送他的话就行了。"

"小魔道，小魔道，小魔道……"黑夜啊，求你了，求你别再说话了，小魔道和爷爷的死有啥关系啊？让俺好好见俺的老疙瘩爷爷最后一面吧，你就别添乱了好不好？老疙瘩爷爷斜倚在床头，眼睛睁得很大，垂在床边的胳膊就像干柴棒，绛紫的血管暴突着。

突然，他的侄子们闯了进来，囫囵地给他穿衣，把我和李七七排挤出来。我颤抖着站在房子外，老疙瘩爷爷生前是俺的，怎么死了就成你们的了？

"怎么办，捋不顺，这咋给他穿衣服？"

三个兄弟的动作很粗暴。

"咱们一起使劲。"

"你先把胳膊拽直了，把袖子套进去。"

"这也怪了，血还没归心，衣服倒穿不上了。"

"不甘心死吧。"

老疙瘩爷爷执拗，不听话，我急得快哭了。"你们再用力，老疙瘩爷爷的骨头就'嘎巴嘎巴'全断了。"可是我的话并没有阻止他们的暴行。

"他临死了也不合眼，老话说'拆盖体的线不捡，死了也不合眼'，这老疙瘩家里没个女人，哪里来的针线？"姬文军站在一旁冷笑。

"你们小叔叔在世的时候，你们的心都被狼给吃了。要不是俺让兴旺去找你们，你们现在都不知道你们的亲叔叔咽气了是不是？现在巴不得他早点儿入土了是吧？"李七七冲进来把他们全部都推到一边。

"那你弄吧，你以为我们稀罕碰这老死人？"他们说完就都出去了，出去前看了一眼围在床周遭的绵羊和山羊。

"你爷爷这是心不甘啊，他还瞪着眼，不合上，他这一辈子不甘心啊。叔叔啊，恁就安心地走吧，恁还有什么放不下的，以后到梦里托给俺，七七都烧给恁。"

他还有什么不甘的？我心里盘算着一件件事。锅底灰被我堵满了，绵羊小花配对还没成，老槐树今年结的槐花不多，堂屋门的合页活络了……对，一定是这样，我突然想起来一件事，对李七七说："俺知道怎么回事，娘，恁也出去吧。"

"你和老疙瘩爷爷相处时间最多，他的心思你应该最知道，那你就和他多说说话，让他走得安心些。你摸着他的脉，开始往上走了，你就喊我。"她出去的时候把门带上了。

"这个老盆子谁摔啊？"外面的人议论，他们关心的不是这房子的归属，是房子占用的宅基地的归属。

"按老规矩，谁摔，这个宅子就是谁的。"姬文军的声音。

"俺摔。"有个侄子说。

"为啥你摔，他是你叔叔，好歹也是俺的叔叔。"又有一个侄子说。

"你们几家宅子都够用，这个宅子不如过给俺。"

一会儿，几个人在外面扭打在了一起。老疙瘩爷爷寿衣还没有套上去呢，我眼泪直流。我脱去自己的衣服，赤身静静地抱住了老疙瘩爷爷的身体，把被子覆在我们俩的身上，那上面他的脑油味道那么浓，还有他呕吐物的酸臭味，可是这一切都让我感到亲切。他的身体很凉，我要把他焐热，我要把他焐热，热了，他就又活过来了。我的手轻轻拂过他的脊背，拂过他的胳膊肘子，拂过他的肚子。慢慢地，我把身上的温度匀给他，他的身体慢慢地软和了，我起身把他的身体捋直。我按李七七说的，手指放在他的脉上，脉走到胳膊肘，我刚想开口喊人的时候，门打开了。

"你这是作孽啊！你还在这个村子里待不待了？"李七七

声嘶力竭地冲上来，巴掌火辣辣地落在了我的脸上。所有人听到声音后安静了片刻，涌进来，看到了床上的这一幕。我是被李七七从床上连拉带拽扯下来的，我还大声嚷着："娘，娘，小心吵着了爷爷，俺的指甲盖，俺的指甲盖，别刮到他了。"

所有人都看到了我的裸体，一个少女正在发育着的身体，是雨后的青草，给人青梗之意，是八月十五的圆月，满是水润——我这些年在老疙瘩爷爷的家里吃的是真不孬。在地上，我趔趄了一下，站定后坚定地看着李七七，然后笑了，笑得那么开心，笑得那么放肆。老疙瘩爷爷的侄子们，终于给他穿上了寿衣。大家用嘲弄的眼神看我，笑了，心满意足地笑了。

"看吧，这些年咱们说的都没错吧，老魔道的闺女，终究有一天会犯魔道病的！"

"老魔道的孩子，终究有一天会成为小魔道，这是定数。"

很多老娘儿们来了，我回头看了一眼她们，王大凤头上已经扎起了孝带，她正准备大哭几声丧。我努力睁大眼睛，看着十瓦灯晕下恍恍惚惚的她们，却看到老疙瘩爷爷在她们身后笑着对我眨了一下眼睛。我也笑了笑，赤条条地离开了。

"天该亮了啊，俺的一群羊还得放。"我说。

"傻妮子，露水草，羊不爱吃，吃了也拉肚子。"老疙瘩爷爷说。

小魔道终于把魔道病给犯了——这件事情，随着老疙瘩爷爷的死讯，很快传遍了姬洼村。奇怪的是，夜的暗语"小魔道"消失听不见了，这个预言终于被夜唤醒成了事实。我也终于不再躲了，也不用再抗拒。我紧绷了那么多年的神经，终于松了下来。

老疙瘩爷爷的尸体果真没有去火化，第二天天未亮，就被偷偷抬去给埋了。坟坑是什么时候挖的，我和李七七都不知道。没人关心老疙瘩爷爷的活，却一直有人惦记老疙瘩爷爷的死。棺材是李七七花钱买的，老疙瘩爷爷的侄子们说，用一个破席子一卷把他给埋了不就得了？现在大家都开始用席梦思床了，扔在村口的破席子多的是。李七七不同意这么做，说老人家的一辈子值得起一口棺材，这个钱你们不出我出。

天大亮后，我跑到老疙瘩爷爷的坟头前，偷偷地给他摔了一个老盆子，那是李七七和面用的盆子，还有一个大碗。我知道到了阴间，老疙瘩爷爷只会用我的。

晚上，我回到牛屋，老母牛低低地唤了一声，好像在问我怎么样了。我抱着它的脖子，头靠了上去，随之温存地也"哞——"了一声，它那么安静地拱着我的身子，我没有告诉它，老疙瘩爷爷没了。在食槽旁的床上辗转了一晚上，终于挨到了天亮，我该给它添草了。出牛屋，把铡刀立了起来，把草塞进去，用力一铡，干了好久，才铡了一半石槽的草。去取玉米面拌草的时候，我被扳镬子绊了一下，脚踝上碰了一个红印子，我一点儿也没有感觉到疼。

"老疙瘩爷爷老了，你知道吗？他成了白胡子老头了。"

我对扳镬子说，"你说他会去哪里呢？天上的哪一片蓝是他的呢？"牛慢条斯理地咀嚼草，我困得支不住躺在床上就睡着了，梦里是空荡荡的。

不知道过了多久，我好像睡了姬洼村的一个四季轮回。李七七的声音响了起来："青青，你的饭好了！别光躺着了。"

我没有答话。她飞快地走到我床边，把手指放在我鼻孔上，松了一口气，随之说："你最爱吃的葱花疙瘩汤，娘一大早做的！还给你烙了大肉饼。"

我还是没有答话。

"今天下雾了，路滑，你今天别走了，明天再走。"

她在赶我，连她都感觉我在姬洼村再也待不下去了。

"这样子，你在姬洼村就再也待不下去了，俺没把你好生拉扯大，是俺对不起你爹。俺在镇里打听了，南边有服装厂招工的，娘交了五十块钱押金，你跟着去吧。到了南边，可别再做傻事了。"

李七七也容不得我了，我往床角里又缩了缩。没有姐姐和老疙瘩爷爷的姬洼村已经容不下我了！

"那恁呢？恁跟着俺走吗？"我轻轻地说。

"走？娘能去哪里，娘这一辈子算是走不开了，就在姬洼村了。你看看你那个瘫痪姐姐，还有哥哥，一个没嫁人，一个没娶媳妇。以前说走，还说得过去，现在走，对你姐姐哥哥，娘是没良心啊，再说走哪里啊，谁还要娘啊，娘这肚子再也生不了孩子了。娘以前以为，有了这七亩大地，以后再苦再难，都能过得去，可是，你又出了这档子事。可是娘不怪你，娘知道你心里怎么想的。老疙瘩爷爷也不能那么走，你做的是对的，你把自己身上的热乎气儿匀给了他，让他知道这阳间还有个人惦记着他。可是外面的人不会那么看，他们说你疯了，犯了魔道病。"

"俺爹本来就是老魔道。"

"不，娘不允许你这么说你爹。他不是老魔道，他是这世界上给咱们娘俩热乎气儿的人。"

姬蓝缨听到了这屋的声音，大声地叫唤起来："走，走，你们谁也走不了，哈哈……你们看，天就那么大。娘，娘，你快来，俺也饿了，俺也要喝葱花碎疙瘩汤。"

可是我什么也吃不下，从老疙瘩爷爷老了以后，姬洼村的雾气好像就没有散去。

"牛，俺走了，恁以后要好好给俺娘干活，恁知道吗？娘还有那么一大家子人要养活呢，还好，俺以后就不让她养了。"

牛"哞哞"叫了两声，温顺地答应了。我去厨屋，将两个黑面窝窝放进袋子里，没动盆子里的白面大肉饼，也没喝葱花碎疙瘩汤，背上军用水壶出了家门，没和李七七告别。回到老疙瘩爷爷的屋子，从他的席下取出手绢包裹好的几千块钱。羊已经被他的侄子们全部卖掉了，破席子他们懒得掀。

我没有往南走，我是向西走的，雾气围住了整个村子。回头，通过姬洼村的这条大路，我仿佛看到了太阳像团刺猬一样在窑坑废弃的烟筒那儿，其实什么也没有。我视线渐渐模糊，只觉得脚下的路仿佛是稀泥汤子，踩上去东摇西晃，抽不出脚来。偶尔有几个过路人与我擦肩而过，虽然看不清楚他们的脸，但那声音我却是熟悉的。

"小魔道，你，你这是去哪里啊？不给你老疙瘩爷爷暖，暖被窝了？"拉长调的是王大凤，她爱上了打麻将，最近输钱输得厉害，舌头越来越不听使唤。

"王大凤，你还操这份心呢？你咋不去看看你的男人现在给谁暖被窝呢？"

"姬青青，你这个小魔道，到哪里去犯病啊！你都十六了，也该找个婆家了。"跟着王大凤的姬堂堂，口腔中散发出一股蒜味。

"姬堂堂，你个孬种，出了姬洼村，你还能在哪里逞能？要不是你爹姬文军，你觉得你那缺口的大门牙还能保得住？早被人敲没了。"我十六岁了？我在姬洼村过了十六个春夏秋冬了？

"哎哟，这不是老疙瘩的小媳妇吗？俺说这几年都跟着老疙瘩放羊呢！原来是一个被窝里的。"说话的这个人是姬鹌鹑。

"你小时候光着腚跟着你老娘睡，你也是你老娘的小男人么？"这是我第一次这么说话，真的是太过瘾了。说完这话，我就挨了一腿，我爬起来拍拍身上的草继续往前走。

我反驳着姬洼村的人，脚步越来越欢快了。

"青青，你路上要小心，你娘跟俺说了，你要去南边的服装厂了。人生地不熟，你多留个心眼，别让人家给骗了。"这个大娘的声音我不认识，但是她的脚步声让我知道，是那个我在地头睡着了给我一个窝窝头的女人。

"大娘，俺知道呢！恁转告给俺娘一声，她的小闺女把钱带足了，以后饿不着。再告诉她，俺们俩的娘女缘分到这里止了，她以后多多保重。"

…………

"青青，你这是要去哪里啊？"是兴旺哥的声音，我抬起了头。

"兴旺哥，你咋也起那么早？俺姐姐说再也不想看到去俺姥娘家的那条路上有棒子了，你种成杨树吧！杨树多好，春天咱们就能打杨花了。"我对他说。

在兴旺哥的关心里，我把头高高地昂了起来，我要走了，走得远远的，再也不回来了。在姬洼村村头，我站在草丛中，伸出手抓了一把雾气，觉得抓空了，就再抓一次，仍是空的，手上什么也没存下，近在咫尺的东西为什么会抓不住。我连姬洼村的雾气都带不走，还能带走什么呢？一辆推土机过来了，上面坐着老疙瘩爷爷的三个侄子，藏有我和老疙瘩爷爷隐秘快乐往事的老屋再也保不住了。

这一走，我发誓自己再也不会回去了。可是李七七来了。在她的絮叨中，她到来后的第一个冬天终于到了。菜市场为了躲避严寒搬到了地下。一拉开菜市场的棉帘，脸就被寒冷刺得生疼，睫毛上很快凝结有细小的冰凌，鼻腔像被一根根绣花针刺虐。

有一天我进入菜市场，两行菜摊中间堆积着丢弃的菜，很快被车碾轧。堆积的菜发出酸腐的味道，行人路过都捏住鼻子。只见她蜷在一个角落里，我刚想上去问她在干吗，她像猫一样冲了出来，扑在一棵被菜商丢出来的白菜上，灰白的头发凌乱地伏在脸颊两侧。她抬头发现我的时候已把白菜抱在怀里。她说起她小时候，小蛮村的男人们从冰里凿出来鱼，扔到冰面上，她就是这样和别人抢的。我说，周围没有一个人跟你抢啊！她看看周围，不好意思地笑了。

一前一后，我在前面带路，刻意和她拉开距离——如果她在前面行走，肯定会和我保持亲密的距离。从菜市场出来，鹅毛大雪从天而降。我们在阴冷里躲着冰冻走着。沉默了好久她才开口：

"这些人心里是咋想的，自己不要了的，也要用车子轧坏呀？"她在为刚刚的尴尬动作开脱。

我给她讲卖菜人的心理，要是大家都捡，别人还卖什么？我质疑她做的那些疙瘩汤和馅饼，里面的菜都是这么来的。

"你吃别人脚底下的东西还没吃够吗？为什么还做这样下贱的事情？"我责备的语气越来越重，用词毫不作挑拣。见她沉默不语，我话题一转，说："如果当初你出村子去找他，或许就可以找到。我可是一直听说他在附近的村子里转悠呢。甚至为此，我还专门去邻近的村子里找他，可惜只找到一摊摊狗屎。胡同子里的老娘儿们传的是不是真的，他是那样子的吗？我是不是也会变成那样子，毕竟他是我的……"

"不，青青，你爹怎么会像她们说的那个样子呢？你爹，他，他……"

"姬世荣见过我吗？""爸爸""爹""父亲"，这样的字眼，我是很难说出口的，没人教过我怎么去说。姬世荣，反而是这个名字给我带来距离上的安全感，让我深深松了一口气。

"你说的是他啊？是的，见过，娘不是说过了吗？你出生的时候，他在。你很小的时候，他也回来过。那次一把火烧房子，你已经记事了，娘就不用多说了。"

那天晚上，一缕寒风从微开的窗户缝里吹来，我觉得映照房子的火舌晃动了一下，看定是吊灯以后，心猛地发冷，这里并没有什么洋油灯。

"那次，冬深一点儿的时候，俺一个人用包袱揣着你走夜路，你得了支气管炎，打针打得屁股上的肉都僵了，医生说必须要挂吊瓶了。整个村子都是干冷，好像只要用斧子一砍，大地就会裂开大口子，人就会纷纷掉下去。咱们刚到大门口，就看到他蜷缩在大门底下的门槛那儿，他说自己病了，走不动了，他搬开了砖头，但是没有发现钥匙，抬起可怜的眼睛问俺，钥匙跑哪里去了，怎么不给他留把钥匙。俺都不敢看他一眼，用脚踢开大门另外一侧一块碗口大的砖块，拿出钥匙。第三天半夜，感觉他一脚一脚在踹俺，你这个时候突然睁开了眼睛，俺赶快捂上你的嘴，生怕你叫出声音来惹恼了他。这个时候可不能激他，他想干吗就干吗，他要是真的急了，肯定会往死里打咱们的，会要了咱们娘几个的命。就这样一脚一脚地踹着，夜终于深了，他也消停了，娘也慢慢地睡着了，都不知道啥叫疼。一大早醒来，就看到他瞪着红红的双眼，头发刺挠着，坐在床沿上看着咱们娘俩，吓得俺立刻把你连被子抱起来就往外走。你想想，那时候，大地都冻成一个个的了，就和现在一样。俺也不知道他到底追上咱们没有，就一个劲地往大场里跑。大场闲下来了，有玉米秸垛、麦秸垛，俺心里就寻思着找个暖烘烘的洞扎进去，怀里还有个你啊。咱娘俩就在麦秸垛凹里待了一天一夜，直到你姐姐来找咱们，才知道他走了。"她捶打着腿，继续捡拾着回忆，"可是啊，这些都过去了，都不知道以前过的日子那叫啥日子。是日子吗？这世界上什么是好人啊？给娘赶过车子的，给娘使过绊子的，都没给娘说他是老魔道。要是进门的时候说了，娘肯定不给他生孩子。你说，到哪里还没有一碗饭吃？"

她停顿了下来，世界安静极了。

"青青，等娘扒坑扒不动了，你一定要把娘埋进那七亩大地里啊！要和你爹在一起。"这句话，满怀深情，和之前的恨意截然不同，对我的父亲，她又满怀深情。走进卧室的刹那，她一手扶了一下门框，一手捂住肚子，这次她没有笑。"人的一生谁不苦，就像在地里扒坑，扒着扒着，倒头睡就是了。"她缓缓走进卧室，蹲下，扬手，似游泳，手在浮动，扒水泥地。"最后一个坑了，深点儿，深点儿，别埋了头露着脚。一样一只鞋，死了没人埋，一样一只袜，死了没人挖。娘这一辈子，人前从来没有穿过一样一只鞋，一样一只袜倒穿了不少。和村子里的老娘儿们一起往前走，没看到谁真正走到蜜坑里去，享受不尽的蜜甜，也没看到谁一苦苦到坟坑沿上。有的在半路上就掉了队，有的在前面嚣张地走着，却走不远就倒坑里了。"

我走过去，扶起她，开口提出要带她去医院看看，她立刻苦笑着摆手："人的命数是有限的，不用那么麻烦。"说着说着，天的黑把她的声音给压了下去。我在客厅里转悠了几圈后，给敞大杯口的酒杯又加满了酒。存于一个喝醉的空间，熄灯看一眼窗外，戈壁已经零下三十多度，她的到来居然也带来了几十年不遇的极寒天气。我走进卧室，侧身躺下，左手牵着右手，闭目。李七七从房间的黑暗里慢慢走了过来，坐在床边上。她慢慢地抚摸我的脸，眼里的黄渐渐聚焦成了一块。

"左手牵着右手入睡。"她非常郑重地告诉我，并且叮嘱我，万万不可以把手放在胸前，气被压住就上不来了，会被梦魇住的。"这样子，你的身体就一点儿一点儿给找了回来，用一只手去摸另外一只手，用一只脚去踢打另外一只脚。对，你紧紧握住它。如果，如果实在不行，你，你就蜷进俺的怀里来。""如果实在不行"，话锋一转，语气里透露出接下来的话都出乎她自己的意料。之前的话如果是一场精致无瑕的演讲，后面的话就是演员演讲之外不小心的自我情感流露。随后，她轻轻地拍打我的胳膊，好似在哄婴儿入睡："乖乖，睡觉觉，老猫来了咬耳朵……"声音在困意中开始飘，用两只手比画着我还是婴孩时候的身体长短，来回看着两只手掌，语气突然在惊喜里醒来："对呢，真的只有那么小呢，真的不敢去相信，以前两只手一托就托起来了，和一大块长山芋差不多大。第一次带你去看你姥娘，让你姥娘看看你，俺就像放山芋那样把你放进了竹篮子里。你看，现在都那么大了，手和你爹一样细长。"

为了检验效果，她让我赤裸地躺进她的怀里，她的身体已不如我高大，已经不能把我完全包裹进她的怀里。这让我想起刚刚吃到半生的豆虫，细长无骨，满是皱纹，在满叶疮口的豆叶上爬来爬去，撑起来的隐蔽空间让我感到一丝恐惧。在时深时浅的困意里，她在努力，努力地让自己躬成的空间越来越隐蔽，好让我躲进去。可是怎么努力都是徒劳的，两人的身体都像是丰富深暗的森林。我用鼻子去寻找她的鼻息，她口腔里发出食物腐败后的陈旧味道。她突然把身体张开，把我推了出去。

一转身，我安然入睡，竟然获得一种充沛的放松。

第二天早晨，在明亮的晨光里慢慢醒来，才发觉自己好像完全陷入了一场由她谋划已久的仪式，她在每日有条不紊地展开。有些话，真不敢相信是出自她之口，设想周到的言辞像是背过好几遍一样。

我因痢疾去医院挂急诊，经过妇产科，端详墙上婴儿在子宫里的图片，立刻否定了自己曾经在那一摊羊水里被孕育，像一只蚂蟥一样，通过粗壮的脐带，吸咬一个女人的身体。后退，后退到一个角落里去，我仓皇而逃。

自己的腹部是不是也有这样的一个地方，一个女人身体里最为活跃、最具有生命强度的部位？也会有一个生命不经过我的允许而闯入，没来得及安置妥当就来到这个世上？像蒿草一样的生命！我经过她的允许了吗？我的父亲又经过她的允许了吗？

"你恨他吗？"

"不都过去了吗？"

"你是怎么找到他的？"

"这……有人传信来，说你爹因病耽误在了路上。"

"他要去哪里？"

"他哪里都去。"

"可为什么不回我们的家？他也嫌家里破吗，永远都补不完的窟窿眼子？风都比我们自由。"

"他的家不在这里……他……"

"是啊，和姬堂堂说的一样，他四海为家。和风说的也一样，他是老魔道，他每天在风里打转。"

她擦洗凤凰牌自行车的速度加快，一起一蹲，变得紧张，喘息也越来越快。

"他，他是个老魔道。"我替她回答。

"不，不要那么说。他见识很多，去过很多地方，他高大，他一个胳膊就……就……也就那样……唉……人的这一辈子不就是扒坑么？扒着扒着，倒头睡就是了。"目光躲躲闪闪，急促转化成无望。

时空正在被割离成不同的层面，我们在那些层面里各自存活，各自拥有巨大的隐秘和未知，各自付出代价，却从不打个照面，追溯为什么会这样，说出个究竟来。

"俺不应该逼她去换亲，自己的命已经够不好了，为什么还非要把亲闺女给搭上，最后把命都给搭上了。这是在作什么孽啊!"她拍打自己的胸膛。

"那只是一个意外而已。"我强调。

"别劝娘了，这是娘自己一个人造的恶果，所以你大姐才会自杀，还好，你二姐，没有将我的命继续孬下去。"书桌上的台灯将我照亮，而她在阴影里安坐。随后，她又讲起了姬蓝缨。在我看来，到目前为止，她是在老魔道带来的命运里唯一的幸存者。

订婚后，姬蓝缨的情绪渐渐稳定下来，作息更加规律，不再黑白颠倒。天一亮，她就问李七七，牛喂了没有，猪圈清理了没有。她让李七七将一袋子麦子放在床头，也让常年闭合的门打开。鸡进来了，就抓一把投给它们，鸡啄食的样子让姬蓝缨渐渐对生活有了信仰。用李七七的话说是"命变好了"，整个人的精气神也变了，她让仅能动的一双胳膊派上用场，每天把头发梳理成一条大辫子。

原来是桂枝被婆婆气死后，撇下了几个孩子过苦日子。虽然日子过得苦，可是孩子们从来没有自暴自弃，考学的考学，学手艺的学手艺。用踏踏实实挣的钱翻盖了房子，可是还是因为没有婆婆照顾坐月子，没有奶奶带孩子，再加上桂枝被气死这事不吉利，稳稳还是娶不上媳妇。稳稳亲自找到李七七，说家里没个女人就没个热乎气儿，他这个年龄因为讨不到媳妇活着也没了朝气，他愿意娶姬蓝缨。李七七可怜这个苦命的孩子。姬蓝缨听了，在小屋里大喊了一声"俺愿意"。这样的家境，过去心高气傲的姬蓝缨是肯定不同意的。

出嫁的时候，李七七一点儿没有亏待她，八床被子，棉花塞得满满的，仿佛把当年自己娘家欠下的嫁妆全部补给了姬蓝缨。姬蓝缨也争气，第二年就给人家添了一个儿子。稳稳高兴，把姬蓝缨伺候得干干净净，比跟着李七七享福多了。稳稳跟着流动的施工队砌砖，但是每晚都会赶回来。李七七没有让孩子吃姬蓝缨的奶，想把家里的一切不幸都断了，不能延续给下一代，毕竟人家说魔道病是会遗传的，这代不传下代传可怎么办？李七七给我叙述的时候，话里全是担忧。幸运的是，这孩子特别机灵，没有一点儿老魔道家的气息。

"所以说，你打心底里也是相信，魔道病会遗传的。"

她陷入了沉默。

我在不知不觉反驳、质问她的过程中，和她的那种隔阂感也逐渐淡薄了。一天早晨，她费了很大的力气才从床上坐起来，眼睛看着窗外的天空发呆。没有关门，上身没有穿衣服，光溜溜的，身上全是斑，脊背上一道道伤疤，那是我的父亲用马鞭子抽过的，火棍子打过的，菜刀砍过的，抓钩刨过的……乳头，此刻却如启明星一般，那是我吮吸过的。

"我们去医院看看这青一块、红一块、黄一块的东西吧。"我走过去说。

"那地方，见医生一面都得花几块钱呢！"

"你去过医院？怎么知道见一面都要钱？"

"那地方啊，你说娘去干吗？再说县里的医院离家那么远，娘怎么着也去不了啊，骑个自行车一趟都要五六个小时呢!"

"你没去过，怎么知道五六个小时呢？"

"没吃过猪肉，还没见过猪跑啊？"她瘦骨嶙峋的胳膊抬起来，又放下。乳房紧紧贴着胸腔，哪里是痴呆儿四羔子说的"一个妈妈有八斤"?

当西北戈壁小城的春阳终于铺满客厅的时候，李七七开始动手把经久的被褥拆洗，重新絮了棉花。她的眼睛花了，线用完了就把我叫过去帮忙穿针引线。一切仿佛没有经过她周全的思考，也不顾我眼里的不情愿。

"青青，你看，那么好的阳光，真的是浪费了啊，不能生产麦粒。老疙瘩爷爷看到了又要说'造孽了、造孽了'。这里咋不种麦子？春一来，麦子就返青了，那才叫一年的开始啊。否则，日子过得哪里有个头尾？"

"除了冬天的大雪天，其他的季节基本不降水的。"我说完后，心里猛地升起一个疑问：麦子为什么要在霜降前绿这么一回呢？

余晖惨烈如同一场葬礼，苍穹之下的大地坦荡如砥。这个问题，经过时间的一遍遍篡改，时至今日，每每走在大西北落寞夕阳余晖之下的我，感到那封存在记忆深处的忧伤密码，早已经被日益积攒的情绪扰乱了理性的秩序而永远无法得到破解和完整组合。甚至在丝丝缕缕的光线将我致盲的恍惚之间，生命深处是空无一物的。视野里的白斑，不知道是眼睛自生的，还是雅丹地貌带来的假象。

李七七要把客厅的窗帘拉开。"人和地一样，不晒晒太阳就没劲了。"她说着，阳光随之洒了满屋，她的声音越来越疲软无力却很清醒，好似蓄势待发之弦，要有一番作为，我仿佛看到了一艘风雨中飘摇的独舟即将要靠岸。"离开了姬洼村，才知道，原来咱们俩离得一直那么近，两三天的火车就到了。"她嘴巴略微张开的时候，口腔里牙齿因部分掉落而显得参差不齐，再看牙龈，许多腐肉堆在那里，长年残留饭食的腐朽味道泛了出来，耳垂下有好几块黑斑。

实在看不下去她的老，我专门跑去询问医生，何以在六十出头，就老成了这个样子。问来问去，医生把根子归到她生了那么多孩子，却只有头两次好好地坐月子，身子亏下了，就再也补不回来了。补不回来了，她的背像被大雪压弯一样，有时候我心软，过去扶她，她头都不抬起来，招手让我离开："笑岔气了，笑岔气了。"分明无任何笑料。

清明节，她跑到十字路口去烧纸。这是她从邻居那里问来的，把姬洼村的地址和亡者的名字写上，亡者就可以收到。她在家里早就惴惴不安了，说老家烧纸的时间到了，以往每次都少不了的，如果自己不去烧，地下的人收不到钱，会不会以为她在地上发生了什么，走不动了还是眼睛瞎了？地上的人可不能让走的人在阴间也放心不下啊！

她在十字路口号啕大哭，哭自己的丈夫，哭自己的三个女儿，哭自己的父母，哭自己的公婆。那天是警察电话通知，我才知道。当我赶到的时候，她的周围围了一群人，像当年观摩老魔道父亲一样。

"你在家哭坟也没哭那么久啊！"

"不知道还能哭几次，最后一次了吧。"

"你怎么烧了八堆纸，都有谁的？"那八堆灰烬围成了一个圆圈，刻印进我的脑子里。

"你爷爷奶奶，姥娘姥爷，两个姐姐，还有那个老魔道，还有你的……"她看着我欲言又止。

"我的？"

"你娘的啊，算俺给自己提前烧了，省得你以后想不起来，不尽这份心。"她捂着肚子蹲了下去，发出咯咯声，"笑岔气了。"

我不知道她让谁给写的地址，没让我沾手。我看到未吹散的烧纸的灰上明显有文字，当我仔细去看的时候，风吹散了。

泥土般优雅的女性。我看着那日渐丰盈起来的文档，确定她生命里一定有着可书写的故事，就是自己写作生涯的救命稻草，可以摆脱无题材的困境。我把她拉住，用力，而后又慢慢放松，眼睛里现出一丝柔情。她也很惊讶于我的这一主动的动作，看了我一眼，脸上泛出惊喜。

"他说的没错，把过去的事，给你捋捋，你就好了。"

"谁说的？"

"俺在梦里梦到的。你总是把炊帚的高粱秆子给抽去，你都拿去做什么了？"

"这个……"

她的话像流水一样在深夜从我的指尖流出，仿佛提供了一个悠长的写作甬道——一位泥土般优雅的女性。我不厌其烦地一次次向她发问、印证，也在她那里探究着自己隐藏的心思。

我打电话给心理医生，对方说自己正在国外度假，希望我好好地把过去梳理一遍，最好把这一切都写下来，不急，人这一辈子时间长着呢，不要抗拒过去曾经发生过的一切，要尽量达到心理的真实。听了他的话，我去给酒杯添加了一次白酒，过往的记忆渐渐被撕裂在这酽醉之中。我梦奔在一眼看不到头儿的葱绿麦田，月亮的脚底板子一下下摔打在我的肩背上。微风吹拂过杨树，叶子纷纷飘落在地头上、水沟里，田畦里无人，我的父亲老魔道姬世荣，身影渐行渐远，最后化作了天边一个浓黑的点。

自己是否真实地参与了这次送行，这个疑问，仿佛是为我此生漫漫长路准备的。

炎热的夏季过后，秋日相继，秋老虎的天气越发炎热。时间过得真快，李七七到来已满一年。一日下午，我们来到了我家一打开窗户就可以看到的那一片戈壁上，拨开没膝的梭梭，这种干瘪瘪的沙漠植物，有一种明目张胆、大气凛然的丑陋。李七七问了我它的习性后，对它充满了莫大的兴趣。

说要移栽它们，在戈壁上围出一片地来，遮挡风沙和寒冷，用来种麦子。我说她疯了，戈壁上风沙挡不住，更不要提寒冷了。她说自己没疯，在庄稼地里活了一辈子，在其他事情上可能做糊涂事，唯独在土地上不会出啥错权子的。地的脾性，她最了解。

"那你的意思是，权子也有对和错喽。"我暗指她偷情一事。

"当然，人的神经也是如此，和棉花权一样，长荒了的权子要打掉，留下结棉花桃的，棉花棵就能长得周正。"她的目光像是一双灵巧的手，掰掉了我脑袋里的荒权子。"你没有觉得吗？没有麦子，这地方空气都不能呼吸了，让人憋得慌。老让俺喘不过气来，尤其是娘来到这里以后，看到那么多的阳光，白白地溜掉，不长庄稼，真觉得可惜死了。还记得咱们的七亩大地不，沟沟沿沿地都得种上庄稼，即使被树压得不长，也能结个种子的本。你老疙瘩爷爷要是现在还活着，看到了这白白溜走的太阳，肯定又要拍大腿了。"她缓缓站起来，开始用步子丈量土地，说自己的一大步有八十公分。"你看看，这里的阳光，那么多，不种庄稼，多浪费多可惜啊！"她重复的语气不断加强了，"青青，你可是有一片戈壁呢！以前有了七亩大地娘就能拉扯大你们，现在只剩咱们娘俩了，再说现在公粮都不用交了。这里要是全种上麦子，一眼看过去都看不到个边，以后咱们娘俩的日子就再也不遭难了吧？青青，你可是有一片戈壁呢！"一年里，她不断在强调我有一片戈壁这件事。

"是的，我有一片戈壁！任我怎么跑，都不用怕见到人、迎面而来的唾骂，小魔道，小魔道。"话到了嘴边，被她的目光之手一下子掰掉了。我说："你没有看到吗？这里太干了，几乎是寸草不生。地下是石油，石油拉出去，就回不来了，人们还会再次迁徙。如这座城市的名字一样，蜃城。你看，那悬浮其上，摇摇欲坠的城市。"我抬起头，看到云朵变幻出蜃城的模样。其实每每当她提起老疙瘩爷爷，我的内心就会发生些许的妥协。

"那更要好好待地啊！只有庄稼才能拉住人的腿脚啊！它们的根就是人的腿脚，根扎进去了，人身子就挪不动了。一日三餐，谁也离不了麦子。"她的语气已经胸有成竹，似乎已种出来一眼看不到边的麦子。

在接下来的日子里，即使在戈壁滩上，她都能找到水的所在，梭梭的绿色是水支撑起来的，天上的白云是水在浮动，红柳遮掩产生的阴凉地是一盆子水泼在了上面……总之，戈壁滩不缺水，她欢腾地走在这一片戈壁上，像个孩子一样。不过，这些话仿佛提供了一条悠长的甬道，我不知道这条甬道要通往哪里。但是我似乎越来越肯定，只要自己沿途不停息，就一定可以看到光明。

过了几日，她捡回来一只流浪狗，全身通白，因为脏，那白就成了黄色，眼屎有半指长。这是一只母狗，让人觉得它像刚刚从下水道里被捞出来一样。她解释说自己在外面喂了几天了，那么就要对这只狗负责。还给它起了个名字：苗苗。我听到这话，感觉她用喂养狗来暗指喂养自己，因为一步步的喂养，一步步地发生了不能切断的联系。她的老年打算是要赖在我这里过了么？快点儿拿上妈妈水钱走吧！

她把苗苗抱进自己的卧室里，絮叨着："上个厕所都得坐着，屎尿都不知道到哪里去了，不上地多浪费。"她产生了追踪下水道通到哪里去的想法，被我一票否决了，可是依旧听到她半夜五六点出去的开门声响。以后她每天这个点出去，急匆匆的，回来一副放松得意的样子。我按捺不住好奇，就跟着去了，到楼道的摄像头的时候，她用手捂住了自己的脸，成语故事有掩耳盗铃，她是要掩面盗什么？她蹲在花丛里，笑着抬头看昏黄路灯。第二天，我找到她蹲下的地方，发现土被翻腾过，当看到真相的时候，我吐了出来。她有没有去追寻下水道的踪迹，我不知道，但是她为自己的屎找到了用武之地，不让它跟着下水道白白流走。

她在这里做的荒唐事越来越多。捡来塑料袋，塞进冰箱与墙的夹缝里，说积累几年的垃圾袋，方便我以后丢垃圾；冰箱她开半天，关半天，说是节约电费；捡来餐厅丢掉的油桶，倒立在碗里，收集油滴到一个油桶里……她不给苗苗洗澡，邻居抱怨影响市容。她说，畜生哪里还用洗澡！畜生在她心里没有贬义，只是区别于人的一种活法。邻居听了可不是这么一回事了，他们总觉得这只狗在我们家受尽了欺辱。其实是她吃得越来越少，把吃的都匀给狗了。

方口鞋襻子上的扣在她去花坛偷土的时候，不小心被花枝拉掉了，上楼梯踩到鞋襻子的时候才发觉的。回去找的时候，已经找不到了。谁让她，偷一袋子土，都不定个点，总担心别人发现。她从我要扔掉的衣服里找到一个大小合适的黑色扣子，钉在鞋子上面，在鞋襻子上挖了一个洞。

　　为了反击她的荒唐，我在这一天毫不犹豫地否定了她当初的决定："如果当初不是你的选择，我也不至于走过了自己千疮百孔的童年。我宁愿你没有留下来，没有留给我一个生命，这蒿草一样卑贱的生命。这生命，和屋檐上衰微了的狗尾巴草有什么区别呢？在冰雨里，在寒风里，它被摇来晃去，永远不知道下一刻的命数是如何定的。"大义凛然，这些话几乎是朗读出来的，声音在客厅里走来走去、张牙舞爪。

　　她眼里全是惊恐："青青啊青青，你可不能这么说啊！你可不能这么说。你知道娘把你拉扯这么大有多么不容易吗？"

　　"为什么我不能这么说？你不知道，有多少次我都是死里逃生的吗？所以，我身上有一股一股的鬼气，这是姬堂堂他们告诉我的。他们说我是鬼，是从坟头子里钻出来的小死孩子，只会给姬洼村带来不祥的东西——一只老鼠，祸害了一锅粥。有一次，他们把我按在了一个死小孩的坟头子上，让我吃土。那样卑贱的生命，还有什么可以反抗的吗？反抗得了吗？吃就吃吧，吃了还会拉出来，没什么大不了的，不是吗？可是我害怕吃到草种子，它在我的身上发芽可咋办？从我的鼻子里钻出来，从我的眼睛里钻出来，从我的耳朵眼里钻出来……"

　　"青青，你可不能这么想！你可不能这么想啊！"她把捂住耳朵蜷缩在书桌下的我搂进了怀里，"可不能是这样的，可不能是这样的。不会是这样的，你又不是，又不是……"

"可是，我真的害怕呀！我是真的害怕！"

"害怕也不能这么想！他犯魔道病的时候也经常想到这些稀奇古怪的事情。"

"我是老魔道的闺女小魔道，难道我就不得魔道病了吗？"

发出的诘问让李七七无法闪躲，她一巴掌打在我的脸上。"不，你不是小魔道，娘以后再也不允许你这么说了！听到了没有？"她摇晃着我的肩膀，可她比我战栗得还要厉害。"你有一片戈壁呢！"她的话飘在了我的脸上。"脑袋里的荒杈打掉就好了呀！"

我只好给她解释，这里是一座石油城市。曾经没有水，没有葱绿树植生长的根基——肥沃的土壤。后来发现这里有石油，人来了，把水引来了，把城市花园里的土也拉来了。有一天油没了，人们或许会再次迁徙。

"你拥有着一片戈壁呢！"她的声音里全是艳羡，把我拉到戈壁上。

"可是不如你的七亩大地肥沃，它毕竟寸草不生。戈壁滩上根本就没有水！"

"可是你毕竟拥有一片戈壁呢，这也是地呢，只要你好好把它养着，就会有干不完的活儿，只要有干不完的活儿，就能活下去。想想戈壁上，春天麦子一垄垄全长了起来，夏天一戈壁的麦子全都黄了，那还不得一车一车往麦场里拉，一年就啥都不用愁了……"

"不，什么都不要说了，就算麦子发了芽，它们也不会挨过这个冬天的。戈壁的冬天都快到零下三十度了呢。没有希望的。"

接下来，她嘴角露出狡黠的微笑，用铁锹翻着土，再用筛子一点儿一点儿筛出石砾——夜里偷偷从市区里的花坛里偷来的土，覆盖这四分地。她一直很惊讶，为什么没有人来干预自己在戈壁滩上的瞎折腾，以前为了一个畦埂地，姬洼村的人都打得头破血流。这没有归属的戈壁，和华北平原上寸土必争的小方块形成鲜明的对比。在城里的时候，她伪装得一点儿也不好，行色匆匆，眼睛瞧来瞧去，经常顺着墙根走，担心有人识破自己黑色塑料袋子里的东西。背着整整一袋子的土呢！走一阵子，歇一阵子。

我在楼上，举着倒满白酒的酒杯，仔细在电脑上记录着她的每一个动作，揣摩着她的心理，写作的翅翼越来越丰满。

播种麦子前，她让翻起来的土晒了整整一个星期，蹲下来挑拣里面筛漏了的小石头，说不挑拣起来，怕来年锄地的时候磨损锄头。这一周，经历一场大风，那四分表层的土统统被打碎，看上去特别平整。她选了一天，用树枝在地里划出一条条细小的沟壑，把麦子撒了进去，又用土将麦子掩埋。然后用塑料桶一桶一桶地往戈壁滩上提水，顺着沟浇水，之后覆上一层落叶。

远在我的童年，我从来没有得到如此的呵护。为此，我常常提醒她："白费力气，风一吹，冬天一来，什么都没有了。什么都没有了。"

"那么大一片戈壁滩呢！"

"它那么荒凉！"

"荒凉是它的荒凉，只要你勤快，就可以让庄稼长起来啊。"她看似很艰难又很着急地给我解释这个问题。

"你别看现在戈壁上暖融融的，可能哪一天，一场大风，寒流就来了。这寒流，不像华北，丝丝缕缕的，它们是排山倒海的。"

"你不懂，等到明年开春，你就什么都知道了。"

"这里连水都没有呢。"

"你写给俺，戈壁滩的'滩'怎么写，那上面不是有水吗？你以为你看到的才是水吗？水那么精明，才不会让你看到呢。"

"你知道什么，你看不到，树心已经开始腐烂了，花蕊里已经生蛆了，天空的飞鸟被一声尖鸣迷失了方向，蜃城的楼房、汽车、磕头机，都在往天上跑。"我把那些梦告诉她，"即使我逃到了这里，可是身体里流淌的是他的血液，有些事实是永远无法改变的。"

"青青啊，你没有病，一切都会好起来的。等到明年开春的时候，麦子就返青了，麦子返青了，就什么都好起来了。"她这一笑，又笑岔了气，蹲在地上，脸色苍白，还对我招手，示意我继续坐着，"以后俺再也不能这么笑了，以后俺再也不能这么笑了。"

"泥土般的优雅女性"已成型，我仿佛看到了漫漫写作之路上的一丝光亮。那是一个将乡土里的日子细捻成丝的乡村女性，她在生存中一步步退而求其次，在逼仄的生活空间里转来转去，像是一只在暗夜里寻找麦子的老鼠。"麦麦麦……"佝偻着身子，匍匐于乡野大地，在我脑子里挥之不去。慈悯在扩张，我请来师傅把马桶给拆了，让李七七可以蹲着上厕所。

"只有这样子，才能够接近大地喘气。"她看着正在拆卸脸上充满不解的师傅说，"俺就说嘛，人为啥要把自己架起来拉？接接地气多好。"

这一个晚上，李七七确实和我讲了很多的话。

"到了阴间，你说你大姐会不会看俺一眼？俺没有一年不给他们烧纸的。"她从沙发上坐起来，"你说俺死了，能不能埋进那七亩大地里去？人死了，总要守着庄稼的，那样子才能顺着庄稼的根喘气。"她又躺下。"俺娘家在运河的尾巴上，每年夏天下大雨的时候，小路上都是活蹦乱跳的大鱼。每天喝的可都是鱼汤，吃的鱼窝窝，可带劲了。哪儿像现在的鱼，全都没了鱼香味，一股子的药腥味。以前运河里的鱼可都是吃草长大的，俺养在鱼缸里的鱼是会飞的，一场大雨之后，经常不见了踪影，抬头一看，正在云彩上游来游去呢……"我当时没有意识到，她已经陷入了幻觉。

"我困了。明天咱们再拉吧。"

"青青，天冷了，记得给自己添加一件衣裳啊。"

这微不足道的随口提及的关怀让我在走进卧室的刹那产生了眩晕的感觉，立刻扶住墙壁，慢慢地蹲在地上。伴随着妊娠般的恶心，生育般的疼痛，然后是画面、声音的瞬间消失，周围的一切闪电般变成黑白默片电影在我的脑海中闪过。

"嗯，好，记得掖好被子，天要凉下来了，晚上别着凉，今天俺把你所有的被褥都抱下楼晒了一遍。一眼看不到尽头的麦地啊，人的一辈子，谁不是这样子的啊？边走边扒坑，扒着扒着，倒头睡就是了。俺现在想和你谈谈你爹。"

"明天再说吧。"

"见了你大姐，她会不会怪娘？娘也没明说，只是顺口说给她，给你哥哥换个媳妇。要是给她换个不好的婆家，娘也不会同意啊。可以长得赖，可以穷，但是人心必须好……还有你爹……"

睡吧，睡吧，梦还在继续，李七七好像还在说着什么，我认为这些话她已经反复说了很多遍了，今晚没必要再重复一遍。"麦麦麦……"一个寻找麦子的悠长梦境里，一个老人手持麦秸捆绑的火把，越走天越黑，越走后面的人越多，越走手里的火光越微弱。

不知过了多久，玫瑰色的天空打了一个哈欠，在我蒙眬的视觉里留下紫青色的幻影。从卧室里走出来，第一眼看到的，就是在晨光里的，我的母亲李七七。

她像一抹光柔和地斜躺在沙发上，略露青蓝色的对襟长褂和深灰色长裤，干净整洁，没有任何污损。沙发套因为睡梦里的翻身，起了一些褶皱，一角甚至被掀起，褶皱深深浅浅，绣梅如血斑纠结在一起。晨光洒在她舒展得如同婴儿般晨睡的眉宇上，看上去像是刚刚做了一个美妙而奇特的梦，梦里的她或许终得花好月圆的一生——有人在梦里一定一直在叫她"七七，七七……"。眼睛笑后的自然垂合，安详宁静，那眼睫毛上还挂着笑哭后的泪珠吧。嘴唇微抿，像是刚刚讲完一个遥远而又近在咫尺的故事。长满老年斑的手空荡荡地搭在沙发的边缘，上面在一夜之间多了许多黄斑。搭在身上的棉被半滑落在地上，像是有人很不经意地在半夜给她搭上去的一样。

难道是谁来过这个房子吗？我不由得环顾四周，静悄悄的，一股冷气跌撞了一下我的胸口。"老年斑啊，扳过去，人就活得长久了。"她始终没有扳过去。"俺现在想和你谈谈你爹。"我突然想起了这句话。

如果不是在给她盖棉被的时候无意间碰触到她的手，我是不会知道她已经死了的。房间里那辆凤凰牌自行车，被她擦拭得锃亮。

事情竟然会发展到了今天这一步！

可是，李七七必死。不是吗？我在三十一岁这一年，娘终于死了，我也终于成了孤儿。我的孤儿身份终于在电脑上打出来的字里行间得以确认，在这座小城里，我可以理直气壮地告知他人自己的孤儿身份。昨晚，关于李七七的死亡，我并不在场。也许这都是气候惹的祸吧，季节一变，这大地上总要有几个人会消失。我将头放进李七七冰冷的双乳之间睡去，听到了那乳沟里溪水叮咚，然后做了一个很长的梦。梦里我回到了姬洼村，回到了河畔岸草旁，羊正在那里吃草，老疙瘩爷爷抽着旱烟眯着眼睛看着我，说，青青，来，来，爷爷给你讲段老传说……还有那槐花飘香的夜晚，那在厨屋柴火间颤抖的肉体，莹白的汗珠，老牛的反刍，姬蓝缨在破旧的屋茬子里时不时的尖叫……

我不想任何人染指李七七的死亡。一个人推着她通过打了一个弯的火葬场甬道。她是那么轻。我想象着大火翻卷着红色的舌头把尸体卷走，噼里啪啦，李七七的躯体在慢慢肢解。四肢和身体分离，那高高耸起的耻骨渐渐变成了红色，头颅随着轻微的"啪"的一声滚进了火海的深处。

"娘，快跑啊，娘，快跑啊，大火来了……"这是我和她重逢后喊出来的第一声"娘"，面对一个已经毁于一旦的尸体。这场大火似乎曾经是我的父亲姬世荣给放下的，一直没有停熄，燃烧到了现在，终于把我的母亲给烧掉了。火也终于可以熄灭了。

"娘，麦子为什么要在霜降前绿这么一回呢?"

"贫妮子，明年开春，麦子就返青了。"

"整个戈壁即将被寒冷占领。麦子在戈壁上是撑不过这个冬天的，你白费了心思。"

"不，你要相信娘，明年开春麦子就返青了。"

我仿佛立在西北秋天的风口，太阳像是被人在背后狠狠闷头打了一棍子，我的心也跟着它昏沉沉地下坠着，下坠着。

"你拥有着一片戈壁呢!"她的声音再次渐渐响起，全是艳羡。

"不，什么都不要说了，它们不会挨过这个冬天的。戈壁的冬天都快到零下三十多度了呢。你还不如在开春的时候种上麦子。"

"明年开春麦子就返青了。"说完这话，她在火光里消失不见了。

当姬文凯出现的时候，我做了一个决定。

"她死了吧？俺来取骨灰。时间俺算过了，她是时候了。"姬文凯嘴角流着口水出现在我的门口，"她得了肝癌，医生说她活不过一年了。"

"什么？她得了肝癌？"我终于知道她一次次捂住肚子的原因了，"人都死了，你还来这儿干什么？她说她把地全给你了啊！"

"现在县里正在清坟头子，说姬洼村太不像话了，每家地里都有一两个坟头子供奉着。现在所有的坟头子只要自愿火化移到安逸堂，一个坟还可以得两百块钱的奖励，花费由县里负担。再说，爹不能老一个人待着吧，这让人家外头看着，像个啥？不就是一个光棍汉子吗？"

"走吧，你先走，我把家里收拾一下再去，骨灰我带上就行。"说着塞给他两千块钱。就算我不回去，他也感觉到我有便宜可赚，他并不是真的来寻母的。

姬文凯在宾馆打电话告诫我一定要回去，家里不能就他一个人来操持这些事情。"再说，娘生了五个儿女，姬蓝缨还是残疾，到最后只剩我一个人哭丧，算个什么事啊，这叫人家外头说个啥。"

我对他的要求没有做出任何的反对，离开了十几年，回去也是理所当然、毋庸置疑的一件事情。当然，我后脑勺后面还一直有一个声音让我回去，是老疙瘩爷爷的。

推门即将离家的时候，顺眼看了一下书桌上新添的一个沙漏，里面的灰白色粉末正在缓缓地流淌着。

"倏——"苗苗也跟了出来，下楼去了。

"喔——"我冷冷一笑，把门给带上。

癞蛤蟆癞又癞

清晨，我披一件红色披肩，手提青黑色骨灰盒，乘上了开往华北的列车。火车轰隆隆地迎着秋日里的朝阳向东摇摇晃晃地行驶起来，我站在车厢扭动的连接处，眼一眨不眨地盯着窗外，"梭梭在这个季节让戈壁开了花"——当初就是这个触动的比喻，我写了一篇《我有一片戈壁》，不足一千字的散文，没想到招来一个活生生的娘，共同生活了一年多。此刻在列车上，回想过往，十年一觉，这相处的一年，仿佛一个十年又一个十年，醒来没有恍然不识的繁华变故的感慨，仍旧是生命茫茫旅程里望不透，也探不出一个究竟的荒凉和无凭——这种荒凉和无凭，于我，仿佛与生俱来。

在李七七来之前，我去看过心理医生，一个瘦削的男人，个儿不高，架着黑框眼镜，蜷在黑色沙发座椅里。工作室坐落在一个枝叶繁茂的小区里，临一条繁华的商业街，窗外车水马龙，叫嚷声鼎沸。

"你知道这座城市，天气一旦转凉，秋雨一下，绿色会比夏天旺盛。随即而来的就是铺天盖地的冰冻，绿色就像在烫水里滚过一样，立刻偃旗息鼓。我的父亲患有精神疾病，我怀疑自己遗传了他的病，所以才会看得到那么多的东西，这也是我来找你的原因。城市的恶狼正在追捕猎物，戈壁上有细长的蛇，逶迤前行，偶尔吐吐芯子。城市马路上的葛藤在疯狂地繁衍，呼啸的狂风在骂我，消防水管变成蛇，吐出的芯子……我丢掉姐姐的那个下午，一束束光柱打在我的梦里，让我不安生。我本以为已经逃到这里，一个磕头机抬起的城，在我的梦里摇摇欲坠。一个贫瘠的地方，就什么都看不到、听不到了，可是依旧可以看得到，听得清清楚楚。所以最后我决定不逃了，逃到哪里都是一样的，所以我决定不逃了。"我一口气对他说了那么多，两手按住他的办公桌。

"精神病这一说，只是人类自视聪明，给脑子里看到和听到太多东西的人一个冠名罢了。"他缓缓起身给我倒茶，关上窗户，窗外的声音戛然而止，瞬间给了我很大的安全感，我突然明白他工作室选在这里的原因，双手离开了办公桌。

"可是我开始像我的父亲一样出现幻觉。"我两手再次按在他的办公桌上，头重重低了下去。心里有一个声音，姬青青是小魔道，这是一个事实，谁也抵赖不了。

"不，你是正常人，不要随意定义自己。"他好像听到了我心里的话。

接下来他对我进行了两次的催眠治疗，我不知道自己是在什么时候睡着的，每次醒来已是深夜，嘴唇起了白皮。我在梦里说了些什么，他没有告诉我，眼神里流露出一丝胸有成竹。李七七来到的前一天，他打电话给我，说要出国旅游一段时间，不知道什么时候回来。

"我的治疗就中断了吗？"

"你没有病，何来的治疗之说？只是你脑子里的东西太多了，缠在了一起，捋顺就好了。你写下来，文字是心灵世界最好的疏通渠道，是心灵的沟通术，它为我们摆脱形役而服务。它可以是真实发生过的，也可以是虚构出来的，但是力所能及地达到你心里的真实。对，用文字去勾触你内心的真实。"他的话不像一个心理医生的，而像一个文艺评论家。

"我内心的真实？"

"对，你内心的真实。"说完他就挂掉了电话，从此音信全无。我有一次去工作室找他，外置防盗门铁链紧锁，张贴着歇业通知。

我深呼一口气，从回忆里回过神来，这让人不得安生的白光。回到铺位坐下，我将头发全部梳拢到脑后，重重按压太阳穴，那里仿佛一直有一个螺旋钻在生硬地扭进。抬头看一眼中铺，骨灰盒上照片里的李七七正在微笑，短发齐耳，刘海齐眉，白底蓝碎花枝蔓的衬衫随着车厢的摇摆也开始在我的视野里生长蔓延。衬衫的材质是那时价格不菲的花纺绸布料，那时叫帐子。如此年轻的李七七我不曾见过，照片是我收拾遗物的时候发现的。照片里的李七七，好像是另外一个李七七，是一个虚构之像，来自遥远的天际。

"呵呵……"少年一声惊扰，正面下铺老太一个翻身，猛地坐了起来，眼睛里充满惊恐，双腿像干草一样轻盈无力地搭在床边，低头摸了摸手腕上的翠绿手镯，重重地舒了一口气，又缓缓躺下。螺旋钻更加生硬地快速扭动，我闭目，让太阳穴紧紧贴在车窗上，火车震动的频率让我稍微舒服了一些，一屁股重重地坐在走廊座椅上，深深呼吸，终于沉沉睡去。

在一座城市转了一次火车后，我在上午十一点，抵达杨树叶像蝴蝶一样纷飞飘落的镇子，搭上了开往姬洼村的公交车。

"姑娘，去哪里？"公交车司机问。

"姬洼村。"我吞咽了三次口水才喊出这个名字，舌头已经粘在口腔里挪不开了。

阳光在天窗那里晃荡，荫翳在窗外一闪而过。这里变化很大，一栋栋高楼拔地而起。一个背着书包的女孩坐过了站，埋怨司机不提醒到站，吼着要立即停车。司机骂了起来："你两只眼全在手机上，没有一只眼在站牌上，怪老子头上么，自己家自己不认识？"女孩被骂得不敢说话，故作镇静地站在后门处。乘客们都在看笑话，没有一个帮腔的。在下一站停下来的时候，司机还不忘对着女孩匆匆溜掉的背影吐了一口唾沫："没爹娘养的熊妮子！"眼前的一切，都是那么熟悉。"没爹娘养的熊妮子"——这句话，也摔在了我的脸上，我现在就是没爹没娘的孩子，心脏猛地一悸。

和记忆里不同的是，姬洼村的红砖房屋墙体外面，又加抹了一层水泥加固，让我不得不怀疑，住在里面的人能不能呼吸得过来。地基高了，屋檐也更高了，水泥路像一条长舌头伸进了胡同子。老槐树胡同子，老槐树胡同子，我慢慢地走近它，唯一可以让我认出来的，是那棵遮天的老槐树，那棵承载了我和老疙瘩爷爷欢乐事的老槐树。按照它的方位，我迅速找到了我们的家。正中的还是堂屋，西屋依旧是土屋，深深陷着，在那里喘着粗气。堂屋是李七七说自己东借西借，拼死在地里干活，给姬文凯盖的用来娶媳妇的红砖房，地基比土屋高出许多。但是与周围别人家相比，整个院子还是沉了下去。抬起头，上面的天空我不认识，一片云彩都不认识。

"你知道俺爹去哪里了吗？"我小心翼翼地问风，像小时候那样。

风也不再回答老魔道在风里滴溜打转了。风也不识得我了。

姬文凯正在堂屋旁加盖房子，对我的到来没有一点儿惊讶，回头看了看我，继续站在板凳上和雇的人干活，对我说，分楼房是按家里房子的实际面积来算的。加上加盖房子多出来的面积，他就可以分到一套大房子。说到大房子，他对我强调了："只有一套房子，可没有你的份儿，再说祖宗家法，传男不传女，不管世道怎么变，这个都不能变。要不，咱们的魔道爹怎么会努力生出来一个俺？你还别说，俺去乡里问过了，这次拆迁，不管咱们的爹是不是有魔道病，都不影响这次分房子。哈，你说，以前姬堂堂的爹姬文军他们，当初无论如何不让咱们的魔道爹和俺入家谱，现在怎么样？俺姬文凯的房子，一寸都不少分。"

姬文凯一口一个魔道爹，对他而言，这已经成为无害的称呼，所以叫起来，好像又不是自己的爹一样。

"呦，妹妹来了呵。你看，这家都破烂成什么样子了。以前进门的时候，俺还抱怨，怎么感觉像是嫁进了大坑里。要不是娘托了三个媒人上门求亲，答应翻盖堂屋，俺是无论如何也不会进这个家的。你哥哥也没啥出息，你看，人家的墙都用水泥抹了一遍了，咱们家里还是石灰接线的红砖屋，墙体都裂开了大口子。靠墙的椽子断了一根，砖头'扑啦'一声全落了下来，大晚上还以为是地震了呢，吓得你哥哥屁滚尿流的，电视被砸了一个稀巴烂。可是，这样也好，你看看，现在要分新房子了，好房子孬房子可不是一样地分么。他们的水泥屋子花费多，这样算起来他们就吃亏了，咱们就沾光了不是？真是傻子有傻福，这些年真没白被他们喊魔道。十年河东，十年河西，魔道家也有翻身的一天喽。"对于我这个小姑子的到来，我嫂子喜子抱了很大的热情，从堂屋里走出来，和我熟友般介绍着魔道家的命运。

她把自己的女儿小真叫了过来，让她叫我一声姑姑。小真五六岁的样子，扎着羊角辫，可是一点儿不像我们家的人，一双大眼睛，水灵灵的，面白唇红，显得特别机灵。不像我们家的人？对，她身上缺少一种鬼气。老魔道的后代，怎么可能没有鬼气呢？姬文凯还有一个十岁的儿子，还没有放学回来。痴呆儿姬文凯，到头来居然儿女双全，凑成了一个"好"字。我把五百块钱放进了小真的手里，喜子满意地笑了，城里来的就是城里来的，出手就是大方。看喜子，黑色短裙刚刚遮臀，肉色丝袜，上身一件玫红色短袖小西装，隐约可以看到乳沟。喜子看到我在打量她，马上解释说自己在镇里的超市做收银员，这衣服是工作装，眼神有点儿躲躲闪闪。让我想起来李七七经常絮叨的：俩孩子都不知道是不是他的呢！

我站在架子下，帮姬文凯递送铁钉，那些铁钉都是残次品，不是打弯就是没有钉尖。

"老槐树是姬堂堂要求留下来的，他的儿子就是从老槐树爷爷那里求来的。姬堂堂的娘生了四个儿子。到他这里倒好，生了三个闺女才求来一个儿子。从此，伺候老槐树爷爷就成了村子里一件重要的事。姬堂堂是谁？和他那个魔道爹一样有本事，谁都不知道他是怎么给四个孩子把户口全上上的，听说上的是四胞胎。"

"魔道爹？谁的魔道爹？"我特别惊讶。

"闭嘴！哪有那么多话让你说。"喜子从牛屋里推出了电动车，说要去超市上班，又连连说让我帮忙照看一下家里，语气里的热乎劲表示早已经把我当自家人了。

姬文凯噤声，话里不再牵扯姬文军一家的任何事。话题一转，说起村子里办工厂的事情，塑料颗粒厂，粉条加工厂，木材厂……让村里好多人挣得金箔银箔盆盆满，可是自己就没那么好的财运，十几头猪遇到了猪瘟，血本无归。姬文凯说到不忿的事，撇嘴撇到耳朵后跟，口水就兜不住地流了下来。我心里暗忖，喜子一定不会亲那样的嘴吧。

"你也看到你嫂子这个人了，反正你也待不久，就将就几天吧。"姬文凯把我安排到西屋里住。他给我讲起了自己的婚姻。喜子比他小五岁，被她亲叔叔囚禁在地窖里当了三年媳妇，被解救出来的时候都没人样了，还抱着俩孩子，要不然怎么会嫁给他?

"是这俩孩子吗?"

"不是,出了地窖,孩子就送人了。这俩孩子可是你哥哥的亲骨肉。你坐那么几天火车,也够累的,休息一下吧。"过去的痴呆儿姬文凯已经脱胎换骨,说话利索,虽然偶尔会有口水流出来。

我在房子里来回摩挲,一遍遍确认自己曾经在此居住。我找到的唯一证物是顶梁柱,牛曾经在上面蹭痒痒,牛油把柱子蹭得锃亮,现在依旧闪烁着美妙的光泽。屋子里黑洞洞的,只有一扇木窗,用木板重新敲定型,木门仅仅可以通过人,其中一扇门坏了,直接被钉死。屋子深陷进院子里有半米深,还有打起来的防水埂子的痕迹。躺在床架子上,木板硌得我脊梁骨生疼。

睡,自然是睡不着的。睡不着,我就坐在床上,背靠在墙上,腿耷拉到了床中间的空当里。那是放姬蓝缨屁股的地方,屙了尿了,直接漏到了床底下,闷臭味一股股从床底飘来,床头上堆着破棉絮。我实在难以想象,这些年,她们娘俩怎么在这黑咕隆咚的地方生活的。

"现在有除草剂方便多了,俺小时候那叫一个苦啊,拔草拔累了拔急了,不小心就把庄稼也顺带着拔了,光秃秃的一片,挨爹一阵狂揍,揍完,周围的庄稼又倒了一大片。回到家,娘又嫌爹因为揍俺糟蹋了一片庄稼,把怨气又发泄在了俺身上。"吃晚饭的时候,喜子和我闲聊起来,谈及过去没有一点儿悲伤情绪。

"娘睡在哪里？"我的意思是牛屋里只有一张床啊。

"睡哪里，睡哪里？俺们两口子养着一个病瘫姑子再养一个老娘，还不够么？"喜子以为我是在质问他们对婆婆的不孝，立刻变得气势汹汹，胸襟都快被乳房撑开了，把凳子狠狠踢翻。姬文凯任由媳妇发作，不说一句，闷着头吃饭，整张脸都快塞进碗里去，看来这种不由分说的飞扬跋扈是常事。我明白了为什么姬文凯说我在这里住不久。我识趣地回到那间趴趴屋里，一眼就看到了蜷缩在黑暗角落里的李七七，她看都不看我，一个劲地说："疼疼疼……"这个声音持续了一晚上。

天未亮我就起床了。姬洼村正沉浸于一片昏寂之中，迎面扑来潮湿闷气是那么熟悉，掺杂着华北平原乡村特有的尘土的味道，让我不禁打了一个喷嚏，我闻到一股草木衰枯掺杂着新生麦苗腥香的气味。不知道在乡间的小路上走了多久，它已经没路了，路上长满了葛藤，我的裤脚走不了几步就被野生枝蔓拉扯一下。显然是现在很少有人下地干活了，路就渐渐被草给吃了，也没人放羊，草也就没有人收割，就更加长得不管不顾了。不知过了多久，我抬头，眯着眼睛迎着金灿灿的阳光，与阳光唇语，它的吻太清凉了。又不知过了多久，阳光开始掀起尘埃。猩红的虞美人似刚刚睡醒的少女，拂不去的娇羞模样，发出蚀骨的香气。

"你终于回来了。"谁在我耳畔轻轻说，我猛地转身，没有任何人，捋顺气息，继续往前走，那个作为寻家标志的烟筒居然还在。这条路上种满了杨树，树干上依稀可见的蝉蛹壳，诉说着夏天里的辉煌蝉史，阳光一柱一柱地从顶处射到白色蘑菇上。我盯着一个小蘑菇发呆，一棵玉米棒子苗突然从小蘑菇旁边钻了出来，筒状的单叶，忽而变成了两个叶子，三个叶子。玉米棵似雨后春笋，潮漉漉的绿色铺天盖地而来，一条条光柱透过玉米叶子打进我的瞳孔。

"姐姐。"

"癞蛤蟆，癞又癞，娶个小妹做婆娘。生了个孩子是青蛙，你说奇怪不奇怪？"我们姐妹的声音回荡在种满玉米棒子的乡间小路上。

"姐姐，你发现没？娘这次卤的鸡腿比上次大了好大一圈。"

"大了一圈，难不成你要撕下那一圈来吃吗？撕掉的是鸡皮，没有了鸡皮的鸡腿，你想糊弄谁啊？"她牵着我的手，拽扯得我跟不上她的步伐，"咱们走快点儿，去姥爷家，还能赶个午饭。"

姐姐一手牵着我，一只胳膊挎着柳条篮子。鸡腿刚刚卤出来的时候，我和她都偷偷用食指抿了一下酱汁，那一点儿汁液在舌头上存好久不舍得吞咽。姐姐用手指又抿了一点儿汁，涂抹在我的嘴唇上，油腻的香啊，我用舌头小心翼翼地伸了好几次才舔干净，那种香气却久久回荡。

"等姐姐去打工挣了钱，一定让你一次吃个痛快。别说舌头上了，就是鼻子上、眼皮子上，都是油汪汪的。"牵着我的手，她越说越带劲。

我们村子里，越来越多的女孩出门打工。在镇上有个中介点，只要交一百块钱，就可以跟着到南方去打工，什么电子厂、服装厂、食品厂。女孩们一般过年回来，一个个光鲜亮丽，各色羽绒服、发卡，村里人也是从她们那里知道，原来靴子不仅仅在雨天穿，冬天一样穿，毛茸茸的内里，可暖和了。她们给家里添置了21英寸大彩电、三轮车，给家里的哥哥或弟弟翻盖了房子，还给自己备下了嫁妆。所以在我们的眼里，一个女孩只要去南方打工，就能让一个家庭改变命运。姐姐辍学后，姬文凯天天在家里叫嚷，人家都出门打工了，你们为啥不去？你们去了，俺就能翻盖房子，买彩电、冰箱、洗衣机，娶媳妇了。他说这话的时候，我吐了他一口唾沫，你咋不去打工，外面的世界是险是恶，你能做主吗？姬文凯说，要是招工招男的，俺肯定去，到时候别指望俺给你们赚一分嫁妆，别怪俺胡同子里和你们打照面都不认识你们。

"好，要是姐姐说话算数，俺就愿意当癞蛤蟆。"我摆脱她的手，伸出小拇指，要和她拉钩。

"当然，来，我们拉钩。拉钩上吊，一百年不许变。"姐姐也伸出了小拇指。

拉完钩盖完章，姐姐一把把我拥进了怀里。我用头顶了一下姐姐的妈妈，姐姐没有发现我的这一动作，像碰到棉花，我的魂啊，翩跹啊翩跹，像是飞到了村东窑坑的野草地里去，像飞进了亮莹莹的月光下，槐花的香气一阵阵袭来。

蟋蟀在玉米地里的跳跃声吸引了我，我挣开姐姐的怀抱，径直钻进玉米地里，穿来穿去，咯咯地笑着。蹲下，用手一护，以为抓到了，就喊姐姐过来帮忙。结果松开手才发现自己护在了一小堆野草上，它从草隙里溜掉了，我没有因此沮丧，反而更加高兴地笑。这个时候，田地里已经没有农活儿了，大家都在家里，磨镰刀，磨扳镰子，整个村子充满了"嚯嚯"的声音，等着秋收时刻的到来。

"癞蛤蟆，癞又癞，娶个小妹做婆娘……"

"小妹，你慢着点儿。小心被癞蛤蟆蜇了，娘说它们身上的疙瘩有毒的，碰到它们会留疤瘌的。"

我往玉米地里钻得更深了，只能听到窸窸窣窣的玉米叶碰玉米叶的声音。渐渐地，姐姐的声音都被甩在了后面。姐姐的声音不见了，我通体感到一阵冷打了一个寒战，开始往回走。

"俺可不待见这黄毛还没长齐全的丫头，你快过来，把衣服给俺脱掉，否则，俺就把你妹妹的脖子给拧断。"一个一米八几的粗壮大汉捂着我的嘴从玉米地里钻了出来，我是往回走的时候看到他的，被他一把抓住。我没见过这个人，也没有听到过这个人的声音，他应该不是这个村子里的人。我对村子里人的相貌不熟悉，对他们的声音可熟悉了。

柳条筐子从姐姐的手里滑了下来。那一米八的男人手里的剃胡子用的刀片已经深深抵住了我的脖颈，血顺着脖子流了下来，顺着淌到了脚踝。姐姐惊叫着，篮子里的鸡腿和馒头散落了一地。可是发霉了的声音没有引来任何人，大家都在家里忙着秋收前的事呢，很少有人往地里跑。

潮漉漉的绿色，白晃晃的光芒，把姐姐的声音全给压下去了，是的，我听不到了。那个槐花飘香的夜晚，月亮莹莹发光，雨后清新的野草地，一个劲一个劲地往我的脑子里涌。我只要拿起来遗落在地里的那把扳镢子，看准了那汉子的脖颈砍下去，就能救下姐姐。

但是我没有。

可恨我没有。

那带有槐花香气的夜晚，我从来没有看得真切过。槐花的香气是从月亮上飘过来的，波光粼粼的，潮漉漉的，现在正向我涌来。抬头，闪闪的白光涌了过来，姐姐消失在了那团白光里。

从此，永远地消失了！

"青青，你回来了？"我不抬头，也知道是兴旺的声音，虽然我已经不认识这个声音了。

"我看到，很多很多的，棒子棵从地里冒了出来，它们好像从我的脑袋里钻出来一样，它们在呼吸，它们在说话，它们在嘲笑，你知道吗，它们居然在嘲笑，龇牙咧嘴，它们那天肯定什么都看到了，什么都看到了。"我用力撕扯着自己的头发，蹲在地上止不住地抽泣。

"这沿路都是杨树林啊。你说的，缨子不想让这条路上再有玉米，希望全种上杨树。春天一来，就能打杨花玩了！"

"杨树？你确定？"我抬起流满泪的脸。

"是啊，只有杨树，这一路的杨树一直种到村口。是你说的，你姐姐希望杨树种一路。大学毕业回来，我开了一家家具厂，俩哥哥给我当木工。是我借用土地流转的政策，全部承包下来种成了速生杨树。还有你们家路沿沿上的一分豆腐块地，我偷偷给你娘一亩地的钱，她也收下了，说做路费去大西北找你，跟你要妈妈水钱去……"他讲起话来滔滔不绝。

"你还可以把我认出来？我走来走去，这个村子里没人认出我来，你居然认得出来。"我甩下这些话，匆匆溜掉了。哪里是姐姐想要杨树种一路，我害怕说多了被识破，分明是我害怕郁郁葱葱的玉米地和白晃晃的光。

"癞蛤蟆，癞又癞，娶个小妹做婆娘。生了个孩子是青蛙，你说奇怪不奇怪？奇怪不奇怪？"回到家，我耳朵里还是这首儿歌。

"不要再唱了。"我呵斥住了小真，幸亏喜子不在家。

"姑姑，俺什么也没有唱啊！"小真一脸无辜的表情，正在啃一块干方便面块。

是啊，这是姐姐给我编的儿歌，小真怎么会知道？我充满愧意，蹲下来，抚摸她的小脸，连连说对不起。

在这天晚上，我终于睡着了。缩在那个黑暗的角落里，沉沉地睡去，整个头像被按在深不见底的地上一样，动弹不得。

霜降已经到了，天气却异常暖和。麦子还墨绿着，急得村子里的老得不能再老的人直嚷嚷："这些年轻的后生哦，一群熊羔子，都不懂用石磙轱辘一下麦子，要不然一拔节，就撑不过这个冬天了，来年产量肯定得减。"村子就要搬了，哪里还顾得着庄稼？他们老了，老得拔不动双脚双腿了，只能眼看着庄稼瞎在地里。

我去田野里找老疙瘩爷爷的坟子，已经找不到了，没人祭拜，没人添坟，已经被风和雨夷为平地。问来往的人，有的人说不记得这个老头。

"他的名字是？"

"姬正……什么的，应该是正'字'辈的吧……"他终究沦落到一个光棍汉子的下场，没有一个曾经存在过的凭证，我狠狠给了自己一耳光，在过去的那些日子里，我和其他人一样，老疙瘩爷爷老疙瘩爷爷地叫着。

中午，白晃晃的日光倾满了整个村子，让我的身体和精神都是虚脱的。当我看到姬文军的时候，他已是一个白发垂垂的老者，眯着眼睛无精打采地躺在村中央大场的玉米秸垛里，近乎半米长的稀疏白发在阳光下熠熠生辉。这里做过打麦场，做过批斗场，做过大戏场，现在用姬文凯的话说是姬文军的魔道场。我想看他的笑话，这是姬洼村有史以来最大的笑话。

"你来了，我就知道你早晚有一天会回来的。"他抬起埋在长白发间的头颅，棕黄的脸上满是褶子。

"你已经老了。"我很疑惑他还能认出我来，毕竟我已经离开了十几年。

"可俺还是村主任。你去问问，这村子里的哪个女人没有被俺上过身子？现在的新媳妇可比你娘那时候强多了，强多了，哈哈……"他满脸沟壑里满是旧日淫像的尘垢。

"你回来做什么？"听到这里，我不由得看一眼曾经在姬洼村张扬了他光荣岁月的阳物，粲然一笑，它已经见不得世面地躲进了主人的身体里。他腿上有一条铁链子，链子上上了一把锁。在锁和链发出的清脆碰撞声中，记忆和时光形成断层。在层层叠叠的影像里，我仿佛看到了自己生命里谎言的肇始。他还穿着冬天的衣服，仿佛一直不曾脱去，他好像已经在玉米秸垛里躺了上千年，身上已经满是蛆虫。我怕他一动，满身的蛆虫脱落下来。

跑回去，问姬文凯发生了什么事情。姬文凯嘴一咧，口水又兜不住了："他，还不是和咱们的爹一样，犯了魔道病呗。三年前，他的村主任被拿掉了，他就魔道了，还到处打人。也是没办法，姬堂堂就把他锁在了大场里。"喜子出来了，骂了他一句"孙子多嘴"，姬文凯的眼睛又去盯手里的钉子了。

我忍不住又跑去看他。

"你来了，我知道你早晚都是要来的。"很远我就看到他的嘴唇在翕动，走近了才听到这一句。他支棱着耳朵，眼皮下垂。

"不，我是要走了。我早晚是要走的。"姬洼村以前留不住我，何况现在呢。

"你是谁？"他突然睁开了眼睛。

"我是老魔道的女儿小魔道姬青青啊。"我的语气像姬文凯一样坦然。

听到"老魔道"这个词，他突然挺直身子，站了起来，手指苍穹，哈哈大笑："老魔道的孩子，当然都是小魔道。"

顺着他的手指，我看到了漫天的白发，一点儿一点儿向四周漫去。在姬洼村，时间真的已经老得都啃不动了。

我来姬洼村的第八天，村子里在外打工的老力也陆陆续续地回来了。以前外出打工，女性是主力，现在老力们也不用咨啬力气只下地干活了。听他们闲聊，有的在做保安，有的在做泥瓦匠，有的在餐厅当服务员，总之干哪一行，都比在坷垃地里出力气干活挣钱。他们的心思并不在起坟上，而是终于有了缘由可以回来闲谝一气。第九天，姬堂堂终于组织人起坟了。根本不是姬文凯所说的只剩下我们家的坟了，可是我们家的坟还是被安排到了后面，从姬文凯支支吾吾的话里，还是能听出他们觉得老魔道家在起坟这件事情上应该垫底。

在我们家起坟这一天，我也终于见到了我的二姐姬蓝缨，这是我第一次愿意称呼她是我的二姐。她仿佛聚集了很多力量才来见我的，我们在幼时，根本没有太多的交流，她一觉醒来就在追赶别人的路上，我在封闭自我的世界里。她开口的第一句话是"小妹"，我用"嗯"作答。这一声称呼过后，我们脸上都露出了舒坦的表情，这一声称呼那么遥远，那么无害，那么和我们有着深切的联系，又毫无联系。那是稳稳给她做的四轮车，三块木板拼接，四角镶着四个万向轮。她趴在上面，两手扒地助力，在人群里，没有自卑，只有不亢——她的心性竟然有一天被锻炼成了这样。我们再次彼此问候，她没有问我这些年去了哪里，我也没有问她生活如不如意，所有的话都是蜻蜓点水般掠过。我们的血缘关系，从来不是促进我们亲近的理由。我将李七七的骨灰放在堂屋正中的方桌上，院子里灵棚简陋，因为姬文凯扩房子的原因，灵棚根本不用搭建，只在梁子上吊起黄色烧纸就可以了，院子里冷冷清清。

"你们看，那不是老魔道吗？"最先认出出现在地头上晃晃悠悠走过来的老魔道姬世荣的，是姬堂堂他们。姬文凯和姬蓝缨正披麻戴孝，带着自己的闺女儿子鬼哭狼嚎自己的亲爹呢。我虽然也披麻戴孝，眼里充满悲戚，可是一滴眼泪都没有。喜子没有跟来，她说那又不是她的亲爹，犯不上去哭一堆白骨头，再说了，老魔道家的骨头和一堆狗骨头有啥区别，疯了乱咬人。在这个日子，她毫无顾忌地宣泄，好像自己的命运在老魔道家之上。

一束阳光打进了我的瞳孔，坟坑沿白布上的是我父亲的尸骨，那地头上的那个人又是谁？如果地头上的是我的父亲，那这一堆尸骨是谁？我看了一眼姬文凯和姬蓝缨，同样的疑问，也出现在他们的神色里。而姬堂堂他们好像回到了自己的幼年和童年，像猫见老鼠一样猛地扑了上去，死死围住老魔道。他受到了众星捧月般的待遇，瘦得已经脱了相，眼珠子凸得像两颗玻璃弹珠一样，眼袋垂吊着，脸颊已经深深地塌陷下去，颧骨暴突，遍布脸上的是雨后的一道道车辙印子，头发苍白、凌乱，垂腰，衣服破烂，一片片被风吹起。

他僵硬着舌头说："俺终于找回来了。"这句话一说完，起了一阵风，地上的杨树叶子漫天飞舞。

"老魔道，老魔道……"这个扯他的袖子，那个拽他挂在脖子上的破塑料袋和矿泉水瓶子，还有人拿起土坷垃投向他。这应该是他们小时候爱玩的把戏吧，竟然还有人提议拉下他的裤子，看他的那玩意儿上有没有拴麻线绳子。我只是听说过的场景，现在在一幕幕重演。"老魔道回来了。"已经三十多、四十多岁的"孩子们"几乎是跳跃着回到村子里的，老魔道走在前面。他的那张脸，我不认识，他下葬那天，穿堂风吹起白布的一角，那张脸是清秀的，不是眼前的这个样子，肮脏，褶皱，沧桑。不，清秀的是坟坑沿上的那堆尸骨。我心里一片惘然，只能跟着他们走，踉踉跄跄，都不知道该怎么迈脚了。

　　"老魔道！老魔道！老魔道！老魔道!!"姬堂堂他们的时间都瞬间倒了一个个儿，他们跺着脚，声嘶力竭地叫着，气得老魔道直嚷着要让芦花鸡去叨他们的眼珠子来吃。跟他一起回来的，除了那身破塑料袋子和矿泉水瓶子，还有那一身河水气息，上面挂满了干透了的水藻。大家纷纷问他从哪里来的，他说他翻过了山，越过了海，才来的。村子里的老人们都说没有见过海，就问他海是什么样的。老魔道回答，和咱们村子水渠、排水沟差不多。老人们"哦"了一声，恍然大悟。他们跟不上"孩子们"，扯扯袖子继续窝在胡同子口，碎叨着："天快点凉下来吧，麦子就不用长那么盛了。"

　　我跟在人群后面，这时候才想到姬蓝缨，回头看她，她远远地转动车子向相反的方向离开了，她的丈夫和儿子守候在她身边。我知道，现在的她，不想自己的生命因为老魔道的存在再转个弯了。

"可是，这是老魔道，那地里埋的是谁？"路上，不知是谁这么说了一句。大家瞬间炸开了锅。

"是啊，那十几年前咱们埋的不是老魔道吗？可是这分明又是老魔道。俺给你们说，都是小时候的兄弟班子，老魔道就是到了一百岁俺也能认出来！"姬文军说到"兄弟班子"这四个字的时候，打了个嗝儿，在勉强掩饰着什么，但是他又分明为曾经和姬世荣的联系感到自豪，并不认为老魔道是他的兄弟班子而羞耻，而且风光得很。他用脚蹬断了那节子自己用砖头不断磨，下一次雨就锈一点儿的铁锁链子。

"你们这些狗尾巴，俺要是手里有刀，就把你们全都给剁了！"姬世荣说。

"哈哈，就是，用铡刀全把你们这些狗腿子给铡了。"姬文军说。

"俺们是狗尾巴，那你们不是狗了么。你是老魔道，犯病给俺们看看呗，剁了俺们，你又不用去坐牢，剁呗，剁呗！"姬堂堂他们说。

姬世荣带着一群人悠悠荡荡地朝自己家去了，一路上的狗也都跟了上来，留下七亩大地中的一堆白骨遗忘在那里。

"哎哟，终于回来了？"姬桂兰立在自家的大门前，也已经是快七十岁的老人了。我没有看见她的丈夫许三回，不知道有没有带着儿子回到他原来的村子里去。

"大雁都回窝了，俺不回窝能行么？"姬世荣毫不含糊地说。

"以往你都是跟着大雁来来走走的,今儿个咋不顺着大雁走了,脑子不犯迷糊了么?"王大凤从自己家院子里出来了,她踢了一脚自己的丈夫姬文军,骂他从大场里回来祸害人。

"孩子们"撞开了大门,大声嚷院子太黑,光全被新接的房子给遮住了,让喜子快点儿把门灯打开,他们蛮力地把灵棚梁上的烧纸给扯下来。老魔道都来了,还起什么坟子呢?碰撞中,李七七的骨灰盒跌落到地上,我捡起来的时候,竟然看到照片上的李七七笑了。

"你们这是要浪费我们家的电么?"喜子不知发生的一切,坐在椅子上不动。姬堂堂知道灯绳在哪里,拍了一下喜子的屁股,跑到堂屋里,将门灯打开。大家都看到了这一幕,嘻嘻哈哈地笑开了。

这一天,是姬洼村吃的最后一次团圆饭——为起老魔道的坟子准备的丧食。大家不久就要搬到一个新修建的社区去了,和其他村子里的人做邻居,"姬"这个姓将被冲淡在新社区里,会有许许多多的姓氏涌进来。如果"许三回"张富还在,他应该就不会因为一个村子里男人中就他一个外姓人而整日惶恐了吧。

姬文军说他要自己用拖拉机拉着石磙开上楼去,他儿子跺他一脚,说现在谁还用拖拉机拉石磙轧场,都换用联合收割机了,场都不用轧了,一股脑把粮食就全都收回家里了,甚至不用费力,联系收购商,你在地头看称收钱就行了。姬文军说,不管用啥,也得点燃麦捆供奉老天爷爷吧。姬堂堂拍了一下脑门子,说,对呀,这完全可以做旅游项目,村子里的村民可以做演员，红油油的猪肉头子作为姬洼村的特色美食分散给观看的游客，食品厂生产的猪肉头子主打老卤味特色，真空包装后在土特产店售卖。"你们看，我的这个老魔道爹和姬世荣这个老魔道根本不是一个魔道品种，他的点子多着呢！"姬堂堂讲得眉飞色舞。支起的大锅，锅里煮着猪肉粉条汤，香菜一把一把放了进去，热气腾腾地映着姬堂堂如猪肉头子的脸，红油油的。姬世荣和姬文军，这一天变成了这个院子里的主角，他俩在院子里跪天跪地跪祖宗，手拉着手跳舞。院子里，每人一个大碗，碗里是稀稀拉拉的粉条和满满的猪油星子，蹲在地上边看两个老魔道玩"杂耍"边喝汤。我们家这个如大坑一样的院子，从来没有如此热闹过。

　　锅底下的劈柴噼里啪啦地烧着，映着人脸，有些变形，人影幢幢。我坐在一个角落里，感觉一切都是幻觉。脑子里突然有一个声音：我的父亲是谁？夜渐渐深了，人散去，特别安静，我真真切切地能听到风穿过胡同子的声音，是这一阵风，让我终于找到了姬洼村让我熟悉的东西。躺在床上，月光照进来的时候，木门"呀"的一声开了，一缕昏黄的光虚弱地先飘了进来，给人以半实半虚之感。先跟着光进来的，不是人影，而是声音。

　　"青青，你在么？在，你就开开灯，俺这眼睛老得不行了，骨头也酥了，要是再让你那门槛给绊上一家伙，还不得七零八碎了。"

　　"这屋子里没有灯。"我看了一眼土窗台，上面有瘫成一坨的红色烛泪，已经染了旧。

"青青，这是俺第一次真实意义上的看你吧。你娘这辈子，算是栽在俺手里了，但俺想你也知道。她很不容易，这也是俺走后没有再回来的原因，俺犯起病来，对这个家而言就是灾难。清醒的时候，俺就使劲往南边走，就是犯迷糊了，跟着大雁也就走不回来，俺相信那个人会对她好的。"他说话是拖着长腔的，欲言又止，摩挲着手，颤颤巍巍的声音就像被虫子蛀烂了的一条破布条子。

"不要那么说，她死前也念叨起你，说你是多么可怜。还说，人的一生都是那样，走着走着，扒个坑睡就是了。爹。"这是我第一次对他说出这个字眼。

"青青，不要喊俺爹，俺承受不起。有些话你现在可能接受不了，你要细嚼慢咽，否则会很难受。"说着，他抖抖身子弯下腰，做了一个点烟的动作，可是手里什么也没有。"你奶奶说过，牛能吃得动麦糠，人就能听得动话糠，这话糠不糠，俺想，你都必须知道你的身世。如果你是一个小子，俺肯定不会把这些话说叨给你听，咱们家的家谱下人续得越多越好。"他没有看我，垂头，花白的到脖子的头发遮住了他的脸，忽然呵呵地笑了起来。"当年俺半夜回来，撞到你娘正和那男人在一起，那戏子，俺认识，是唱戏的，一个赤裸裸的下九流。俺原本就对不起你娘，这个时候俺又能说什么？所以，当你快要生下来的时候，俺以为你的前面是哥哥，这次还是走好运，再生个小子，不管是谁的，咱们的家里也算又多了一个老力，你娘干起活儿也不会太受苦了。可是，你是个闺女。俺对不起你娘。今天你也必须知道你爹是谁。青青，你看，那个影子在慢慢变长，那是窗户的影子吧？"他指了指墙上的影子，声音越来越浑浊，"当年，俺就是看着这些影子，知道了你娘的那些事情的。唉，多少年都过去了，到头来，不管怎么样，都是俺欠她的。她那么好看，怎么会嫁给俺，遭这一趟子罪，没享过一天的福。"

这天日，是真的要暗下来的。我不知道他是什么时候离开的，也不知道自己是什么时候睡着的。睡得很沉，好像千斤重的石头把自己往深不见底的河里拉。天还没亮，我就奔到了李七七辛辛苦苦守了一辈子的七亩大地，将那堆白骨送去火化。

真相，不会再有什么变故了吧？

姬文军这几天和姬世荣在村子里乱跑，听说姬洼村的坟子全部都起了，火化后骨灰放进安逸堂，他们的魔道病犯得更严重了。他说，姬洼村的人都九辈子快十辈子的人了，死了就埋在地里，和大地、庄稼、大树、野草共生共息，这样子，死了的人还活着呢！风声、潮湿，都是他们喘气的方式。你们现在把他们扒出来，再用火烧成灰，把他们关进黑匣子里，放进房子里，他们以后怎么喘气？简直就是作孽啊！再说，以前有仇有怨的，关在一起不就是让他们聚在一起吵架吗？

"咱们姬洼村那么大，还埋不起人吗？"姬文军来到地里，拿着铁锹拍打正在起坟的人。他这般疯闹的最后结果是再次被锁链锁了起来。

姬堂堂说，姬洼村的人就是因为世世辈辈那么重视那个土疙瘩，才让姬洼村的耕地越来越少了。

姬文军说，什么耕地越来越少，都是你们盖工厂了！

姬堂堂说，这和工厂没有关系，你当年不也是盖砖窑厂、粉条子厂了么？咱们不能让死人占了咱们活人的地。

姬文军说，姬堂堂，你说这话，老天爷爷会给你下雷的，你也会有老的那一天！你亲生老子盼你早被车轧死，或者病死，一阵北风刮到黄河里，一根面条吊死。

姬世荣在村子里魔道了几天之后，拂袖而去，不知道又要到附近的哪个地方晃荡几年了。过了几天，我花钱组织人从老堤的野槐树林里起出了大姐姬红缨的白骨，火化后将骨灰交给了兴旺，我想这是她最好的去处。原来，姐姐的坟被兴旺围了起来，没有成为乱坟中的一个。那片大堤的野地坟场，本身是不在县里要求火化的范围内的，这是姬洼村不能言说的秘密。县里领导不知道这片荒树林子里到底有什么，还感叹了一下这些树没有被砍伐，是姬洼村的一件功德事，这样的树林子对防止水土流失起了很大的作用啊。"不仅仅姬洼村百年不砍，县里也要千年万年不伐。"领导说得掷地有声，说得姬洼村里的人连连点头。

谁也不曾想到，保得亡骨全存的，竟然是这些单身汉子、未出嫁的姑娘，还有早早夭折的孩子。

姬洼村在我决定要离开的这一天开始搬迁。姬文凯气了个半死，房子都接好了，结果量房子的人走的时候发现没有门，说没门的房子怎么能算房子，倒把趴趴屋算进来了。"老魔道的孩子就是老魔道的孩子，怎么都不知道给房子加一个门。"大家看着失望和悔愤交加的姬文凯说。

"砰"的一声，姬洼村建村近乎三百年，被村民炫耀了九辈子，立了三百年的村碑终于倒塌。姬洼村最后的一间土屋，终于和这些曾经在它跟前炫耀的红砖屋，拥有了一样的命运。从村子上空可以看到，整个村子已经成为一片废墟，没有一家有特殊的待遇——无人机记录了这场声势浩大的搬迁。

老槐树，老槐树，我到废墟里去寻找它。它的身躯被一层尘土覆盖，树皮一点儿一点儿碎了，最后，一个树冠，平平地落了下来，不斜不倒。它的背后是一个新兴城镇，一座座兴起的楼房。

旅馆的桌子上放着我带的骨灰盒，那是我自己的父亲，王班主的。我不知道他的名字。李七七的"骨灰"，我留给了他们，他们需要一个女人，以后和姬世荣的骨灰摆放在一个阴森黑暗的房子里。在失眠的凌晨，我打开旅馆的灯，回忆起姬洼村的旧貌，往昔的景象连同我曾经遭受过的屈辱和孤独，此刻都已经无法真实地触及、复原和再现了，如同无迹可寻的光线，扑朔迷离，无可捉摸。五个神仙已经全部下落不明，在现代文明里落荒而逃了，它们没有被请进崭新的楼舍。

一切的真相，应该不会再变更了吧？遗留下老疙瘩爷爷，在不为人知的情况下，静静地享受着大地的喘息。

他是幸运的。

返　青

我又被一场又一场的梦送回了这座戈壁油城——蜃城，在文字里辗转回忆。一个严寒冬季，关于过去的记忆，像砌墙一样，一层层盖了起来，不再芜杂无序，而且描上了漂亮的砖接线。神奇的是，我身体上的器官也在渐渐回来，我感觉到它们的存在，它们听我使唤。我开始在这座城市游走，看到了绿树成荫、蜃河穿城而过。

关于李七七的去世，我的脑袋里偶尔出现了两个声音。一个声音是李七七未曾离去，她依旧在房子里碎叨着村子里的那些偷鸡摸狗、谁跟谁是敌人、谁和谁穿一条裤子的事；一个声音是她终于去世了，我作为小魔道的身世也被带走了，我可以放松了。我不再做那些稀奇古怪、扯我头发、拽我肚肠的梦，虽然身体还因在梦里受到的那些伤害隐隐作痛。

"唉，邻边棒子叶被打了一行，姬文旺家的棉花地能敞亮多少？"

"娘！"一声喊喷涌而出，仿佛嵌在我胸腔里的一块沉甸甸的石头终于落地，获得一种充沛的放松。

可如今已无人作答。我回头看到了书桌上的骨灰盒和沙漏，惊觉她已离开人世好久，隐约意识到已经发生过的一切。爱情的始末，成为她一生排山倒海的秘密，到死，她欲与亲生女儿提及，却已无言。那个临死前留在嘴角的遥远而又近在咫尺的故事。和他在一起，是不是她此生最兀立而丰盛的时光？而他知不知道自己有一个女儿，以及有关我的真实存在？当年为我打出横幅的栓宝，到底是以怎样的名义？为何让我背负着"小魔道"的罪名足足三十一年之久！？

"你有一片戈壁呢！"她的声音在房子里的一个角落里又清晰响起，零星的细节在这句话里已渐成篇章。命运的真相，应该不会再有什么变故了吧！她的声音不知还要在这里停留多久。

就在我继续往空了的酒杯里添加白酒的时候，门铃响了。

"你的气色现在已经恢复得差不多了。都用文字捋顺了吧？你的母亲呢？"在这一天，消失了一年多的心理医生终于出现。他是主动找我的，这让我感到意外。他不来，我都忘记了他的存在。

"她？你认识她？"我的脸上应该有一个大大的问号。

他耸耸肩。

"在你的睡梦里，你透漏出你的心里有着很大的隐秘，是我所解不开的。我想，这个世界上，唯一能解开你心结的，或许只有你的母亲李七七。这是我在给你催眠的时候，从你断断续续不成章句的话里得到的名字。而等你醒来，我一提这个名字，你好像又什么都不知道。你一直在呼喊她的名字，她有着中国传统古意的美好的名字——七七。七月七日七夕节，牛郎织女鹊桥相会的日子，叫这个名字的人不多，花好月圆是一生的美好希冀。所以我辗转找到了你生活过的地址，邮寄了一份印有你文章的报纸。我相信，那里是你的幼年、童年以及少年，一切思维空间的肇始。之后，果不其然，你母亲打电话到编辑那里询问你的消息，编辑说你已经是这座小城里小有名气的作家，衣食不成问题。她并没有要来的意思，说，吃得饱肚子，有得衣服穿，人这一辈就很好了。是我再次联系到她，说了你的情况，她犹豫再三，这才同意来并且答应保密，以便配合我对你的治疗，她在电话里一度强调你的神经不会得病的。"

他一口气说了那么多，脸上充满了得意。同时又强调说任何心理都没有病，只是看冥冥中，上天安排到谁脑子里的东西多少而已。

"你确定，七月七日的时候，花也好，月也圆吗？十五的月亮十六圆呢！初七的月亮不会圆的。"我反问，"没有病又何来你的治疗一说呢？"

"对了，你的母亲怎么样了？我以前建议你把过去的事情写下来。文字是疏通心灵世界的渠道，是人类的心灵术。你有没有这样做？"看他脸上的表情，显然他对我的提问有点儿措手不及，继续强调书写对我的作用，"我知道，远在你的幼年，你已经经历了你人生中带给你最大震撼的时刻。这一时刻，令你无法面对一个真实的自己，这种逃避时不时带给你彷徨无助、孤独和隐痛，导致你的内心无法负荷。你背负着沉重的命运，踽踽独行。所以，你想减重，你渐渐丢掉了自己的一个个记忆。我不能对每一个寻求心理帮助的人提供现成的教科书式的答案，以及一些先入为主的建议。只能凭借我对你的观察和认识，给你一些提示和指引……"

"怎么，她没告诉你她的病情？"我非常不礼貌地打断他的话，不愿再听教科书式的指引。他茫然地摇摇头。

她把最后一年留给了我。她知道自己命已不久，她听了我的情况，隐瞒心理医生和我。她并没有要带给我累赘的意思，她本来想一个人在姬洼村孤独地死去，她并没有要跟我要那十六年妈妈水钱的意思。而我心怀恶意，阻止她与七亩大地里的她的爱人——我的亲生父亲的团聚。在幼年吮吸她的乳汁，童年盯住她收获的粮食，而在自己的青年，又一次次压榨她的精神、她的记忆，以此获得写作素材，期许一个作家的身份最终得以权威的认证。

——或许这才是所谓的真相吧。

一个自私的女儿和一个无私的母亲。我的意识轰然倒塌。

我不知道心理医生是什么时候离开的，猛地一回头，依旧可以看到她蹲着身子在擦拭那辆凤凰牌自行车，偶尔按住阵阵作痛的腹部，表情狰狞。体内的癌细胞啃噬着她的身体，她不用再去伪装那痛是笑岔了气的。

就在我举起酒杯在阳台上发呆的时候，仿佛看到不远处有一片麦地——母亲开出的那四分麦地，麦子已经绿了，居然撑过了蠡城郊外零下三十多度的冬天。我转身，快速走向书桌，把沙漏翻一个个儿，里面的沙粒开始慢慢悠悠斜淌起来，细细的，把当下的时间拉得无比漫长。

我拿出一张纸，用铁棍小心地敲破玻璃管，然后倒进王班主——不，我亲生父亲的骨灰盒里。

　　开门，我几乎是跳跃着下楼的。

　　"娘，娘，娘……"

　　"麦麦麦……"

　　婴儿初醒般，我在睡梦依旧的大地上寻找她。麦子返青了，我迎着春风向郊外的那四分麦地走去。返青后的麦苗，苗心泛着淡淡的鹅黄，正张着娇弱的脸迎向太阳。我听到它们竭力排挤周围土坷垃和沙砾的声音，它们正在竭力存活。它们没有华北平原上麦苗在返青时的精气神，干瘦干瘦的，像老疙瘩爷爷的脊梁骨，有些并没有挨过这个寒冷的冬天，已经干枯，伏在大地上。

　　这时候，苗苗不知道从哪里钻了出来，在麦地里撒着欢儿！比以前更脏，瘦如一道闪电。我把它拥进怀里，它亲吻着我的脖颈，带着母亲鼻息间的温度。我把母亲和王班主的骨灰撒进这四分麦地里，迎着春风在麦地里行走，好像永远也走不完。

　　停住，找准风向，侧身而立。

　　我的母亲叫李七七，出生在七月七日牛郎织女鹊桥相会的日子。每个人都应生而为自己的母亲作传，我必须书写李七七，并记录与之有关的一切。我喃喃轻许，她将在自己亲手开垦的四分麦地里，和自己的爱人长眠，一如曾经对七亩大地的畅想。闭目，思绪上升，脑海里的风旋子的速度越来越慢，直至停止。我隐约感觉到了戈壁上的沙砾正在破损，化为土壤，供麦子生长。麦子拔节、延花、充浆、成熟。

今年，我也将把一捆麦子绑缚在一根棍子上，点燃，麦香供奉上苍。

"麦麦麦……"大地在回响。

"娘，我有一片戈壁呢!"

"多好，明年开春了，麦子就返青了，打眼一看都看不到个头儿呢。"

"颠颠骑马哩，家前来了个拉呱哩，拉哩啥呱，拉哩青青吃妈妈。"

望去，戈壁滩上的麦子都绿到天边上去了。

小说写作是呈现心灵世界
发生的事（代后记）

《返青》虽然只有十多万字，可是它占据了我整个二十岁到三十岁之间的青春写作，除了它，我只有几篇散文和短篇小说发表，获得一些编辑的肯定是我继续在长篇小说这个深海里潜游的动力。也正是因为这种长时间的深海潜游，当我回头再看这些日夜兼程熬出来的文字可以顺畅地表达我的内心的世界和精神诉求的时候，我自己是欣慰和满足的。

一部年轻作家走上文学创作之路的处女作，不可避免地和作家的成长经历密不可分。《返青》同样如此。我是从二十岁这个年龄就开始写《返青》的，那时候我正在读大学，因为从小在农村生活长大，所以对乡村文学充满了兴趣，反复阅读一些乡村题材优秀作品的同时，自己想要呈现的乡村世界也兼具雏形。写作这个小说的最初动机，我已经模糊了，现在回想，可能是对母亲和我的关系的思考，还有离开家乡六年后再次回到家乡，家乡翻天覆地的变化产生的陌生感带给自己的触动。起初有二十四万字，那时候年少气盛想要表达很多，后面不断修改，懂得了创作的克制和留余地，到现在就剩十多万字了。在创作上，我不是一个追求数字的人，更希望自己通过长篇小说这种艺术表达形式，呈现一个属于自己的文学的心灵世界。而且十几万字也恰恰是我目前觉得自己所能驾驭的范围，所以删去那些文字，我一点儿不觉得可惜，它们可能在我的其他作品里再次出现。

这几年，我已经习惯了这部书稿一次次投稿被退稿，深夜挑灯修改。发表前最后修改时，我的身体里孕育的小生命来到这个世间的时间开始倒计时，深夜我读到自己喜欢的句子，情绪波动的时候，小家伙在我的肚里会很活泼。这次写作对于我而言是一次难忘的体验。心灵深处和写作方法的芜杂，我用近十年的时间，做了梳理。在创作"蜃城"系列第二部的时候，处理素材和文字应用上，就得心应手多了。

《返青》讲了虚构之城蜃城里发生的一个故事，也是我"蜃城"系列的第一部。蜃城是一座石油城，一座戈壁之城，也是我现在生活的地方，它叫克拉玛依。20世纪60年代开始，随着油田的兴起，断断续续有人迁移而来。中国人向来有安土重迁的思想，所以，在这里，当初迁移来的大多数人，有各种各样的不得已。而在我的文学创作中，这是一个"逃亡"之城，生活着各色在命运里"逃亡"的人，小城作家姬青青就是其中一个。"逃亡"这个定位，是我一次次采访的时候得来的。这里很多八九十岁的老人，多多少少都有"逃亡"的色彩，在和他们的交流中，我深刻感受到他们的命运给"逃亡"这个词带来的文学色彩。包括我的父亲，当年来到克拉玛依，就是因为他患有精神疾病，他对逃离闭塞的农村充满了期待，认为到一个新新世界自己的病情会有所好转，虽然最后也因病去世。有一个老人家，九十多岁了，只给我讲了一句话，老家吃不饱饭，活不下去了啊！他这一句话，让我流泪了。还有一个当年转业来到这里的老人家给我说，五六十年代来大西北参加建设，也真的是他自己的选择，在贫瘠的土地上开发一座城市也开发了自己的命运，他说他现在是他们村子里"混"得最好的人。所以，他们的命运带给我很大的触动。在一些老小区里行走，我只要和偶遇的老人谈个话题：爷爷，这里的树种了多少年了？他们就会娓娓道来自己的一生。

一个作家应该做什么？这个时候我就在思考，在写"蜃城"系列第二部的时候，一落笔我就找到了答案，"书写形形色色的命运以及他们的心灵世界"。

我的网名是"爬字的李埠"，我喜欢"爬字"这个词，一个字一个字爬出来，呈现出来的文学世界是我所享受的。上铺的大学舍友也是我经岁月考验过的好朋友，《返青》在《钟山》的长篇预告发出来，她在朋友圈转发的时候写道：因为她，我知道了有一种人，别人还在梦里做梦，她为梦已经出发。我们的宿舍有八个人，每个人都只有一张床的自由空间，《返青》的初稿是在床头的小桌子上完成的。那时候沉浸在创作中，给舍友带来的困扰，至今让我感到愧疾。最开始，书稿主要是讲我母亲的故事，结尾也很美好，母女俩在一片茄子地紫红色的霞光里得到了和解，通篇小说有心灵鸡汤的感觉。现实里，我和母亲的关系也是如此，我们深深爱着彼此，相伴着彼此。

有时候，我在想，文学是我的梦吗？断断续续写《返青》的这十年，我结婚和生育，人生也经历了一次给自己心灵带来特别大冲击的变故，有一个相互温暖的伴侣和一对可爱的儿女。在外人看来，"你真的是个人生赢家！"。只有我自己知道，在灿烂的笑容背后，内心深处的隐疾，令我时不时惶恐不安，这是我不想掩盖的。对于一个写作者而言，这种隐疾，需要通过文字治愈。一个写作者或许就是这样，通过治愈自己来治愈他人。所以文学写作从来不是我的梦，而是我自己敏感的内心被触伤，用来治愈自己的途径罢了。

我以前是一个特别悲观的女孩。我父亲患有精神疾病，经常满村子念念叨叨地跑，怨天怨地，甚至有一次身体不着丝缕，身体的隐秘器官暴露无遗，被村子里的孩子嘲笑了好久。在我们老家，精神病被叫作"魔道"，我一出生自然而然沦落成了"小魔道"，他们说，魔道病会遗传，我早晚有一天也会犯病。我小时候，乡村是闭塞的，即使精神病人所生的孩子正常，他们依旧对这种说法深信不疑，也许会给困难的日子带来安慰吧，村子里总需要一些垫底的人，来显得他人的日子要好一些。在我的幼年、童年以及少年时期，面对异样的眼光，我常常躲到母亲的身后，有意地不去听一些声音，导致我现在听力都不太好，很多声音会接收得迟一些。悠长的听力反应能力，让我对过去的事情特别感兴趣。我到了小学三年级，因为成绩好有了自信，才敢抬头看人，开始和除了家人以外的人说话。就在我成年之后，即使读了大学，当我的选择和别人不一样的时候，别人也会说，她是不是遗传了她父亲的精神病？以前听了这话，我会特别气愤，会大动干戈反击。现在不会了，尤其是在《返青》写完之后，我已经坦然接受我的父亲曾经带给母亲和我们姐妹的伤害，外界的目光我也已经抛在了背后。我父亲去世后，我母亲常说，你爹也是可怜人，那么年轻就去世了，一辈子被病折磨，清醒的时候，他可好了，如果不得病，光凭手上的木工手艺，都可以养活咱们一家人。在我的记忆里，我的母亲好像从来没有抱怨过，早就完成了谅解，那些被他满胡同子追着打的记忆，她一句不提。也是在母亲的絮叨下，我才开始愿意去了解我父亲的一生以及他的疾病。有时候我想，《返青》与其说是我写的，不如说是我母亲写的。

有一次回到故乡，听闻小学同学的母亲们的不同遭遇，有患癌去世的，有因为在外面挣了钱的丈夫出轨上吊自杀的，有遭遇车祸意外身亡的……我们村子的孩子在同一个小学读书，我们经常去要好的同学家玩耍，常常被留下吃饭，也经常在村子里碰到这些扛锄拉车的母亲们。听闻这些事情的时候，一张张亲切的脸浮现在眼前。重男轻女的年代，她们是生育机器，但是很少有母亲会为多生了一个女儿而后悔。我的母亲就是其中的一个。她生了两个女儿才有了一个儿子，我父亲以为老天会眷顾他，再赐予他一个儿子，于是我才有机会来到这个世上。母亲经常笑着回忆说，你爹看你不带把儿，出门后再也没有看过你一眼。"老生稀罕，小生娇"，或许因为我是母亲最后一个孩子，我成了她最宠爱的孩子。当听闻同学的母亲去世的时候，我内心的震撼仿佛自己的母亲离开了，所以才有"李七七必死"这句话。这不是诅咒，而是内心巨大的悲痛，和对向死而生的致敬。

也是从"李七七必死"这句话，我开始反思我和母亲的关系。才意识到，不仅仅父亲对我母亲的人生做着剥削，我何尝不是？虽然我父亲患有精神病，并且长年不在家，但是我对母亲盯得特别紧，她和哪个男性走得近了，我都觉得那是对我父亲的背叛。所以，小说里姬青青对母亲的盯梢基本上都是我做过的。所以，我何尝不是在母亲的命运里作恶的那个人？我的母亲没有爱情，我在《返青》里给了她爱情。如果她有个知冷知热的人该多好，也不至于日子过得那么难了，也不至于人到老年即使孩子们如何温暖她，她心里始终没有着落。

有些朋友读过之后，都会问我，这是你的故事吧。我说百分之六十吧。很多人惯于从字里行间寻找一个作者的私事。问我的时候，我也会撇清：不不，有些故事是我虚构的。尤其是小说里姬青青和老疙瘩爷爷的那一段，姬青青用身体温暖死去的老疙瘩爷爷。我一直想撇清，我没那么做过。其实这也是我所见。我们村子里有很多孤寡老人，有个老人有一次叫很多小女孩到他家里，他分糖果给她们吃，然后她们躺在床上，老人什么也没做，笑眯眯地看着她们。至今，我无法判断老人这样做的原因，可能是他希望自己的被窝里有女性的温暖吧。我站在堂屋门口，也分得了一块糖果，那一幕情景我至今难忘。这个老疙瘩爷爷曾经在我的散文《老疙瘩爷爷》里出现过，是个群像缩影，他们是孤寡之人。小时候，我做过一件恶事，我们邻近胡同子里的一个盲人爷爷，走到我们家门口，我把一根棍子放在他跟前，他被绊倒了。他居然知道是在我们家门口绊倒的，多么不可思议的事！他说，你是小平吧！小平是我的小名，他没有像其他人那样，像《返青》里村子里的人那样喊我小魔道，而是特别亲昵地叫我的小名。我问他，你怎么知道是我？他说，你呼出的气里有青草的味道呀，咱们村子里只有你有。从那以后，这件恶事成为我内心的痛，他没有焦距的空洞的却满含深情的眼睛，深深地印在了我的心底。长大后我一直在想，我在他脑海里到底是什么样的，毕竟除了我的恶作剧，我们几乎没有交集，他居然亲昵地称呼我的小名和知道我身上的味道——我一放学就牵着羊进入青草地。他是通过什么方式知道那是我们家的门口，他是怎么知道我父亲有个小四闺女叫小平？如果时光可以倒流，如果他还健在，我好想抱着他问一问。所以在《返青》里，才有了姬青青和老疙瘩爷爷的故事。而且我上小学的时候，暑假确实也遇到过这样一个老人，他带我放羊，在黄昏回家的路上给我讲老传说。

如果你现在问我，里面的故事是你的故事吗？我会说，是百分之百。心灵世界里发生过的事情，不能说是假的，那里或许更接近你自己，更或许在某一个时间或空间真实存在过。文学就是呈现心灵世界发生的事。我是多么希望自己像姬青青一样，真的用自己的岁月温暖过一个老人。现在，我只能用文学来实现，用文字完成自我的救赎，显得特别可怜。

《返青》是我的长篇处女作，现在回头看，充满了学生的稚嫩，许多不足之处自己是知道的，毕竟一句话一些段落，我打磨了几十次，全篇修改不下二十次。有些不足之处，我已无法弥补了。这些不足，我相信，随着时间的流逝，在我自己的文学创作里，终究自成某一种意义上残缺的圆满。就像一个女孩的初恋，刚开始她不知道怎么牵手，不知道如何与异性接吻，不知道怎么安抚恋人的情绪，笨笨拙拙，跌跌撞撞。但是，那时的情感是丰沛的、饱满的，以后的任何一段感情都无法替代。

李　琸

2024 年 10 月